10년차 김대리
사표 대신 꿈부터 써라

10년차 김대리

사표 대신 꿈부터 써라

김영은 지음

씽크뱅크

머리말

얼마 전, 한국 근로자들의 노동의욕이 세계 최하위권이라는 뉴스를 접했다. 「2015년 세계인재보고서」에 나온 내용인데, 61개국을 대상으로 근로자들의 직장 내 동기부여도를 조사해 봤더니 한국은 10점 만점에 4.6점으로 54위에 불과했다는 것이었다. 꼴찌인 남아공과는 점수 차이가 별로 나지도 않았다.

한국 근로자들의 노동의욕이 최하위라는 소식은 그다지 새삼스러운 일이 아니었다. 오히려 이 소식을 전하는 여러 매체에서, 이처럼 노동의욕이 낮은 이유를 바로 '헝그리 정신의 부족'이라고 지적한 데 대해 놀라지 않을 수 없었다.

과연 우리 주변을 둘러봤을 때 열심히 고군분투하며 살지 않는 사람들이 어디 있는가? 직장 내에서 이대리도, 김과장도, 박팀장도 다들 꼭두새벽부터 밤늦게까지 헝그리 정신보다 더 강한 정신으로 무장한 채 피눈물 나도록 달리고 있지 않은가?

하지만 나는 감히 말하고 싶다. 이건 다 꿈의 부재로 빚어진 일이라고……. 지금부터 꿈을 챙기지 않고 그저 내달리기만 한다면 아마 10년쯤 뒤엔 54위가 아니라 꼴찌 자리에까지 미끄러질지도 모른다고 말이다.

회사 근처에 직업체험 테마파크가 있다. 아장아장 걸어 다니는 어린이집 꼬마들부터 초등학생, 중학생, 이제 고등학생까지 진로 체험이다, 직업 체험이다 하면서 대형버스들이 줄지어 서 있는 광경을 매일 접하곤 한다.

그 모습을 볼 때마다 "우리 어릴 적에도 저런 걸 좀 했으면 좋았을 텐데……"하고 직장 동료들과 얘기를 나눈 적이 많다.

우리가 열심히 하지 않아서, 노력이 부족해서 잘살지 못하는 게 아니다. 더 배우지 않아서, 옆 사람보다 더 뛰어나지 못해서 행복하지 않은 게 아니다.

지난 몇 년간 '꿈이 없는 채로 살아왔던 과거'와 '꿈을 찾아

나의 삶을 꾸려나가는 현재'를 비교하면서 얻은 결론이다.

애석하게도 20대를 넘어 직장 10년차쯤인 30대들에게는 꿈의 중요성을 일깨워 주는 이가 거의 없었다.

30대가 되어 보니, 내 삶의 이정표 하나 없이 무작정 열심히 달려온 날을 멈추게 했던 것은 바로 꿈의 부재였다.

꿈은 다른 말로 삶의 의미, 진정한 나를 발견하고 삶의 주인공으로 살아가게 하는 나침반이다. 나침반을 보지 않고 마냥 가노라면, 지금 서 있는 곳이 남쪽인지 북쪽인지 분간할 수가 없는 것이다.

꿈이 가장 필요한 시점은 어린 시절이 아니라 바로 3,40대이다.

우리는 가슴뛰는 삶을 살고 싶은 강한 욕망이 있음을 누구보다 잘 안다. 누구보다 행복한 삶을 꿈꾸는 사람들임을 잘 안다.

그렇다면 가슴속에 품었던 사표 대신, 진짜 내 꿈을 찾아

지금 자리에서 내 꿈의 꽃을 피워라.

진정한 내 꿈을 찾길 원하는 분들에게 이 책이 안내자의 몫을 제대로 해냈으면 하는 바람을 실어본다.

당신은 자신이 생각하는 것보다 훨씬 더 위대한 사람임을 기억하라!

꿈꾸는 서재에서

김영은

| 차례 |

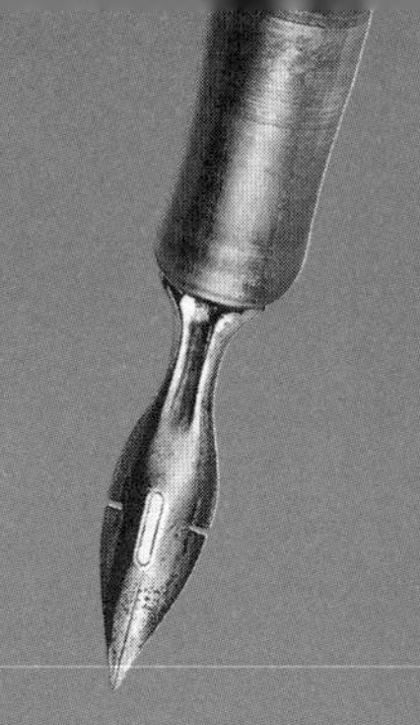

큰 꿈으로 나를 감동시켜라

— 위대한 직장인으로 성장하는 9가지 성공전략

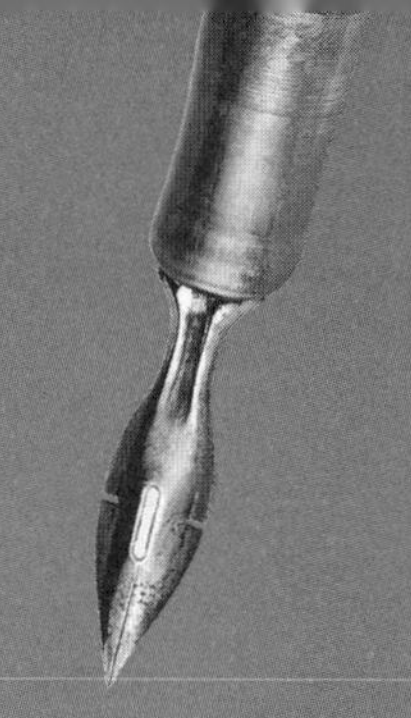

CHAPTER 4 — Write your story

CHAPTER 1

오늘 가진 생각이 인생을 결정한다

1

지금 이 자리에서, 내 꿈의 무대를 만들어라

당신은 진지하게 살고 있는가?
바로 이 순간을 잡아라.
할 수 있는 것, 당신이 꿈꿀 수 있는 것, 지금 시작하라.
대담함! 그 안에 재능과 힘 그리고 마법이 들어 있다.
-괴테

팀장님과의 면담 자리에서 나는 말없이 고개만 끄덕이고 있었다.

지난 1년간 새로운 일을 찾아, 남부끄럽지 않게 열심히 해왔다고 자부해 왔다. 20대 사회 초짜 시절보다 곱절 많은 일을 해내면서도 불평 한마디 내뱉지 않았고, 이젠 누군가의 멘토가 되어야 한다는 책임감으로까지 무장한 채 눈물나게 달리고 있었다.

정작 어렵사리 꺼낸 연봉 얘기 앞에서는, 주말까지 반납하고 업무에 틀어박혔던 나나, 시간 때우기 식으로만 다니던 사람들이나 별반 다를 것 없는 한 조직원에 불과할 뿐이었다.

1년씩 재계약서를 쓰는 아웃소싱 직원으로 내년 계약서를 쓸 때는 당당하게 연봉인상을 요구해서 꼭 관철시키리라는 작은 희망을 갖고 있었다. 아니, 당연히 그래야 한다는 어쭙잖은 자만심으로 그렇게 나를 속여왔는지도 모르겠다.

하지만 팀장님 입에서 나온 말은, 예전 회사와의 결별을 결심하게 만들었던 그때 그 순간처럼, 연봉인상은 기대하지 말고 일이나 더 열심히 하라는 주문이었다.

"다른 데 가봐야 다 똑같고, 지금 나이에 여기보다 더 나은 데 가기가 쉽겠어?"

말없이 고개만 끄덕이고 있는 나를 발견했다.

그 순간『천 번의 이력서』를 쓴 이지윤 씨가 뇌리에 스쳤다. 이지윤 씨도 30년간 40개의 직업, 1천여 장의 이력서를 들고 그렇게 열심히 뛰어다녔건만, 직장인의 말로는 생각 이상으로 비참함 그 자체였다는 것이었다.

그녀는 50세에 이르는 동안 다국적 기업 비서, 은행원, 대출상담사, 텔레마케터, 영업마케터, 방송 모니터요원, 바텐더, 경리, 학습지 교사, 해외 영업 담당, 보험설계사, 호텔 청소원, 봉제공장 직공 등 40번 이상 직장을 옮겨 다니며 방향과 목적 없이 오직 돈만을 위해 허겁지겁 살아온 자신에게 깊은 반성을 하게 됐다고 했다.

"사회에서 대접받기 위해선 대학 졸업장이 필요했어요. 그래서 뒤늦게 대학에 들어갔죠. 물론 등록금을 벌기 위해 온갖 아르바이트를 다 했어요."

바텐더, 행사도우미, 봉제공장 시다, 백화점 임시판매원 등 닥치는 대로 일을 했다. 갖은 고생을 다해서 대학 졸업을 했지만 생각처럼 상황은 나아지지가 않았다.

그녀는 지난 30년 동안 학비와 생활비를 벌기 위한 밥벌이에만 급급했다며, 이제는 누군가를 도울 수 있는 '가슴이 기뻐하는 일'을 찾아 나섰다. 얼마 전에는 대기업의 스카우트 요청마저 거부하고 커리어 전문가로 새 출발을 했다.

예전의 나도 명확한 방향 없이 커리어 성장이라는 명목, 또는 조건에 따라 밥벌이를 위해 정신없이 내달리기만 한 적이 있었다. 지난 10여 년을 그렇게 보냈는데 앞으로 또 10여 년을 목적도 없이 달린다면, 『천 번의 이력서』의 저자 이지윤의 모습처럼 나이 50에 뒤늦은 후회가 밀려올 것이 뻔하리라는 생각이 들었다.

30대를 훌쩍 넘어 시작한 드림워커의 삶은 버겁기만 했다. 도전에 따른 별다른 성과도 없이, 안팎의 갖가지 어려움이 속절없이 밀려올 때마다 차라리 남들처럼 꿈을 접고 평범하게 살아가고만 싶었다. 살아내야 하는 현실이 있기에 다시 선택한 직장인의 삶, 꿈꾸는 자라 해도 직장인의 자리에서는 달라질 게 하나도 없었다.

그렇다. 일자리는 바뀌었지만, 달라지는 게 없는 것이다.

어느새, 꿈을 가지고 사는 것에만 만족하고 위안 삼으며 살아가고 있었다. 희망을 갖고 살면 언젠가는 내 삶이 달라질 것이란 착각에 빠진 채, 직장인의 삶에 다시금 적응하고 있었던 것이다.

머리를 세차게 한 대 맞은 것처럼, 다시 눈이 번쩍 뜨여졌다.

내가 원하는 삶을 만들어 줄 누군가를 기다렸을지도 모른다. 화목한 가정, 안정된 직장, 보장된 미래 등은 애초에 누가 대신해서 만들어 주지 않는다는 엄연한 사실을 잊은 채, 내 삶의 운전대를 다른 누군가에게 넘겨주고 있었던 것이다.

그러나 내가 바라는 삶을 만나기 위해서 지금 이 자리를 피해 다른 곳을 찾아 떠나는 것만이 정답은 아니라는 생각이 들었다. 지금 여기서 내가 원하는 삶을 만들어 내지 못한다면, 그런 삶은 영영 나에게 오지 않을 것이기 때문이었다.

예전처럼 회사에 대한 실망으로 무작정 사표를 던짐으로써 지금 자리에서 도망치지는 말자고 다짐했다. 오히려 나처럼 자신의 삶을 제대로 그려나가지 못한 채 좌절과 방황으로 힘들어하는 직장인들에게 새로운 삶의 길로 이끌어 주는 안내자가 되어야겠다는 원대한 꿈으로 사표를 대신하게 되었다.

'무엇이 되어야지' '무엇을 해야지' 하며 쇼핑목록 고르듯 꿈 찾기에만 급급해하며 방황했던 예전과는 달리, 이제는 참으로 가슴 뛰는 꿈이 생겨났다.

–꿈 · 비전 코치

–최고의 동기부여가

–라이프 코치

–자기계발 작가

등 명확한 꿈들이 떠올랐다. 가슴 두근대는 이 꿈들이 나의 삶의 비전이 되어 방향을 제시해 주게 된 것이다.

더 이상 미래를 불안해하고 방황하며 흔들리는 30대 직장인이 아닌, 가슴 뛰는 꿈으로 현재의 일터를 꿈터로 만들어 나가는 진정한 dream worker가 된 것이다.

평범한 직장인으로 시작해서 초정밀 분야의 일가를 이룬 김규환 명장이 있다.

"저는 초등학교도 다녀보지 못했고, 5대 독자 외아들에 일가친척 하나 없이 열다섯 살에 소년 가장이 되었습니다. 기술 하나 없이 25년 전 대우공업에 사환으로 들어가, 마당 쓸고 물 나르며 회사생활을 시작했습니다. 이런 제가 훈장 2개, 대통령 표창 4번, 발명특허대상, 장영실상을 5번 받았고, 1992년 초정밀 가공분야 명장으로 추대되어 우리나라에서 상을 제일 많이 받은 명장이 되었습니다.

저는 국가기술자격 학과에서 아홉 번 낙방, 1급 국가기술자격에 여섯 번 낙방, 2종 보통운전에서 다섯 번을 낙방하고 창피해 1종으로 전환한 후 다섯 번 만에 합격했습니다. 사람들은 저를 새대가리라고 비웃기도 했지만, 지금 우리나라에서 1급 자격증 최다 보유자는 접니다. 새대가리라고 얘기 듣던 제가 이렇게 된 비결은 목숨 걸고 노력하면 안 되는 것은 없다는 생활신조 때문입니다.

저는 현재 5개 국어를 합니다. 학원에 다녀본 적이 없습니다. 제가 외국어를 배운 방법은 과욕 없이 천천히 하루에 한 문장씩 외우는 것이었습니다. 집의 천장, 벽, 식탁, 화장실 문, 사무실 책상 가는 곳마다 써 붙이고 봤습니다. 이렇게 하루에 한 문장씩 1년, 2년 꾸준히 하다 보니 나중엔 회사에 외국인이 올 때 설명도 할 수 있게 되었습니다. 하루 종일 쳐다보고 생각하고 또 생각하면 해답이 나옵니다.

저는 제안 2만 4,612 건, 국제발명특허 62개를 받았습니다. 저는 조금이라도 도움이 되는 것이 있으면 무엇이라도 개선합니다. 하루 종일 쳐다보고 생각하고 또 생각하면 해답이 나옵니다."

삶을 바꾸기 위해 환경만 바꾸는 데 급급해했던 나를 돌아보게 해준 김명환 명장의 말이다.

그는 공장 청소부로 시작해서 노력에 노력을 거듭해 기능공, 공장장, 명장으로 발돋움한 것도 모자라, 현재 '무동력 대체에너지 특허등록'을 하고 우리나라의 미래 에너지까지 준비하고 있다. 지금도 어제의 자신보다 갱신하는 하루를 창조하기 위해 목숨 걸고 노력하고 있는 것이다.

김명환 명장은 이렇게 얘기한다.

"형편 탓할 필요 없습니다. 목숨 걸고 노력하면 안 되는 것이 없으니까요."

실망스런 현실을 마주하기가 두려워질수록, 눈을 부릅뜨고 마주쳐야 한다. 막연한 믿음과 기대에 기댄 채 자신의 삶을 제대로 바라보지 않는다면, 지금 일터를 꿈터로 만들 수 있는 기회는 영원히 다시 오지 않을 것이다.

지금 일터를 꿈터로 만들어라.

당신은 커리어 성장이라는 이름으로 메뚜기처럼 이리저리 옮겨다니고 있지는 않은가? 그렇다면 또 어딘가로 떠날 곳을 찾기에 골몰하는 대신, 이제 지금 이 자리에서 꿈을 키워라.

꿈을 품는 순간, 오후 네 시에 지친 나를 카페인과 자양강장제로 깨우던 예전의 김대리가 아니게 된다. 꿈으로 무장하는 순간, 평범한 직장인에서 위대한 직장인으로 재탄생하게 될 것이다.

2

슬럼프의 또 다른 이름, No Dream

꿈이 없으면 이루어질 것도 없다.

– 칼 샌드버그

여기 두 사람이 있다.

몹시 불우한 환경에 처해 있는 청년 A. 하지만 그는 불우한 환경에도 아랑곳하지 않고, 심장을 뒤흔드는 뜨거운 꿈을 간직한 채 살아가는 한 사람이다.

이에 반해, 모든 이들이 부러워할 만큼 좋은 환경에 있는 B. 이렇다 저렇다 할 꿈도 없이 하루하루를 쳇바퀴 돌듯 살아가고 있다.

이 둘 중 앞날이 기대되는 이는 누구일까?

아마 당연하다는 듯이 A라고들 생각할 것이다.

"사람은 모름지기 꿈이 있어야지."

"꿈도 목표도 없는 사람이 미래에 얼마나 더 나은 삶을 살겠어? 안 봐도 뻔하지."

"그래, 지금은 힘들지만 꿈을 잃지 않고 사는 청년은 분명 뭐라도 해낼 수 있을 거야."

와 같은 반응을 보일 것이다.

그러나 정작 자기 자신에게는 어떤가? 꿈을 얘기했다가는 현실감 없는 사람으로, 또는 아직 철이 덜 든 사람쯤으로 취급되는 사회 분위기에 휩쓸려 꿈을 생각해본 적이 없는 이들도 적지 않을 것이다.

그렇게 꿈을 모른 채 살아가던 10년차 직장인이었던 나에게 심각한 슬럼프가 시작되었다. 앞만 보고 열심히 달려온 10년쯤이 지날 무렵, 더 이상 앞으로 나아가지도 물러서지도 못하는 어정쩡한 위치에 있는 나를 발견했다.

사람은 매너리즘에 빠지는 순간부터 성장이 멈추고 불평만 늘어나게 된다고 한다. 성장은커녕, 불만과 불평만 팽배해 가고 있었던 것이다.

10년을 한 곳만 바라보고 달렸다.

15년 전, 남자들도 버티기 힘들다는 유통업에서 문화센터 강좌 기획자로, 그렇게 유통업의 서비스인으로 20대를 보내고 30대의 문턱을 훌쩍 넘어 어느새 30대 후반이 되어 있었다.

수백, 수천 개의 강좌를 기획하고 진행하면서, 잘 짜여진 강좌들처럼 내 인생도 잘 짜여진 소위 인기강좌가 되리라 믿었다.

하지만 직장 10년차이면서도 내 인생의 기획이라는 것은 세워본 적이 없다는 걸 뒤늦게 깨달았다.

하나의 강좌, 한 한기, 1년 강좌 기획 등 잘 짜여져 가는 문화센터 브로슈어처럼 내 삶도 이와 같이 기획되어 앞으로 잘 진행되는 일만 남았다고 생각했다.

하지만 나이가 들면서, 그리고 결혼하여 워킹맘으로 살아가면서 어느 것 하나 기획(?)대로 되지 않았다. 나름 인생계획이라고 잡아두었던 많은 리스트들도 마치 인기강좌 만들듯 겉만 번드르르하게 기획했던 것이었다.

또한 나의 삶을 기획하는 데서 가장 중요한 삶의 목적과 방향을 찾지 못하고 있었다. 진정한 나의 꿈을 모른 채 그렇게 달려만 가고 있었던 것이다.

전옥표의 『빅 픽처를 그려라』의 프롤로그에는 한 아이의 그림 이야기가 나온다.

> 초등학교의 미술 시간, 선생님은 아이들에게 그리고 싶은 동물을 자유롭게 그리라고 했다. 여유롭게 책상 사이를 돌며 지도하던 선생님은 유난히 몰입해서 그리는 한 아이를 발견했다. 흥미가 생겨서 아이에게 다가가 그림을 살펴보니, 놀랍게도 아이의 스케치북에는 차마 그림이라고 할 수 없는 것이 그려져 있었다.
>
> 하얀 도화지가 온통 까만색 크레파스로 뒤범벅 되어 있는 게 아닌가! 깜깜한 밤에 까마귀가 날아가는 그림일까? 칠흑같이 깜깜한 바다 속을 그린 것일까? 아이는 이 그림 같지도 않은 까만 종이를 계속 만들

어 냈다. 한 장, 또 한 장 그리고 또 한 장……. 아이는 수십 장을 쉬지 않고 그려댔다.

이쯤 되자 선생님도 아이의 크레파스를 빼앗지 않을 수 없었다. 선생님은 아이의 부모님을 만나고 의사들을 찾아가 상담했다.

그리고 아이는 정신병원에 보내졌다. 정신병원에서도 아이는 계속해서 새까만 그림을 그렸고, 지켜보는 어른들의 걱정은 깊어만 갔다.

그런데 우연히 아이의 책상 서랍에서 퍼즐 한 조각이 발견되었다. 불현듯 무언가를 깨달은 어른들은 아이의 그림들을 잇대어 맞춰 보았다. 놀랍게도 그림들은 서로 연결되어 있었다. 이내 다 같이 달려들어 아이의 그림을 체육관 바닥에 한가득 펼쳐놓고 그림 조각을 맞춰 나가자 검은색 도화지가 제자리를 찾아 거대한 퍼즐이 완성되었다.

어른들은 깜짝 놀라고 말았다. 아이가 그린 그림은 새까맣고 거대한 고래였다. 검은색으로 가득 칠해진 그림은 그냥 먹지가 아니라 고래의 등이고 꼬리였다. 아이는 도화지 한 장에는 도저히 담을 수 없는 거대한 고래를 그렸던 것이다.

예전의 나는 도화지 한 장을 앞에 놓고, 오로지 이 한 장의 그림이 최후의 걸작으로 남겨져야 한다는 일념으로 그렸다 지웠다를 수 없이 반복했다. 무수히 많은 도화지의 그림을 합쳐 큰 그림을 만들어 낸다는 것은 생각지도 못했던 것이다.

무언가를 열심히 하다가 좌절하여 슬럼프에 빠져들기를 수십 수백 차례, 그러는 동안 10년이란 세월이 훌쩍 지나버렸다. 나이 서른이 넘어서면서, 결혼만 하면 삶이 달라질 줄 알았는데, 아이가 생기고 나이가 좀 더 들면 안정되고 행복한 삶을 살 줄 알았는데, 행복의 순간은 쉽사리 찾아오지 않았다.

세상이 정해놓은 이정표를 따라가기에 바빴다. 일상의 삶이 행복과는 멀게만 느껴질수록, 세상이 그려놓은 새로운 이정표를 찾기에만 더 몰두했다. 사각형 도화지 틀 속에 열심히 까맣게 칠하기만 바빴지, 뭘 그려대는지, 뭘 그려야 하는지를 모른 채 무작정 그리기에만 열중했다.

그렇게 도화지에 검은색만 칠해두고, 큰 그림의 일부라는 것을 모른 채, 이건 망친 그림이라며 잇따라 같은 그림만 그려댔다. 빅 픽처를 모르고 그려대는 삶은 조각조각 흩어져 있는 낙서일 뿐인 것이었다.

김종원 저 『사색이 자본이다』에서는 직장인들의 슬럼프에 대한 생각을 엿볼 수 있다.

> "당신은 몇 년차인가요?"라고 물으면, 일한 기간에 따라 다양한 답을 할 것이다. 하지만 경력이란 것은 자신이 사랑하는 일을 한 시간이다. 만약 당신의 삶이 1년밖에 남지 않았다고 가정해 보자. 그럼 당신은 지금 하고 있는 일을 계속할 것인가? 쉽게 대답할 수 없다면 당신의 경력은 진짜 경력이 아닐 가능성이 높다. 지금 내가 당장의 현실만 걱정하며 쌓는 경력은 나의 경력이 아니라, 그 일을 시킨 사람의 것이다.

경력이 쌓일수록 세상이 만만해져야 하는데, 왜 자꾸 두려워지기만 하는 걸까?

그 이유는 내가 가진 경력이 생각만큼 깊지 않기 때문이다. 내가 지금 하고 있는 일이 내가 사랑하는 일이 아니기 때문이다. 누군가가 정해준 길을, 남들이 가니까 나도 따라간 길을, 그리고 그저 멋져 보여서 생각없이 선택한 길을 무작정 걷고만 있기 때문이다.

왜 우리는 자신의 길을 걷지 못하고, 남의 길에서 서성이며 아까운 시간만 낭비하는 걸까?

물론 일에서 만족할 만한 성과를 얻었다 해도, 눈앞에 닥친 현실의 일을 처리한 경력은 나의 것이 아닌 것이다. 내가 진정 사랑하고 내가 원하는 길을 가지 않는다면, 내 인생의 가슴뛰는 꿈을 발견하지 못한다면, 슬럼프라는 이름 속에서 허우적대는 나를 발견하는 건 그리 어려운 일이 아니다.

한 구인포털사이트에서 남녀 직장인을 대상으로 '직장인 슬럼프'에 대해 조사를 한 적이 있다. 조사 결과, 무려 직장인의 98%가 '직장생활을 하면서 슬럼프에 빠진 적이 있다'고 답했다. 또 그 원인으로는 '반복되는 업무에서 오는 권태감과 불투명한 미래'를 1위로 꼽았다.

이렇듯 직장인의 98%가 겪는 슬럼프라면, 직장생활과 슬럼프는 직장인의 숙명으로 받아들여야만 할까?

모름지기 일과 삶은 분리될 수 없을진대, 직장 일을 나의 삶에서 따로 떼어낸 채 막연한 자유만 희망하며 하루하루 버티는 생활이 최선은 아닐 것이다.

10년의 경력이 진정 오롯이 나의 경력이라고 자신 있게 얘기할 수 있는가? 회사의 성장과 비전이 나의 성장이라고 착각하며 보내고 있지는 않은가? 정말 이제 어디에 서 있든 간에 온갖 난관을 헤쳐 나갈 수 있는 나만의 경력을 갖추었다고 생각하는가?

아니라면, 주기적으로 찾아오는 슬럼프를 어깨에 올려메고 지난 10년을 보낸 것처럼 앞으로 또 10년을 보낼 셈인가?

직장인 10년차, 나는 이제 회사에 얹혀사는 삶을 바꾸기로 결심했다. 그리고 나자 그 결심을 통해 내 삶의 주인공으로 살아가는 방법을 배우게 되었다.

이제 김대리, 이과장 대신, 스스로 나에게 새로운 명함을 만들어주어야 할 때이다. 앞으로의 삶이 더 막막하고 두렵다면, 이제는 남들이 가는 길을 따라만 가던 삶을 멈추고 나에게 물어야 할 때이다.

'나의 진정한 꿈은 무엇인가?'

꿈이 대답해줄 것이다.

그리고 그 꿈이 주기적으로 슬럼프에 빠져드는 당신을 구원해줄 것이다.

3

도망치고 싶을 때, 더 당당히 맞서라

지혜로운 사람은 미혹되지 않고,
어진 사람은 근심하지 않으며,
용기 있는 사람은 두려워하지 않는다.
-공자, 「논어」 중에서

CS(고객만족)매니저라는 새로운 분야에 도전해서 근무한 지 1년여가 지났다.

10년 동안이나 익숙했던 문화센터 강좌기획 일이나 운영팀장 직을 벗어나, 새로운 분야에 도전하고 싶었다. 내 삶을 문화센터의 강좌들처럼 다양한 커리큘럼으로 채워나가고 싶었던 것이다. 한 직업에서 10년을 일해 왔다면, 앞으로의 10년은 뭔가 색다른 일을 통해 살아봐야 한다고 생각했다.

그 중 하나로 선택한 직업이 CS강사, CS코칭 매니저다.

대학 졸업 후 약 10여 년간을 백화점 문화센터 강좌기획자로 일해 왔다. 문화센터에서 만난 사람들 대부분이 각자의 분야에서 전문가로 많은 지식과 경험을 쌓아올린 사람들이었다. 10년간 앞만 보고 달릴 때는 내 일, 내 자리가 제일 커 보였다. 그런데 제일 커 보였던 내 자리가 10년이 지나도 10년차 김대리, 김팀장이지만, 문화센터 강좌를 진행하는 강사들은 10년쯤이 지났을 때는 그냥 선생님이 아니라 원장님, 교수님, 센터장 등으로 위상이 높아지는 것이었다.

그동안 전문가들을 잘 선별하는 눈을 키워왔다면, 나도 이제 한 분야의 전문가답게 나만의 목소리를 낼 줄 알아야 한다고 생각했다.

하지만 오랜 시간 사무실에서 독립적으로 기획하고 소규모 미팅이나 회의 정도를 진행하는 데 익숙해 있던 내가 이제부터는 여러 사람들 앞에 서서 강연을 해야만 했기에, 그 부담감이 상당히 버겁게 나를 짓눌렀다.

그렇더라도 한 센터를 이끌어 왔던 경험과 직원 CS코칭만은 자신이 있었기에, CS강사로 시작하기엔 다소 늦은 37세의 나이임에도 불구하고 지금 몸담고 있는 회사에 입사하게 되었다.

훗날, 본사 과장님이 내 나이를 뒤늦게 알고 나서는 우스갯소리로 "이렇게 나이 많은 사람, 누가 뽑으랬어?" 하면서 주변 동료들과 한바탕 웃어젖히곤 했다.

얼마 전, 사상 최악의 청년취업난에 허우적대는 2030세대의 분노가 커지고 있다는 뉴스를 접했다. 연애 · 결혼 · 출산을 포기하는 '3포세대'를 넘어 내집마련과 인간관계까지 포기한 '5포세대', '청년

실신(실업자+신용불량자) 시대', 학벌 · 학점 · 토익의 '취업 3종세트'를 넘어 어학연수와 자격증, 공모전 입상, 인턴 경력, 사회봉사를 포함하고도 모자라 성형수술까지 더한 '취업 9종세트'…….

이처럼 수많은 조어가 등장하고 또 확대될 만큼 청년들이 위기에 몰려 있다는 소식은 비단 어제오늘만 듣는 얘기가 아니다.

첫 직장조차 갖기 힘든 20대부터 미래가 불투명한 30대, 40대를 거쳐 그 이후 퇴직, 노년까지, 어느 세대를 보더라도 맘 편한 세대는 없는 것 같다.

그럼에도 "아프니까 청춘이다"로 상징되는 기성세대의 위로와 "눈높이를 낮춰라"는 조언은 청년들에게 분노를 불러일으킨다고 한다.

나 또한 앞 세대인 부모 세대나, 좋은 위치에 자리 잡고 있는 기성세대를 보면 부럽기도 하고 억울한 느낌이 들 때도 있다.

안타깝게도, 우리 사회는 더 큰 변화를 겪을 것이고, 예전처럼 대학 졸업만 하면 취업이 되던 그리운 시대는 두 번 다시 돌아오지 않을 것이다.

21세기 미래학자 제레미 리프킨은 그의 저서 『노동의 종말』에서 이렇게 얘기한다.

> 세계 경제는 노동의 본질이 급진적으로 변하는 한가운데에 놓여 있으며, 이는 미래 사회를 위한 의미 있는 결과를 가져온다. 산업화 시기에 대규모의 인간 노동력은 기계와 더불어 기본적인 제품과 서비스를 생산하였다. 접속의 시대에는 컴퓨터 소프트웨어, 로봇, 나노 테크놀로

지, 생명공학 등과 같은 형태의 지능적 기계들이 농업, 제조업 및 서비스 부문에서 사람의 노동력을 점차 대신하고 있다. 농장, 공장 및 다수의 화이트칼라 서비스 산업 부문은 빠른 속도로 자동화되어 가고 있다.

21세기에는 반복적인 단순 업무에서부터 고도로 개념적인 전문 업무에 이르기까지 점점 더 많은 육체적, 정신적 노동이 값싸고 보다 효율적인 기계에 의해 이루어지게 될 것이다.

아마도 2050년쯤이면 전통적인 산업 부문을 관리하고 운영하는 데 전체 인구의 5퍼센트 정도밖에 필요하지 않게 될 것이다. 모든 나라에서 노동자가 거의 필요치 않는 농장, 공장 및 사무실이 일반화될 것이다.

지난 20세기에도 기업의 생산성이 높았었지만 실업률도 높았다.

21세기에는 기업의 생산성이 사상 최대치를 기록하고 있지만, 실업률 또한 유례없이 높아지고 있다.

앞으로 다가올 22세기는 제레미 리프킨이 전망했듯이, 현재보다 더 어려워지면 어려워졌지, 우리 같은 개인들이 살기 쉬운 시대는 정녕 아닐 것이다.

살기 좋았던 지난 시대라는 것도 우리가 알고 있던 것만큼 편한 시대가 아니었으며, 앞으로의 시대 또한 경쟁이 더욱더 치열해질 것이므로 확실한 준비 없이는 무척 힘들어질 것으로 보인다.

과연 내가 변화하는 시대의 흐름에 잘 맞춰서 살아가고는 있는 걸까?

나 또한 부모세대에 만들어 놓은 교육제도와 결혼 등 이상적인 매뉴얼대로 살아왔다.

하지만 부모세대와 우리 세대의 삶의 방식이 너무 크게 달라져 가는 데다 그동안 '옳다, 바르다, 이상적이다'고 생각했던 삶들이 나에게는 무용지물인 순간이 많았다.

열심히 공부하고, 열심히 일하고, 열심히 살아가기만 하면 행복해진다는데, 그렇게 열심히 살아가건만 나아지는 거 하나 없이, 때론 더 나빠지는 경험을 하기도 했다.

더 이상 이대로 살 수는 없다. 나 혼자가 아닌 아이의 미래까지 암울하게 만들 수는 없는 일이다.

어느 순간, 어디로 가야 하는지 목적 없이 흘러가는 지금 이 모습에서 벗어나야 한다고 생각했다. 그래서 무모해 보이는 도전도 시도해 보고, 한없는 절망이 찾아온 순간과 희망 사이를 오르락내리락하면서, 남들과 똑같은 모습으로 살아야 한다는 틀을 깨고 나다움을 찾기 위해 뚜벅뚜벅 걸어나가기 시작했다.

그러자 멀게만 여겨졌던 삶의 행복이 손에 붙잡히기 시작했고, 나다움을 발견하고 진정 내가 원하는 꿈을 발견해서 달리는 지금 이 순간이 진정한 행복임을 알게 되었다.

앞만 보고 달려온 이 순간, 또 어디로 가고 있는지, 누가 가라고 한 건지 모르는 이 순간을 멈추어야 한다. 다른 이들 모두가 간다고 따라가기만 한 이 길을 이제는 멈추어야 할 때가 온 것이다. 늦지 않았으니 잠시 멈추고, 내가 가야 할 방향부터 다시 정해야 할 때이다.

당신도 다른 사람들이 걸어가는 뒷자락만 보고 가느라 어디로 가고 있는지 모른다면, 잠시 멈추어라. 멈춰 서서 고개를 들어 멀리 빛나는 꿈을 찾아보라. 내가 원하는 진정한 꿈을 발견한다면, 나만의 길로 당당하게 나아갈 수 있다.

하지만 주변에는 꿈을 말하는 행위에 이질감을 표하는 사람들이 많다.

"벌써 나이가 서른이 넘었어. 마흔이 코앞이야." 등…….

아직 서른 중반, 후반을 달리는 그들은 꿈이라는 말에 고개부터 절레절레 흔들곤 한다.

나 또한 37세 나이가 많다고 지레 주눅이 들어 새로운 분야에 도전하기를 주저했다면, 내 꿈을 펼치지는 못했을 것이다. 문화센터의 강좌기획자, 팀장으로만 계속 남아 있었다면 몸은 더 편했을지 모른다. 하지만 새로운 시도를 통해 그동안의 삶의 방식을 송두리째 바꾸었기 때문에, 인생의 주인공으로 살아가는 법도 배울 수 있었던 것이다.

어느덧 10년차 직장인이 된 당신, 이제 새로운 길을 선택하기에는 너무 늦었다는 생각 따위는 떨쳐버려라.

기껏해야 사회와 나를 잘 몰랐던, 20대를 보낸 10년이다. 이제는 사회가, 회사가 원하는 모습이 아니라, 진정 내가 원하는 모습으로 살 수 있는 선택의 순간이 왔다.

힘들다고 도망칠 것인가? 피하고만 말 것인가?

진정한 나의 모습, 내가 원하는 삶을 꿈꾼다면, 더 당당히 맞서라. 당당하게 맞서는 순간, 새로운 기회의 문이 열릴 것이다.

4

내 삶의 경력을 스스로 업데이트 하라

우리는 자신을 이김으로써 스스로를 향상시킨다.
자신과의 싸움은 반드시 존재하고, 거기에서 이겨야 한다.
–에드워드 기번

얼마 전 본사에서 장기근속 직원들을 대상으로 이력서를 다시 작성하라는 지시가 내려왔다. 10년 이상 근무한 직원들이 여럿 있었고, 그 중 10년차 대리인 Y는 회사 내에서 촉망받는 인재들 중 한 사람이었다.

Y가 이력서를 쓰고 있었다. 쓰는 동안 표정이 어두워지는 기색이 내 눈에 들어왔다. 항상 밝고 긍정적인 모습을 잃지 않는 그녀는 회사 내의 분위기 메이커였다. 그런 그녀가 상기된 표정으로 "적을 게 없어요" 하며, 황급히 이력서를 마무리하고 자리를 떠났다.

그녀는 대학 졸업 후, 현재 10년째 근속하고 있는 직원이었다. 미술 전공과는 무관한 부서 업무에서도 그녀의 딱 부러지는 밝은 성격과 출중한 재능으로 업무능력을 인정받고 있었으며, 지금은 그 부서 업무를 대표하는 사원이기도 했다.

하지만 이력서를 다시 써야 하는 사건을 계기로, 10년이라는 긴 세월 동안 회사생활에 혼신의 열정을 다했음에도 이력서에 재직 경력 단 한 줄 늘어난 것 외에 적을 게 없었다는 사실에 적잖은 충격을 받은 것 같았다.

이렇듯이 당신도 회사 경력 늘어난 것이 마치 내 삶의 경력이 늘어난 것과 같다는 착각을 하고 살아가지는 않는가?

10년이라는 짧지 않은 시간 동안, 회사 경력을 채움과 더불어 내 삶의 경력도 업데이트 했었더라면, Y처럼 10년 만에 다시 써야 하는 이력서를 놓고 당황하진 않았을 것이다.

몇 년 전에 이러한 경험을 했던 나는 퇴사, 이직 등으로 회사 경력만 늘어난 이력서 대신 내 삶의 이력서를 업데이트 하지 않으면 안 됨을 깨닫고 있었다.

스타벅스의 CEO 하워드 슐츠는 자서전 『온워드』에서 성공 비결에 대해 이렇게 밝힌 바 있다.

"일에서 성공을 맛보았다 하더라도 자신을 일신하기 위해 노력을 해야 한다."

슐츠는 최근 CEO로서의 업무를 오린 스미스에게 넘기고 글로벌 전

략에 올인하고 있다. 그는 "스타벅스는 이제 시작일 뿐"이라고 말한다. "스타벅스가 비록 미국에선 성공했다고 해도 커피 소비의 6%만 차지할 뿐"이라며 아직 미국에서조차 겨우 걸음마 단계일 뿐이라고 덧붙였다. 슐츠는 "이제 우리는 전 세계에 더욱 활발하게 진출해야 한다. 스타벅스는 앞으로 끊임없이 새로운 시도를 해 사람들을 놀라게 할 것"이라고 말했다.

이미 성공한 것으로 여겨지는 스타벅스와 슐츠의 삶에서도 성공은 매일매일 획득해 나가야 하는 것이지, 한 번 달성한 것으로 끝이 아니라는 점을, 그리고 진정한 성공은 성장을 멈추지 않아야 한다는 점을 재삼 강조하고 있다.

직장인 10년차쯤이면, 일에서는 흔들리지 않는 나만의 한 방이 있을 것이다. 10년이란 시간은 크고 작은 흔들림에도 눈 하나 깜짝하지 않고 해결해낼 내공쯤은 갖춰지고도 남았을 시간이다. 하지만 직장에서 점점 뿌리가 깊이 내려진다고 느껴질수록, 내 삶은 왜 이리 갈대처럼 흔들리고 있는 걸까?

직장에서의 경력뿐 아니라 삶의 경력도 업데이트 하는 데 성공한 사람들이 있다. 농협중앙회 상무, 강원도 정무 부지사, 대한석탄공사 사장을 지내고 현재 창의경영연구소를 운영하는 조관일 씨가 그 중 한 명이다.

CS(고객만족) 전문으로 나서던 시기에 이 분야의 책들을 찾아 공부하던 중, 사무실 책장 속에서 조관일 소장의 『서비스에 승부를 걸어라』를 꺼내 보게 되었다.

꽤 오래 전에 씌어진 저서였지만, CS분야의 책들이 의외로 많지 않은지라 그의 이력에 관심이 갔다.

조관일 소장은 과거 농협에 근무하던 시절, 채권관리 업무를 담당했다. 일에 대한 열정이 남달랐던 그는 '어떻게 하면 채무자들을 설득해서 채권을 회수할 수 있을까?'라는 방법을 고민, 연구하게 되었다. 그리하여 연수원에서 직원들을 상대로 고객 응대법을 가르치기 시작했다.

하루는 조관일 씨의 강연을 참관한 원장이 그를 조용히 불렀다. 강연 내용을 책으로 펴내면 어떻겠느냐는 것이었다. 그렇게 해서 쓰게 된 첫 책이『손님 잘 좀 모십시다』였다. 그의 저서는 이후 고객 응대에 관한 사내 매뉴얼의 근간이 되었다.

책 출간 후 그의 일상에 변화가 생기기 시작했다. 첫 책이 농협중앙회 회장의 손에까지 들어간 것이다. 하루는 회장님의 호출이 있었다. 당시 춘천에서 근무하던 그에게 서울로 올라와 중앙회 전 직원을 교육시키라는 지시가 떨어진 것이다. 그렇게 그는 서울 입성에 성공했고 과장으로까지 승진했다.

조관일 소장은 당시를 회상하며 다음과 같이 술회했다.

"제가 첫 책을 서비스에 대한 주제로 쓰지 않았다면 농협에서 퇴출당했을 거예요. 농협이 필요로 하는 서비스, 친절에 대해 썼기 때문에 그 분야에서 능력을 인정받게 되었고, 그 바람에 빨리 승진이 됐죠. 내가 지금 있는 직장에서 진심으로 튀고 싶다면 그곳에서 남다른 세계를 만들어 내야 해요. '내가 이런 사람이다' 내보일 수 있는 것 중의 하나가 책이라는 거죠."

춘천 농협에서 근무하던 시절 그는 친절서비스 최고 전문가가 되기로 결심했다고 한다.

이후 그는 "서비스 이론을 본격적으로 연구하여 이 분야의 최고의 책을 쓸 것이다. 그래서 유명해질 것이고 서울로 올라갈 것이다." 라고 선언했다.

당시 주위 사람들은 "글쎄, 그게 될까?" "꿈 깨!"라며 시큰둥해 했다고 한다.

하지만 도전하기로 마음먹은 지 3년, 집필을 시작한 지 8개월 만에 친절과 서비스 문제를 다룬 최초의 책 『손님 잘 좀 모십시다』를 출간했고, 그것은 직장생활과 인생을 바꾼 결정적인 전환점이 되었다.

친절서비스 분야의 최고가 되겠다고 결심한 이후 직장생활을 하면서 20여 권의 책을 썼고, 퇴직 후 당당히 1인 기업가로서 새로운 출발을 하게 된 것이다.

그의 저서 『직장을 떠날 때 후회하는 24가지』에서는 회사형 인간에 대해 이렇게 얘기한다.

> 회사형 인간이라는 말이 있다. 회사의 틀에 갇혀 일의 노예가 되고 언젠가는 승진해서 높이 올라갈 것이라는 막연한 기대에 매달려 아등바등 살아가는 사람들을 의미한다.
>
> 자기 특유의 영역을 만들어 내지 못하고 남들과 똑같은 방식으로 살아가는 붕어빵 같은 사람이다. 이런 직장생활의 속성 속에서 튀고 싶다

면 자신만의 독자적인 노선과 영역을 만들어 내야 한다. 다른 사람과 똑같은 방식으로 살지 말라는 것이다. 남과 경쟁하기 위해 쏟아 붓는 노력과 에너지를 자기 자신과 경쟁하는 데 투입하고, 자기 삶을 멋지고 가치있게 만드는 데 사용하라.

10여 년간 당신은 취업을 위해, 직장에서 인정받기 위해 눈물나는 노력을 했다. 하지만 앞으로의 10년을 회사가 아니라, 자기 자신과 경쟁하는 데 쓰지 않으면, 남은 인생은 지금보다 더 비참해질 것이다.

TV의 한 다큐 프로그램에서 코끼리 서커스단을 다룬 적이 있다. 100년 전통의 코끼리 서커스로 유명한 미국 서커스단이건만 코끼리 서커스의 조련 방법이 매우 비인도적이어서 동물보호단체의 비난을 받아왔고, 2018년 완전히 문을 닫을 것이라는 내용이었다.

코끼리를 유희의 대상으로만 이용한 결과 상처투성이가 된 코끼리를 보호해야 함을 적나라하게 보여주고 있었다.

그 중 한 장면이 기억에 남았다. 코끼리의 발목에 살이 패이고 색이 바래져 있었는데, 어릴 적부터 묶어둔 쇠사슬 자국이었던 것이다. 이렇듯 쇠사슬 자국만 선명히 남아 있는 코끼리들은 이제 묶여 있지 않아도 도망가거나 저항하지 않았다.

어릴 적부터 가는 쇠사슬에 발목을 묶인 채 길들여진 코끼리는 거대하게 자라난 후에도 숫제 도망갈 시도조차 못하게 되는 것이다.

많은 직장인들이 이런 코끼리처럼 스스로에게 한계를 덧씌운 채, 자신만의 삶을 충분히 그려나갈 수 있음에도 불구하고 나아가길 두려워한다.

반면, 성공한 사람들은 발목에 쇠사슬 따윈 없다는 걸 일찌감치 깨닫고 두려움 없이 나아가는 것을 볼 수 있다.

"안정을 위해 자유를 포기한 사람은 둘 다 가질 수 없고, 또 가질 자격도 없다."

벤저민 프랭클린의 말이다.

평생을 직장에만 헌신하는 직장인들은 우물쭈물하다가, 다가올 10년 후에는 업데이트 되지 않은 자기 이력서를 내밀게 될 것이고, 회사는 그런 직장인을 더 이상 지켜주지 않을지도 모른다.

회사가 나를 밀어내는 순간이 오기 전에, 지금 이 순간부터 내 인생 이력서의 업데이트를 시작하자.

5

오늘 가진 생각이 인생을 결정한다

전 직원의 99.9퍼센트가 무리 속에 묻혀 있는 것은
그들이 크게 생각하지 못하기 때문이다.
– 잭 웰치

나는 오늘 하루를 어떤 생각으로 채웠나?

직장인이라면 월요일 출근을 시작으로 퇴근 후를 생각하고, 막상 퇴근 후에는 회사 일들을 뇌리에서 지우지 못한 채 막연히 곱씹는다. 주말과 월급날만을 손꼽아 기다리며, 일할 때는 일에 집중하지 못하고 쉴 때조차 제대로 쉬거나 자신의 삶을 계획하지 못하는 게 현대인의 삶의 모습일 것이다.

김종원 저 『사색이 자본이다』에서는 이런 말을 한다.

"한 번 사는 인생, 조금 쉽게, 단순하게 살자!", 왜 이런 트렌드가 형성되었는지 생각조차 하지 않은 채 사람들은 방송과 책에 나온 말 그대로 살려고 한다. 뉴스를 틀어도 답답하고, 미래를 생각하니 답답하고, 월요일에 회사 나갈 일을 생각하면 답답하니 "인생 뭐 있어!"라고 외치며 술 한잔 걸치고 그냥 다 잊고 생각없이 단순하게 사는 게 최고라고 말한다.

하지만 혹시 "단순하게 사는 게 최고야!"라는 이 말이, 명령을 내리는 자들이 나에게 가장 듣고 싶어 하는 말이라는 사실을 알고는 있는가? 나에게 월급을 주는 그들은 내가 아무 생각 없이 월급날만 기다리며 살기를 아주 간절하게 소망하고 있다. 물론 '나는 정말 많은 생각을 하고 살고 있다고!"라며, 항변하는 사람도 있을 것이다. 그런 사람에게 이렇게 묻고 싶다.

"나는 정말 생각하고 있는가?"

"그 생각은 정말 나의 것인가?"

"나는 언제나 별 생각 없이 선택하고, 그 선택에 대한 어떤 결과도 생각 없이 그대로 받아들이지는 않았는가?"

팍팍한 현실 속에 짓눌린 30대. 여자라면 쇼핑과 여행으로, 남자라면 퇴근 후 동료들과의 술 한잔으로 '인생 뭐 별것 있나? 지금 젊을 때 즐기자.'며 오늘도 그렇게 흘려보내기 일쑤다.

하지만 다시 맞은 아침. 무거운 눈꺼풀을 끌어올리고 늦은 출근길에 발걸음만 재촉한다.

무언지는 모르지만, 이대로 사는 게 맞나 싶은 생각이 든다. 이렇게 영영 살아가야 한다는 생각에 두려움이 밀려오기도 한다. 10대, 20대 시절엔 취업이라는 목표만 보고 달려왔는데, 지금은 무엇을 어떻게 해야 할지도 모른 채 전전긍긍하고 있다.

"도전하지 않으면 청춘이 아니라고 하는데, 그래. 아직 30대인데 도전해 보자. 사표를 쓰기로."

위의 얘기는 내 과거의 모습이기도 하고, 또 주변에서 흔히 보는 직장인들의 현 세태이기도 하다.

예전의 나도 이대로는 안 되겠다고 생각한 후로는 샐러던트(공부하는 직장인)가 되어 영어, 운동, 책 읽기 등으로 분주하게 나를 몰아세웠다. 하지만 일상의 모습에서는 변화의 조짐을 기대하기가 어려웠다.

대기업에 근무할수록 나를 잊고 쳇바퀴같이 돌아가는 삶에 답답함이 더해갔다. 대기업에서 근무한 시간이 더해갈수록 나는 없어지고, 회사의 부속품처럼만 느껴질 때가 많았다. 휴일에도 직장인 김대리를 벗어나지 못했다. 이제 삶은 김대리를 빼고는 생각조차 못하게 된 것이다.

변화가 필요했다. 그 변화가 내 안의 변화를 이끌어 내지 못한 채, 우선 환경부터 바꿔보자며 앞뒤 돌아보지 않고 무모하게 사표를 썼다.

내 인생의 큰 꿈과 계획도 없이 먼저 사표부터 썼으므로 '무모한 도전'이었고, 지금 현재 꿈을 가지고 인생의 빅 픽처를 그려나가고 있는 시점에서 보자면 '과감한 도전'이었다고 할 수 있었다.

하지만 요즘에는 수많은 직장인들의 고민상담을 해주면서, 오직 현재의 삶을 바꾸기 위해 사표를 쓰는 것이라면 잠시 미루어 두라고 충고하곤 한다.

나 또한 환경을 바꾸는 것만이 내 삶의 변화를 이끄는 유일한 방법이라 여긴 적이 있었다. 하지만 그 방법이 최선이 아니라는 걸 경험을 통해 알기에, 사표를 쓰기 전에 자신의 삶 전체를 재점검해 보아야 한다고 조언해 준다.

사표가 내 인생의 변화의 도구가 될 것이라 기대하지 말고, 삶을 변화시키고자 한다면 내 생각부터 바꿀 필요가 있다고 말이다.

미국 작가이자 변호사인 케리 랜달은 이렇게 말했다.

“삶은 우연히 나아지지 않는다. 삶은 변화에 의해 나아진다. 이 변화는 언제나 내부에서 발생한다. 더 나은 삶은 변화에 의해 나아지는 것이다. 더 나은 삶을 만드는 것은 생각의 변화이다.”

위의 말처럼 삶은 결코 우연히 나아지질 않는다.

평범한 사람들은 하루에 5만~6만 가지 생각을 하는데, 그 생각들 중 95퍼센트는 전날 생각의 반복이라고 한다.

자신의 삶을 바꾸고자 할 때, 지금 하는 자신의 생각을 바꾸려고 노력한 적이 있는가? 어제와 같은 생각을 하면서 삶이 저절로 나아지기를 기대하거나, 아니면 자신의 생각을 바꾸지도 못한 채, 환경만 바뀌면 삶이 저절로 변할 거란 기대를 안고 있지는 않은가? 지금 삶이 달라지길 원하면서도, 자신을 변화시킬 궁리는 왜 해본 적이 없는가?

나폴레온 힐의 저서 『생각의 부자가 세상을 이끈다』에는 에드윈

C. 반스가 토머스 에디슨과 파트너 관계를 맺은 일화가 나온다.

청년 에드윈 C. 반스는 당대 최고의 발명가인 에디슨의 사업 파트너가 되겠다는 갈망을 가슴에 품었다. 하지만 가슴속에서 처음으로 이러한 갈망이 용솟음쳤을 때, 반스는 어떤 행동도 구체적으로 취할 수 없었다. 왜냐하면 두 가지의 커다란 장벽이 그를 가로막고 있었기 때문이다. 우선 에디슨이 누구인지 잘 몰랐으며, 또한 돈이 없어 에디슨이 사는 뉴저지 주 오렌지 행 기차표를 살 수 없었던 것이다.

대부분의 사람들은 이러한 난관에 부딪히게 되면 가슴속에서 꿈틀거리고 있는 욕망을 외면한 채, 그것을 실현시키기는커녕 시도조차 하지 않고 포기한다.

하지만 반스는 달랐다.

그는 결국 토머스 에디슨을 만나기 위해 기차 화물칸에 몸을 싣고 이스트 오렌지로 향했던 것이다. 그리고 마침내 에디슨의 실험실에 모습을 드러낸 반스는 파트너로 일하기 위해 여기까지 찾아왔다고 당당하게 말했다.

몇 년 후, 에디슨은 반스와의 첫 만남을 이렇게 회상했다.

"모습은 영락없는 부랑자 같았지만, 그의 표정은 아주 진지하고 예사롭지 않았다."

청년 반스가 에디슨에게 했던 말 그 자체는 그다지 중요한 것이 아니다. 정말로 중요한 것은 바로 그의 '생각'이다. 에디슨 자신도 이 점을 분명히 밝혔듯이, 낯선 젊은이가 불쑥 찾아와 함께 일하고 싶다며 애원한다고 해서 쉽게 부탁을 들어줄 에디슨이 아니었다. 그가 반스를 받아들인 이유는 바로 성공에 대한 반스의 '확고한 의지'와 '생각' 때문이었다.

회사를 나오는 게 당신의 꿈이라면 그 꿈은 당장 이룰 수 있다. 하지만 사표를 쓰는 것으로 끝나는 꿈이라면, 그 이후의 삶이 마냥 꿈 맛같이 달콤할까?

나의 경험에 비추어 보면, 자신의 변화를 거치지 않고 실현시킨 환경의 변화에서는 결코 행복을 찾을 수가 없었다. 내 삶을 바꾸겠다는 반스와 같은 확고한 의지와 생각을 가진 후에라야 진정한 내 삶의 방향을 모색할 수 있었다.

우리는 삶이 행복하기를 꿈꾼다. 성공하기를 꿈꾼다.

하지만 내가 원하는 성공에 대해, 삶에 대해, 삶의 방향에 대해 진지하게 생각해본 적이 과연 얼마나 될까? 30대인 지금에야 삶이 뜻대로 풀리지 않는다는 것쯤 어렴풋이 알게 되었을 것이고, 그 떨떠름한 기분을 떨쳐버리기 위해 애써 자위하며 지내고 있을지도 모른다.

삶이 저절로 나아지지 않듯이, 에디슨의 파트너가 된 청년 반스처럼 애초에 원하는 꿈과 생각이 없다면 내가 원하는 대로 삶을 변화시키기는 어려울 것이다.

청년 반스가 에디슨의 파트너가 되어야겠다는 생각과 의지를 가지지 않았다면 크게 성공할 기회도, 자신의 삶을 원하는 대로 살 수 있는 기회도 없었을 것이다.

헨리 포드는 이런 말을 남겼다.

"생각하는 것이 세상에서 가장 힘든 일이다. 아마도 진정으로 생각하려는 사람이 많지 않은 것도 바로 이런 이유에서일 것이다."

생각하기가 어렵기 때문일까? 대부분의 사람들은 생각도 하지 않은 채 자신의 삶을 무심코 흘려보내고 나서야 지나온 시간을 아쉬워하고 후회한다. 하지만 후회한 만큼 내 삶을 변화시키리라는 생각을 해보지도 않은 채, 또 오늘을 맞이한다.

어제와 다른 삶을 꿈꾼다면 지금 나의 생각부터 바꾸어라. 삶은 내가 지닌 생각 그 자체이기 때문이다.

6

나 주식회사(Me Inc.)를 꿈꿔라

우리 모두는 우리의 회사인 '나 주식회사(Me Inc.)'의 CEO들이다.
오늘날 비즈니스 세계에서
저마다 의미있는 존재가 되기 위해 가장 중요한 일은
'당신(You)'이라 불리는 브랜드에서 최고 마케터가 되는 것이다.
- 톰 피터스

누구나 인생에서 한 번쯤 크게 흔들릴 때가 있다.

흔들리는 건 20대뿐만이 아니다. 어쩌면 이 시대의 모든 세대가 몹시 흔들리고 힘들어하고 있다.

30대 직장인 절반 이상이 자신의 삶에 만족하지 않는다고 한다.

30대의 삶의 만족도가 낮은 이유는 무엇일까?

졸업, 취업, 승진 등 앞만 보고 열심히 달려왔는데 어느새 10년이 지난 시점, 돌아보니 원하는 삶의 그림과 점점 멀어져 있는 현재의 모습에 우울함이 밀려오기 때문이다.

그렇기에 현재의 만족감도 느끼지 못할 뿐더러 미래에 대한 두려움이 앞서 하루하루를 맘 졸이며 살아가는 직장인들이 많은 것이다.

한 직장에서 20대를 보내고 어느덧 30대 중반이 되어가는 J.

1년 전 승진을 하고 새로운 업무로 바쁘게 돌아가는 J는 요즈음 업무량이 늘어 힘들고, 숨쉴 틈 없이 바쁘다며 불평을 해대는 모습을 자주 내비친다. 마치 그렇게 힘들다는 티라도 내지 않으면 자기에게 또 다른 일이라도 떠넘겨질까 봐 큰 소리로 바쁘다는 사이렌만 울려댄다.

그리고 '예전에는 익숙한 업무만 쭉 봐왔는데 요즘에는 왜 새로운 일들이 자꾸만 주어지는지 모르겠다'라고 불평하며, 변화에 수긍하지 못한 채 안주만 하고 싶어 한다. 운동과 여행 등의 취미생활에 몰두하며, 지금 이 자리의 차디찬 현실을 회피하려고 하는 것만 같다.

직장인들을 대상으로 한 조사에서 5명 중 1명은 여름휴가 계획으로 해외여행을 준비하고 있다고 할 만큼, 직장인에게 여행 또한 하나의 취미생활로 자리 잡았다. 어디라도 떠났다 오지 않으면 팍팍한 직장생활을 버텨내지 못하겠다고 한다.

하지만 여행을 다녀오고 나서도 기분전환과 재충전을 하고 왔다는 말은커녕 해소되지 않은 피로와 우울함을 호소하는 직장인이 많다. 꿈 맛 같던 여행에서 제자리로 돌아올 수밖에 없는 현실은 마시멜로처럼 달콤하지가 않기 때문이다.

여행으로 몸은 잠시 낯선 세상을 다녀왔을지라도 자기 일상을 꿈꾸는 삶으로 만들지 못하면 잠시 잠깐의 이벤트로 그칠 뿐, 뿌리깊은 행복감을 느끼기는 어려운 것이다.

직장이라는 울타리 속에 함몰되어 있다 보면 빠르게 돌아가는 바깥세상의 속도를 느끼지 못할 수도 있다. 세상이 예전과는 많이 달라졌다고 하더라도 내 방식, 내 생각 그대로 10년을 지나온 것처럼, 지금 몸담고 있는 회사가 앞으로도 지금의 내 모습 그대로를 지켜줄 것이라는 믿음이 적지 않을 것이다.

하지만 과거에 비해 업무량도 늘어나고 새롭게 배워야 하는 기술과 지식도 점차 빠르게 변함에도 그에 따른 연봉 인상은 기대할 수 없어, 불만과 불평이 점점 커져 가는 건 어쩌면 당연한 이치처럼 보인다. 그런 불만과 불평은 점차 가정, 사회, 나라 등 외부환경으로 번져 나간다.

나 또한 예전엔 남 탓을 많이 했다. 겉으로는 짐짓 점잖은 척했지만, 내가 아닌 네 탓, 회사 탓, 사회 탓, 나라 탓 등 내가 속한 환경만 탓하기에 여념이 없었다.

흔들리는 30대는 내가 도저히 바꿀 수 없는 단단한 환경에 놓여 있다는 좌절감에 짓눌린 나머지 자신에 대한 실망, 분노, 절망을 표현할 방법도, 환경을 바꿀 방법도 몰라 자신의 삶을 통째로 흔들리게 내버려 두는 우를 범하기도 한다.

흔들리는 건 세상이, 네가 아니라, 지금 나인 것이다. 나를 더 이상 흔들리게 내버려 두지 마라. 내가 흔들리지 않으면 세상도 흔들리지 않는다.

단단히 뿌리를 내리면, 어떤 비바람이 몰아쳐도 흔들리지 않는다. 지금 흔들림에 쓰러져 있다면, 빨리 몸을 일으켜 세워 세상 속에 단단하게 뿌리를 내려야 한다.

직장생활 10년차쯤 접어들면서, 업무 능력은 향상되어 있었지만 더 이상의 성장은 없을 것 같다는 생각이 들 당시에는 당장 회사를 뛰쳐나오는 것만이 꿈이라고 여겼었다. 회사 내에 있을 때에는 업무에 집중하지 못하고, 퇴근한 후에는 나를 돌아보지 못한 채 동료들과의 술자리로, 걱정과 불만으로 쳇바퀴 도는 생활을 하기도 했다.

많은 직장인들이 창업을 꿈꾸며 자기 사업, 자기 가게를 가지는 게 평생소원이라고 말한다. 하지만 창업하기도 쉽지 않은 요즘에는 그런 소망을 키우기보다 '정년까지 잘 버티다가 시골에 가서 농사나 짓고 싶다. 일단 노후는 생각할 겨를이 없으니깐 애들 대학 졸업할 때까지 잘 버텨보자.'로 꿈을 대신하고 있다.

일명 샐러던트는 직장과 학원을 열심히 뛰어다니며 자기계발에 열을 올린다.

이렇듯 바쁘게 지내는 샐러던트나, 취미생활로 주말을 분주하게 보내는 직장인들 가운데는 남부럽지 않은 회사에 입사하고도 시간이 흐를수록 '희망이 없다. 비전이 없다.'는 이유로 회사를 떠나는 이들이 많다.

왜 우리는 회사에 다니면서 이직을 생각하는 걸까?

『나는 무적의 회사원이다』 저자이자 직장생활연구소 소장인 손성곤은, 직장인들에게 이직계획이 필요한 가장 큰 이유는 '모든 직장인은 회사를 떠날 수밖에 없다'라는 원칙 때문이라고 말한다.

회사 안에서 일어나는 정치, 줄대기, 험담, 아부, 처세 등의 가장 큰 이유는 오래 살아남기 위함이다. 그것은 결국 직장에 오래 남아야 지속적인 수입을 얻을 수 있기 때문이다. 회사 창업자도 이 원칙에서 예외가 아니다. 스티브 잡스도 자신이 만든 회사에서 쫓겨난 경험이 있다는 사실을 잊지 말자. 또한 세상이 변하면서 현재 종사하는 산업군과 업무가 사라질지 모른다는 것도 우리가 이직계획을 생각할 수밖에 없는 이유가 됐다.

옥스퍼드 마틴 스쿨의 마이클 오스본 교수와 칼 베네딕트 플라이 연구원이 2014년에 발표한 「고용의 미래 : 우리의 직업은 컴퓨터화에 얼마나 민감한가」라는 보고서에서는 '자동화 기술의 발전으로 20년 안에 현재 직업의 47%가 사라질 가능성이 크다'고 지적했다.

다가올 미래에는 우리 중 절반이 프리랜서가 될 것이라고 손성곤 소장은 말한다. 그의 말에 따르면, 올해 고용 관련 최대 화두 중 하나가 '정규직 대 비정규직'이었다고 한다. 이런 사실에서도 예상할 수 있듯이, 앞으로 20년 내에 정규직과 비정규직의 구분은 사라질 것으로 보인다. 회사와 계약을 맺어 시간과 노동력을 전달하고 대가를 받는 관계로 회사와 직원의 개념이 바뀌게 되는 것, 즉 계약직이 일반화될 가능성이 높은 것이다. 이직이 빈번하게 일어날 것이고 해고도 지금보다 쉬워져, 지금의 '프리랜서' 개념이 일반화될 것으로 예상된다.

『메이커의 시대 : 유엔미래보고서 미래 일자리』 저자이자 한국지부

유엔미래포럼 박영숙 대표는 현재 미국인 5,300만 명이 자영업자와 프리랜서로서 1인 기업 혹은 프로젝트에 몸담고 있다고 미국자영업협회에서 발표했다고 말한다. 이는 미국 전체 인구의 34%를 차지하는데, 2020년이 되면 미국 인구의 절반이 될 것으로 예상된다. 기업에 고용되어 월급을 받기보다는 프리랜서로, 즉 1인 기업으로 프로젝트를 따라다니게 되고, 앞으로 일자리는 더 많은 1인 기업으로 구성되며, 독자적으로 일하고 위험을 감수하면서 결과에 따른 성과를 지불받는 프리랜서 시대가 올 거라고 박영숙 대표는 설명한다.

그렇기 때문에 만약 지속적으로 커리어를 이어가길 원한다면 프리랜서 수준으로 자신만의 영역과 능력을 구축해야 한다. 전문성의 유효기간도 점점 짧아지고 있다. 예전에는 한 번 박사가 되고 교수가 되면 평생 먹고사는 것이 가능했다. 하지만 지금은 전문직 종사자도 지속적으로 업데이트 된 정보와 지식을 학습하지 않으면 도태될 수밖에 없는 것이 현실이다.

–2015. 7. 25. 〈허스트중앙〉

아주 오래 전부터 피터 드러커는 "기업에서 월급을 받더라도 '나 주식회사(Me Inc.)'의 대표처럼 행동해야 당당하게 살아남을 수 있다."라고 강조했다. 시대가 빠르게 변하고 사람들의 평균 수명이 높아지는 만큼 직장에 있든, 직장을 나오든 자신만의 경쟁력을 갖춰야 한다는 것이다.

바로 지금이 나 주식회사(Me Inc.) CEO를 준비할 때이다.

영원할 것만 같은 20대도 30대가 되고 보니 한순간처럼 지나갔다. 30대는 아마 20대보다 훨씬 빠른 속도로 지나갈 것이다. 언젠가 회사에서 더 이상 버틸 수 없는 힘든 순간이 올 것이다. 나 주식회사(Me Inc.) CEO로 준비가 되어 있다면 그 순간이야말로 새로운 삶을 시작할 기회가 될 수 있지만, 세월이 비켜가기만을 바랐던 사람이라면 예고 없이 해고의 날벼락을 맞아서 비참한 처지에 놓이게 될 것이다.

자기 스스로 회사를 나오는 시기를 결정할 수 있어야 한다. 진정한 꿈을 발견해서 자기 삶을 준비한다면 가능하다.

마지막으로 헬렌 켈러의 말을 새겨두자.

"안전은 환상일 뿐이다. 삶은 과감한 모험이거나 아무것도 아닌 것, 둘 중 하나다. 안전이란 것은 자연계에 존재하지 않는다. 모든 인류의 후손들은 안전이란 것을 경험하지 못했다. 위험을 피하는 것은 결과적으로 위험에 노출된 것만큼이나 안전을 전혀 보장하지 못한다."

등 떠밀려 쓰는 사표 대신, 당당하게 사표를 쓰는 준비를 하자. 지금 이 순간부터…….

7

실패는 성공 스토리의 밑거름이다

나는 선수 시절 9,000번 이상의 슛을 놓쳤다.
300번의 경기에서 졌다.
20여 번은 꼭 승리로 이끌라는 특별 임무를 부여받고도 졌다.
나는 인생에서 실패를 거듭해 왔다.
이것이 내가 성공한 정확한 이유다.
-마이클 조던

후리스, 히트텍 하면 떠오르는 것은?

겨울, 따뜻함, 월동준비……. 뒤이어 흰색 바탕에 선명한 붉은색 글자로 씌어진 '유니클로(UNIQLO)'를 떠올리는 사람들이 많을 것이다.

이제 유니클로의 후리스, 히트텍 등의 상품들은 아이, 어른 할 것 없이 모든 세대가 애용하는 패션 브랜드가 되었다.

얼마 전 "한국 패션 시장에서 첫 '1조 원 브랜드'가 나왔다."는 기사가 눈에 띄었다. 국내 브랜드가 아니라 일본의 SPA(기획 · 생산자가 유통 · 판매까지 하는 브랜드) 업체인 유니클로였다. 유니클로는 한국에 진출한 지 10년 만에 단일 브랜드로는 처음으로 연 매출 1조 원을 넘겼다고 한다.

불황기라고 불리는 요즘, 다른 브랜드와 확연하게 차이를 두고 고공 행진을 하고 있는 유니클로의 숨은 저력에 무엇보다 관심이 갔다.

세계적인 히트상품이 된 발열내의 '히트텍'의 개발 과정을 두고 유니클로의 구니이 요시히로 부회장은 이렇게 회고했다.

"불가능하다는 반대가 많았지만, 1만 벌이 넘는 시제품을 만들고 버리길 반복하는 오랜 연구 끝에 양산에 성공했습니다."

그는 1984년 일본 히로시마의 작은 옷가게에서 출발해 30여 년 만에 '세계 3대 의류회사' 진입을 노릴 만큼 급성장한 비결로 '무조건 혁신'을 꼽았다.

" '싼 맛에 쉽게 사서 입고 버리는 옷'이란 인식을 바꾸기 위해 새로운 소재를 찾고, 가격거품을 걷어내는 과정을 지속하다 보니 연평균 30%의 고속성장이 뒤따라왔습니다."

이렇게 작은 옷가게에서 출발해 놀라운 성장을 거두고 있는 유니클로도 크고 작은 실패의 기억들이 있다.

"사회적으로 의미 있는 일"을 모토로 삼는 유니클로는 채소, 과일 판매에 도전한 적도 있다. 물이나 비료를 주지 않고 농산물 본래의 힘을 끌어내어 재배하는 '나가타 농법'을 사업화한 것이다. 야나이 다다시 회장은 "결과는 대실패였다"고 평가했다. "제품을 스스로 만들어 직접 파는 유니클로의 방식을 적용할 수 없었다"는 것이다. 결국 1년 반 만에 20억 엔의 손실을 입고 손을 뗐다.

독일 로스너 브랜드를 인수했다가 3년 만에 17억 엔의 손실을 보고 매각한 적도 있다. 영국에 21개까지 매장을 열었다가 2년 만에 16개를 폐점하며 120억 엔의 손실을 본 적도 있다. 스키니 진을 유행시킨 뒤 와이드 진을 내놓았다가 외면당한 경우 등 작은 실패는 숱하다. 하지만 야나이 회장은 미국 브랜드 띠어리를 인수하는 공격적인 인수합병(M&A)을 멈추지 않았다. 실패해도 신제품을 계속 내놓았다.

–2015. 10. 1. 〈중앙일보〉

야나이 다다시 회장은 그의 자서전『1승 9패』에서, 무엇보다 실패를 두려워하지 않고 빨리 도전하는 것이 성공의 가장 큰 힘이라고 밝힌 바 있다.

그는 '성공의 비결이나 공식 같은 것은 세상에 존재하지 않는다'라고 딱 잘라 말한다. 히로시마의 작은 옷가게를 열 때부터 '옷을 바꾸고, 상식을 바꾸고, 세상을 바꾼다.'는 큰 꿈을 품었기에, 실패를 실패로 여기지 않고 과감한 도전으로 성공을 이뤄나갈 수 있게 되었다고 강조한다.

야나이 회장은 실패 자체가 실패가 아님을, 실패를 포용하면 동전의 앞뒷면처럼 실패라는 뒷면에 성공의 앞면이 함께 있음을 생생하게 입증해 준다.

반면, 많은 사람들은 시작도 하기 전에 실패라는 동전의 뒷면만 보고 성공의 앞면을 찾기 어렵다고들 한다.

『부자 아빠 가난한 아빠』의 저자로 유명한 로버트 기요사키는 실패에 대한 부자 아빠의 충고를 이렇게 전해준다.

> 부자 아빠는 내게 자주 이런 말을 했다.
>
> "성공은 희생을 먹고 자란다."
>
> 나는 지금껏 희생을 치르지 않고 성공한 사람을 만나지 못했다. 예컨대 의사가 되려면 학자금, 시간, 에너지, 인간관계에서 엄청난 대가를 치러야 한다. 뛰어난 운동선수, 영화배우, 뮤지션, 정치인, 사회적으로 인정받는 인사들이 모두 그렇다. 성공한 사업가도 다르지 않다.
>
> 성공하고 싶다면 희생이라는 비용을 지불해야 한다. 하지만 유감스럽게도 그 값을 치르고 싶어 하지 않는 사람이 너무나 많다. 큰 희생을 치르며 불확실한 성공을 얻기 위해 노력하느니 차라리 평범하고 안락한, 안전한 삶을 사는 것이 훨씬 쉽기 때문이다.

안정된 회사 밖을 나와, 나의 한계를 깨닫는 데는 3년이 걸렸다. 정글과도 같은 바깥세상을 그저 책상머리로만 이해하고 뛰어든 결과 나는 실패하고 또 실패했다.

회사 밖을 나와 처음 시작했던 일은 세일즈 분야였다. 나의 능력에 따라 나의 몸값이 달라진다는 것과 'officeless worker'로 살 수 있다는 점이 회사에 매인 생활을 했던 나에게는 도전하고 싶은 분야였다.

단순한 판매원이 아닌 세일즈 전문가가 되기 위해, 공부에 매진했다. 화장품 세일즈를 시작했을 때에는 피부, 메이크업 수업을 밤낮으로 쫓아다니며, 배우고 익혔다. 화장품 하나를 파는 데 열을 올리기 이전에, 피부 문제로 고민하는 고객들에게 내가 진심으로 도움이 되도록 노력했다. 지성이면 감천이라 했던가. 그런 노력에 한 사람, 두 사람 나를 믿고 제품을 구매하는 고객들이 늘어갔다.

반면에 회사 밖을 나와 빠른 시간 안에 성공해야 한다는 부담감에 짓눌려, 처음 가졌던 의지는 약해져만 갔다. 회사 안에서는 누군가가 나를 찾아왔지만, 이젠 내가 누군가를 찾아 나서야 하는 위치로 바뀌었음을 쉽사리 인정하지 못했던 것이다.

그렇게 두 번째로 이어진 보험설계사 일은, 화장품과는 달리 회사에 일정 소속되어 일을 하는 것이라, 처음에는 어렵지 않게 적응을 할 수 있었다.

하지만 시간이 지날수록 일과 나의 마인드가 부딪쳐 삐걱거리기 시작했다. 보험설계사 또한 개인사업자와 같은 위치인데, 나의 마인드는 아직 직장인의 월급생활에 젖어 있었던 것이다.

주어진 일만 했던 10년 세월을 한달음에 바꾸기란 생각처럼 쉽지 않았다. 새로운 분야에서 서투름을 인정하지 못하고, 나의 선택이 틀리지 않았음을 확인하기 위해, 나를 더 채찍질하기에만 급급했다. 그럴수록 두려움과 압박감은 커져 갔고, 회사 문을 나서면서 가졌던 자신감은 점점 바닥으로 가라앉았다.

실패에 실패를 거듭할수록 나의 한계를 깨닫게 되었고, 나의 무지를 여지없이 실감하게 되었다.

변화하지 않은 삶은 실패한 삶이라고 머리로는 끄덕였지만, 실패를 기꺼이 수용하는 단계에까지 나아가지 못하고 있었던 것이다.

새롭게 뛰어든 낯선 분야에서 실패할 것이 두려워, 오직 실패하지 않기 위해 버둥거리고 있는 나를 발견했다. 오로지 실패하지 않기 위해 피하면 피할수록 실패 앞에 서 있는 나를 발견하게 된다는 것을 뒤늦게야 깨달았다.

세계 최대 온라인 기업 알리바바의 창업자, 마윈 회장은 실패에 대해 이런 조언을 들려준다.

> "창업가라면 다른 사람의 실패를 공부하는 데 많은 시간을 투자해야 합니다. 성공 요인은 수도 없이 많지만 실패하는 이유는 비슷비슷하거든요. 그래서 저는 성공학 강의를 너무 많이 듣지 말라고 조언하고 싶습니다. 진정한 성공학은 노력을 통해 체득하는 것입니다. 그렇게 해서 진정으로 성공하면 당신이 하는 말은 진리가 될 것입니다."

대개는 성공자의 뒷면에 숨어 있는 실패를 보지 못한다. 성공자를 비추는 화려한 스포트라이트에만 눈길이 팔린 나머지, 그 이면에 있는 실패는 보지 못하게 되는 것이다.

지난날들에 실패했다는 그 한 가지 이유만으로 삶의 낙오자라 자학하지 말아야 한다. 실패는 곧 성공의 과정이기 때문이다.

이제 나에게 실패의 경험은, 흔들리는 직장인들에게 공감과 고민을 나눌 수 있게 해주는 큰 자산이 되었다. 또한 가장 두려워하고, 피하고 싶었던 실패를 수없이 겪음으로써 나에게 더 큰 용기를 안겨주었음을 안다.

실패를 배움의 기회로 삼지 않았다면 영원히 실패의 늪에서 허우적대고 있었음은 분명하다.

박지성은 자신의 자서전『더 큰 나를 위해 나를 버리다』에서 이렇게 얘기한다.

"패배를 당한 뒤 온몸 가득한 기분 나쁜 느낌을 빨리 버리는 것, 패배를 빨리 극복하고 다시 일어날 수 있는 정신력 회복이야말로 발전의 계단을 밟고 올라가는 힘이다."

진정한 프로는 '칭찬도 컨트롤 할 수 있는 능력'과 '비난에도 상처받지 않는 심장'을 지닌 사람이다. 자신의 한계와 무지를 발견하는 순간, 당신의 삶은 지금보다 더한층 성장할 수 있게 될 것이다.

한 번의 실패로 주저앉지 마라. 실패라는 이름은 성공하는 순간 도전이란 이름으로 바뀐다.

이제 실패라는 이름 대신, 도전이라 부르자. 도전이 많아질수록 성공의 문 앞에 가까워졌음을 기억하자.

8

나를 넘어설 1그램의 용기만으로 충분하다

오늘 변화하라. 그럼 내일이 바뀔 것이다.
오늘 실패하고 느껴라. 그럼 내일은 성공할 것이다.
오늘 안주하라. 그럼 내일은 비참해질 것이다.
오늘 실패를 피해 가라. 그럼 평생 실패만 할 것이다.
– 마리아 슈라이버, 『삶은 항상 새로운 꿈을 꾸게 한다』 중에서

10여 년간 몸담은 회사를 나오는 데에는 큰 용기가 필요했다. 하지만 그 용기가 퇴사 이후의 생활까지 꽉 채울 만큼은 못 되었다는 것을 깨닫는 데에는 오랜 시간이 필요하지 않았다.

찰스 핸디는 세계를 움직이는 사상가 50인에 올라 있고, 전 세계에서 가장 영향력 있는 매니지먼트 사상가이다. 그의 저서 『포트폴리오 인생』에서는 현재의 삶에 안주하지 말고, 우리 인생을 길게 볼 것을 조언한다. 특히 변화의 시대에, 새로운 패러다임으로 살아야 하는 이 시대에 꼭 필요한 덕목이 '용기'임을 강조한다.

> 삶을 바꾸려면 용기가 필요하다. ……삶을 바꾸려면 새로운 사다리의 바닥에서 시작해야 하는 경우도 많다. 현재 오르는 사다리가 잘못된 것임을 깨달았을 때, 어떻게 할 것인가 하는 결정은 오로지 자신의 몫이다. 가급적 빨리 사다리를 찾아야 한다. 하지만 머릿속에서 결정을 내리는 것과 현실에서 결정을 실행하는 것은 별개다.

찰스 핸디가 '삶을 바꾸려면 용기가 필요하다'고 강조했지만, 내가 가진 용기는 그저 머릿속에서 결정을 내리는 데 필요한 양만큼이었지, 현실에서 결정을 실행하여 꾸준히 밀고 나갈 정도까지는 되지 못했다.

매달 정해진 월급에 얽매이고 싶지 않다며 사표를 쓰고 나온 나였지만, 내 스스로 몸값을 정해 나가야 하는 세계로 나왔을 때는 용기보다 두려움이 앞서 성공과는 먼 길을 택했다는 후회막급한 생각을 지울 수 없었다. 모든 것을 스스로 헤쳐 나가야 하는 환경에 던져졌을 때, 그동안 머리로만 이해했던 지식들로는 속수무책일 뿐, 두려움의 구렁텅이에서 헤어 나오질 못하고 있었다. 실패가 곧 성공의 디딤돌이라는 걸 깨닫지 못한 채 좌절의 시간만 길어져 갔다.

이런 좌절의 시기에 큰 감동과 용기를 준 책이 있다. 미국의 '판매왕' 빌 포터를 주인공으로 한 『Door to Door』이다.

빌 포터는 1932년 9월 미국 샌프란시스코에서 태어났다. 태어날 때 언어장애와 사지근육마비를 동반하는 뇌성마비를 앓아, 오른손을 못 쓰고 등과 어깨가 굽었으며 걷는 것도 불편했다.

그러나 그의 어머니 아이린은 입버릇처럼 말했다.

"넌 할 수 있어. 마음만 먹으면 뭐든 할 수 있어, 빌."

어머니의 바람과 달리, 빌을 받아주는 곳은 많지 않았다. 어렵사리 들어간 취직자리에서 실수를 연발하는 빌을 너그러이 봐주는 곳은 없었다.

그렇게 거리로 내몰린 빌을 마지못해 채용한 곳이 있었다.

생활용품 판매기업 왓킨스 사는 다른 세일즈맨들이 모두 회피하는 지역을 그에게 할당했다. 이렇게 해서 빌은 1959년에 방문 판매를 시작했다. 새벽 네 시 45분이면 일어나 엉성하게 옷을 갖추어 입고 방을 정리한 뒤, 일곱 시 20분이면 포틀랜드 시내로 가는 버스에 몸을 실었다. 버스에서 내려서도 걸음걸이가 불편해 담당 구역까지 가는 데에만 세 시간씩이나 걸렸다.

아침마다 그는 담당 구역으로 가는 길에 구두닦이한테 들러서 구두끈을 매달라고 부탁했다. 그의 손이 너무 뒤틀려 있어서 구두끈을 맬 수 없었기 때문이다. 그 다음으로는 호텔에 들러 도어맨의 도움으로 와이셔츠 단추를 채우고 넥타이를 매만져, 최대한 단정해 보이도록 매무새를 가다듬었다. 비가 오나 눈이 오나 빌은 날마다 15킬로미터를 돌아다녔다.

그 후 24년간 빌은 날마다 여덟 시간 이상씩 미국 서북부 포틀랜드의 주택가를 돌며 물건을 팔았다. 쓸 수 없는 오른팔을 뒤로 감춘 채, 무거운 샘플 가방을 왼손에 들고 언덕을 오르내렸다. 담당 구역에 있는 집들을 모두 돌아다니려면 석 달이 걸리지만, 그는 한 집도 빠짐없이 문을 두드렸다. 거래가 성립되면, 빌이 펜을 쥐기가 어렵기 때문에 고객들이 주문서를 직접 작성했다. 날이 가고 해가 갈수록 빌을 반갑게 맞아들이는 집이 많아졌고, 그의 판매 실적도 서서히 올라가기 시작했다.

24년 동안 한결같이 수백만 가구의 문을 두드린 뒤 빌 포터는 마침내 목표를 이루었다. 왓킨스 사의 서부지역 판매왕으로 선정된 것이다. 그때부터 그는 한 번도 판매왕 자리를 놓치지 않았다.

현재 그는 왓킨스 사의 최고 판매왕이자 미 전역에서 강연 요청이 쇄도하는 유명 강사로 활동하고 있다. 신문과 방송, 영화와 강연을 통해 2천만 명 이상이 그의 조언에 귀를 기울인다.

이러한 빌 포터의 이야기를 담은 책과 영화를 우연히 보고 난 후, 그동안 내가 실패라고 여겼던 일들에서 과연 끈질긴 시도부터 해보긴 했었나 하는 의문과 반성이 들게 되었다. 또 무엇보다도 빌 포터가 어느 순간 자신의 한계를 뛰어넘어 끊임없이 시도할 수 있게 된 계기에 대해 생각하게 되었다.

그 계기는 다름 아니라, 자신을 가장 믿고 사랑해 준 어머니의 치매였다. 몸이 불편한 빌 포터를 위해 밤낮으로 출퇴근을 도와주며 손발이 되어주던 어머니가 더 이상 자신을 도와줄 수 없게 되고, 자신의 뒤에서 큰 버팀목이 되어주던 어머니가 이젠 작아진, 연약한 할머니가 되어 있다는 걸 깨닫게 된 것이다. 그때부터 빌은 더 이상 어머니에게 의지하지 않고, 더 큰 용기를 내어 홀로서기를 결심하게 되었던 것이다.

그렇게 스스로 용기를 낸 순간부터, 자기 자신을 믿고 24년간 가가호호 문을 두드린 결과 그의 삶은 남에게 평생 의지한 채 살아가야 하는 짐이 아니라, 다른 사람들에게 빛을 나누어주는 당당한 등불로 타오르게 된 것이다.

새로운 도전을 하기로, 어제와 다른 삶으로 살고자 선택을 했음에도 망설임, 두려움으로 꼼짝 못한 시간을 보낸 적이 있다.

분명 큰 결단과 용기로 도전한 시작임에도, 실패를 새로운 경험으로 받아들이지 못하고 내 인생 전체의 실패로 받아들이곤 했다. 실패가 없으면 성공도 없다는 말을 이해는 하지만, 실패를 두려워하지 않는 용기를 내는 것이 가장 힘든 일이었다.

빌 포터는 정상인의 몸을 갖지 못한 자신을 한결같이 사랑하고 응원한 어머니가 있었기에 힘든 세일즈 일을 선택할 수 있었겠지만, 자신을 보호해 주는 어머니를 의지하려는 마음이 있었기에 처음에는 더 큰 용기를 내지 못했었을 것이다.

나 또한 회사 밖을 나와 새로운 환경에 나를 던졌을 때, 두려움이 앞서 누군가에게 의지하려는 마음이 컸었다. 하지만 의지하려는 마음이 클수록 자신감보다 두려움이 더 커져만 간다는 걸 뒤늦게 알아챘다.

그 이후 두려움이 클수록, 용기를 내기 어려운 상황일수록, 나에게 의지해야 한다는 걸 깨닫기 시작했다. 나에 대한 믿음이 커질수록, 두려움이 용기로 바뀌기 시작했다.

시작은 누구에게나 두려운 법이다. 실패는 좌절을 맛보게 한다. 하지만 누군가에게 의지하고자 하는 마음을 버리고, 어제보다 1g의 용기만 더 내어서 앞을 나가 보면 분명 조금씩이라도 나아가고 있는 나를 발견할 것이다.

9 to 6의 쳇바퀴 돌듯 살아가는 직장을 벗어나 세일즈를 시작했을 때, 무조건 성공해야 한다는 압박감이 크게 자리 잡았다. 그럴수록 실패에 대한 두려움이 커져만 갔다. 두려움이 커져 갈수록 새로운 일에 대한 실수를 삶 전체에 대한 실패로 받아들인 때도 있다.

그러나 실패에 좌절하지 않고 다시 일어서는 법을 배우기 위해 끊임없이 노력했다. 실패의 경험을 통해 나에 대한 믿음을 키우지 못했더라면, 실패할수록 누군가에게 의지하고자 했더라면, 끝끝내 내 인생의 주인공으로 사는 방법을 찾아내지 못했을 것이다.

고가 후미타케, 기시미 이치로가 아들러 심리학을 쉽게 풀어낸 저서 『미움받을 용기』에서는 이렇게 말한다.

> 자신의 삶에 대해 자네가 할 수 있는 것은 '자신이 믿는 최선의 길을 선택하는 것' 그뿐이야. 그 선택에 타인이 어떤 평가를 내리느냐 하는 것은 타인의 과제이고, 자네가 어떻게 할 수 없는 일일세.
>
> 자네는 타인의 시선에서 자유롭지 못하고 타인의 평가에 민감하지. 그래서 타인에게 인정을 받고자 혈안이 돼 있어. 그러면 왜 타인의 시선에서 자유롭지 못한 걸까? 아들러 심리학의 관점에서 보면 간단해. 자네는 아직 과제를 분리하지 못하고 있어. 본래는 타인의 과제여야 할 것까지 '내 과제'라고 생각하고 있지.
>
> 지난번에 들려준 '네 얼굴을 주의깊게 보는 사람은 너뿐이다'라고 한 할머니의 말을 떠올려 보게. 그 말에는 과제 분리의 핵심이 담겨 있어. 다른 사람이 자네의 얼굴을 보고 무슨 생각을 할까? 그건 그 사람의

과제야. 자네가 이러쿵저러쿵 따질 문제가 아닐세.

나 이외의 누군가에게 의지하지 않고 살아갈 용기, 진정한 나로 살아갈 용기만 있으면 어제와 분명 다른 오늘을 살아갈 수 있다.

어제의 나를 넘어설 1g의 용기만 더 내보자. 1g만으로 충분하다.

9

어제와 같은 오늘을 살면서 내일을 희망하지 마라

스스로 무엇이 되고자 하는가가 중요하며,
지금 내가 어떤 기분을 느끼는지가 아니라,
어떤 생각을 하고 있는지가 중요하다.
– 마가렛 대처

"A대리는 꿈이 뭐예요?"

"네? 꿈이요?"

갑작스런 질문에 A대리는 당황하는 기색이 엿보였다.

"꿈이요. 결혼은 급하게 생각 안 하려구요. 할 때 되면 할 테고, 그렇죠 뭐……."

최근 유난히 힘들어 보이는 10년차 A대리.

그녀는 근래에 파트원들의 잦은 이직과 퇴사 등으로 업무에 공백이 생기면서 여러모로 지친 상태였다. 말수도 부쩍 줄었고, 표정도 내내 어두워져 있던 것이 맘에 걸렸었다.

믿고 의지해 오던 파트원이 최근 육아문제로 사표를 쓰기로 결정했다는 것이었다. 요즘에는 파트원들의 잇따른 퇴사로 본인도 더 이상 일을 지탱해 나가기가 힘들다는 얘기였다. 10년 동안 참고 일해 왔지만 상황이 나아지기는커녕 점점 더 힘들게만 느껴져, 더 이상 버틸 여력이 없다고 했다.

그녀의 하소연을 한참 동안 들었다. 그녀의 심정에 십분 공감하기에, 직장인 10년차, 작은 조직의 장으로서 한 파트를 끌고 가려면 힘든 일이 많다는 것을 알기에 충분히 이해가 되었다.

올해 30대 초반인 그녀는 올 초 소개팅 등으로 분주한 주말을 보내는 듯했었다. 그러나 만남과 결혼이 생각보다 쉽지 않다는 것을 깨닫고 나서는 몹시 허탈해하고 있었다.

10년차 직장인, 30대 그녀에게는 이제 눈앞에 펼쳐지는 일상이 삶의 전부인 것만 같아 보였다. 지난날의 나처럼, 꿈을 잃어버린 것이다.

꿈이 없는 삶은 눈앞의 이벤트로 잠깐의 행복감을 맛볼 수야 있겠지만 그 이벤트의 행복감은 그리 오래가지 않는다는 것을 알기에 안타까운 마음이 들었다. 자신의 진정한 꿈과 행복을 고민해 보지 않는 삶은 그 얼마나 공허한가.

하지만 나는 짧은 대답으로 대신했다.

"네, 맞아요. 결혼, 천천히 해도 돼요."

직장에서 10년차라면 이젠 일도, 사람도 편해져야 하는데 그렇지 못하다는 그녀의 말처럼, 왜 직장 경력이 쌓일수록 힘들고 불안감이 커져만 가는 걸까?

롤프 옌센은 그의 저서 『드림 소사이어티』에서 기업에는 빨간색, 노란색, 파란색의 직원이 있다고 말한다. 빨간색 직원은 열정형, 노란색 직원은 노력형이라 했다. 그런데 파란색 직원은 오직 월급에만 관심이 있는 사람이란다. 파란색 직원이 많은 기업은 그 기업도, 파란색 직원 당사자들도 모두 패자가 될 수밖에 없다.

일터에서 승자가 되고 싶거든, 하고 싶은 일을 해야 한다. 오직 돈 모으기에만 급급하다 보면, 설령 돈을 많이 모았다손 치더라도 그것은 모래성에 불과할 뿐이다. 왜냐하면 급히 모은 돈일수록 급히 도망가는 속성이 있기 때문이다.

하면 할수록 내가 즐거워지는 일, 나아가 다른 사람들까지 즐거워지는 일에 집중한다면 반드시 원하는 결과를 얻을 수 있다. 이 세상에서 가장 멋진 일은 시작 전부터 가슴 설레는 일, 하는 동안 정신없이 빠져드는 일, 그 결과가 남에게 기쁨을 주는 일이다.

예전의 나도 월급날만 기다리는 파란색 직원이었다. 이런 생활이 지속되는 위기의식 속에 책을 손에서 놓지 않게 되었다. 허구한 날 어제와 같은 오늘이 이어지고, 희망도 꿈도 없이 살아가는 현재의 나를 바꾸고 싶었다. 그래서 소설책은 젖혀놓고 자기계발서를 치열하게 읽고 배우기를 시작했다.

이렇게 책과 씨름하며 하루하루를 힘겹게 버텨내던 나에게 자극이 되는 문구 하나를 발견했다.

"어제와 똑같이 살면서 다른 미래를 기대하는 것은 정신병 초기

증세이다."

천재과학자 알베르트 아인슈타인의 말이다.

행복한 미래를 꿈꾼다면서, 어제와 똑같은 오늘을 보내고 있는 나에게 아인슈타인의 말은 가히 충격 자체였다.

오늘과 다른 내일을 간절히 원하기에, 지금 당장 어제와는 다르게 살기로 결심했다. 앞으로의 매일매일은 어제의 나를 갱신하는 날로 만들고 말리라 마음먹었다. 예전에는 한 번에 1m씩 껑충 뛰어넘기를 바랐지만, 이제부터는 매일 1cm씩 어제의 나를 바꿔가는 날로 만들기로 결심했다.

앞에서 잠시 언급했듯이 문화센터 10년차, 능력이 출중하다 하여 업무 면에서 아무리 인정을 받았어도 올해 연봉이 작년 그대로 동결되는 상황까지 맞고 나자, 정해진 월급을 받기보다는 일한 만큼 철저하게 보상받을 수 있는 새로운 분야에 도전하리라 마음먹고는 세일즈 분야에 도전한 나였다.

하지만 가족과 지인들은, 특히 한평생 공무원 생활만 하신 아버지는 사람들과 맞상대해야 하는 세일즈 분야에 대한 시선이 곱지 않았다.

나 또한 이쪽 분야에 잘 맞을 만한 성격도 아닌 데다, 인맥도 가지고 있지 못했지만 오직 어제와 다른 내일을 살고 싶다는 꿈 하나로 도전을 결심한 것이다.

세일즈를 선택한 나에게 힘이 되어준 사람은 세계적인 성공 컨설턴트 브라이언 트레이시이다. 그는 무일푼에서부터 성공한 전형적인 자수성가형 백만장자이다.

트레이시의 어린 시절은 순탄하지 않았다. 아버지가 실직자였기에 어려서부터 지독한 가난에 시달려야 했다. 열 살 때부터 이웃집 잔디 깎는 일을 비롯해 신문배달 등 닥치는 대로 일을 했다. 그런데도 학비를 마련하지 못하여 고등학교를 중퇴하고는 막노동을 해야 했으며, 더 이상 막노동도 할 수 없게 되자 거리를 전전하는 노숙자로 전락했다. 그러다 운 좋게 노르웨이의 화물선에 일자리를 얻어 전 세계를 돌아다니다가 돌아와, 스물세 살에 세일즈를 시작했다. 그 후 그는 열심히 고객들을 찾아다녔지만 실적은 제로에 가까웠다.

어느 날 그는 문득 이런 생각이 들었다.

왜 세상 사람들은 '성공자'와 '실패자', '부자' 와 '빈자'로 나누어질까?

그 이유를 찾기 위해 그는 심리학, 철학, 경제학, 경영서 등 닥치는 대로 독파했다. 그러고는 회사에서 최고의 실적을 올리는 선배 세일즈맨을 찾아가 비결을 물었다.

"어떻게 해야 당신처럼 최고의 실적을 올릴 수 있을까요?"

그러자 선배 세일즈맨이 반문했다.

"먼저 자네는 이 일을 어떻게 하고 있지? 한번 말해 보겠나?"

트레이시는 선배 세일즈맨에게 자신의 세일즈 방식에 대해 자세히 설명해 주었다. 그러자 선배 세일즈맨은 그에게 세일즈 방식에 대한 여러 가지 조언을 아낌없이 해주었다. 그는 선배 세일즈맨이 일러준 방식대로 고객을 만나고 전화를 해보기 시작했다. 그리고 더 열심히 공부에 매진했다. 이동하는 차 안에서는 틈틈이 자기계발 세미나와 최고 동기부여가의 육성이 담긴 테이프를 되풀이하여 들었다.

그러자 놀라운 일이 일어났다. 제로에 가까웠던 실적이 점차 상향 곡선을 그리기 시작한 것이다. 마침내 6개월 후 그는 회사에서 가장 높은 실적을 올리는 세일즈맨이 되어 있었다.

어느 날 그는 '목표를 막연하게 생각만 하기보다는 종이에 적어보면 어떨까?'라는 착상을 하게 되었다. 그리고 즉시 종이에다 자신조차 믿을 수 없는 목표를 써 내려가기 시작했다. 세일즈를 통해 1천 달러를 번다는 것이 목표였다. 그리고 하루에도 몇 번씩 목표를 적은 종이를 들여다보며, 이미 목표를 이룬 자신의 모습을 상상했다. 이러기를 수십 수백 번 반복했다.

한 달 후 그의 모습은 백팔십도 달라져 있었다. 판매 실적을 비약적으로 높인 그는 실력을 인정받아 매달 1천 달러의 월급을 받고 이제 세일즈 교육까지 맡게 된 것이다. 그는 그 후로도 위기라고 생각될 때마다 종이에 새로운 목표를 적고 시각화를 실천했다. 그렇게 스물세 살에 시작된 '종이에 목표 적기'는 이후 30년 동안이나 계속되었다.

이렇듯 생산적인 목표를 시각화시킴으로써 트레이시는 한 번 강연에 20만 달러의 강연료를 받는 세계적인 성공 컨설턴트로 거듭나게 되었다.

어제와 같은 오늘을 탈피하기 위해, 평범한 직장인이었던 나는 세일즈를 선택했다. 새로운 도전이 없다면 새로운 오늘을 만들 기회는 영영 없다고 생각했다. 나는 세일즈를 통해 월급쟁이 마인드에서 사장 마인드로 전환할 수 있게 되었고, 목표를 적고 시각화하는 방법도 배울 수 있게 되었다.

세일즈 분야에 몸담고 나서야, 내가 잘 할 수 있는 업무와 진정으로 사람에게 다가갈 수 있는 법을 배우게 되었던 것이다.

파울로 코엘료의 『브리다』의 한 장면이다.

> 그녀와 아버지는 바닷가에 함께 있었다. 아버지는 그녀에게 바닷물의 온도가 어떤지 알아보라고 했다. 다섯 살인 그녀는 아버지를 도울 수 있다는 게 신이 나, 바닷물에 다가가 두 발을 담가보았다.
>
> "발을 집어넣어 봤는데 차가워요."
>
> 아버지에게 돌아온 브리다가 말했다.
>
> 그러자 아버지는 그녀를 번쩍 안아 올려 몇 발짝 더 데리고 가더니, 아무 말 없이 물속에 풍덩 집어넣었다.
>
> 그녀는 깜짝 놀랐지만, 곧 이것이 아버지의 장난이라는 걸 알고 재미있어했다.
>
> "물이 어떠니?"
>
> "좋아요."
>
> "그래, 이제 앞으로 뭔가를 알고 싶으면 그 안에 푹 빠져보도록 해라."

바닷물을 제대로 알려면 두 발만 살짝 담가보는 것으로는 부족하다. 바닷물 속에 풍덩 빠져서, 그 생동하는 리듬에 온몸을 맡겨보아야 한다.

당신도 어제와 다른 내일을 원한다면, 원하는 그것을 오늘 당장 시작하라. 그리고 온몸과 마음을 푹 적셔, 원하던 그 삶이, 원하던 바로 그것이 나의 것으로 되게 하라.

CHAPTER 2

큰 꿈으로 나를 감동시켜라

1

마이너스 터치 vs 마이더스 터치

실패로부터 성공을 이끌어내라.
좌절과 실패는 성공에 이르는 가장 확실한 디딤돌이다.
– **데일 카네기**

연 700억 매출을 올려 '외식업계의 마이더스의 손'이라 불리며 현재는 외식업뿐만 아니라 집밥, 안방 식탁까지 점령한 사람이 있다. 바로 백주부로 유명한 더본코리아 대표 백종원 씨이다.

백종원은 약 20여 개의 브랜드와 300여 점포를 운영하고 있다. '새마을식당' '해물떡찜' '한신포차' '미정국수' 등이 대표적인 브랜드다.

현재는 외식업계의 거물, 마이더스의 손이라 불리는 그도 한때는 마이너스의 손이라 여겨지던 때가 있었다.

백 대표는 "어렸을 때부터 엄청난 기업을 일구겠다는 허황된 꿈을 가졌다"며 "공부한 것도 없이 건축자재를 수입하는 길로 빠졌다가 IMF 외환위기 때 엄청난 빚을 지고 쫄딱 망했다"고 회고했다.

엉뚱하게도 건설업과 무역업에 손댔다가 무려 17억 원이라는 큰 빚을 남기고 사업에 실패한 것이다.

"유복한 집에서 태어났고 운도 좋은 편이었는데, 사업에 실패하고 나자 충격에서 벗어날 수 없었다."고 고백했다.

하지만 이런 좌절의 시간을 겪고 나자, 모든 것을 처음부터 다시 시작하고자 하는 마음이 생겼다고 한다.

또한 그는 앞이 캄캄했던 그 암울했던 시기에 "실패는 성공을 위한 액땜"이라고 마음을 다잡고 난 후, 성공의 문 앞에 다가설 수 있었음을 깨달았다고 한다.

이렇듯 우리의 인생살이에서 실패를 하지 않고서는 한 단계도 앞으로 나아가기 어려운 경우가 부지기수이다.

『부자 아빠 가난한 아빠』의 저자 로버트 기요사키는 가난한 아빠로 빗댄 자신의 아버지에 대해 이런 이야기를 들려준다.

> 내 가난한 아빠는 정직하고 열심히 일하고 교육을 많이 받은 선생이자 관리자였다. 하지만 학교라는 안정된 조직을 떠나는 순간 험한 세상은 그를 가만두지 않았다. 그는 공화당원으로 하와이 주 부지사로 출마하기도 했다. 선거에서 진 뒤 50대 초반에 실직자 신세가 되었다. 평생 모은 저축과 퇴직금으로 유명한 아이스크림 체인점을 열었지만 모두 날려버리고 말았다. 학교 조직에서 오래 일하면서 너무 안주만 했던 탓

이다. 다섯 살 때부터 거의 50년 동안 사실상 학교 말고는 어떤 조직에 도 몸을 담아본 적이 없는 사람이었다. 50대 초반에 학교를 벗어나 세상에 나오는 순간, 그는 거의 산 채로 잡아먹혔다. 채 1년도 지나지 않아 그는 평생 일해서 모은 돈을 모조리 잃고 말았다.

가난한 아빠와 같은 모습은 우리 주변에서도 흔히 볼 수 있다. 사오정이라 불리는 4,50대 퇴직자뿐만 아니라 2,30대들도 학교와 회사 밖의 냉혹한 세계에 발을 내딛는 순간, 걷잡을 수 없이 균형을 잃고 쓰러지기 십상이다.

나 또한 30대에 안정된 직장을 벗어나 세일즈 분야에 뛰어든 지 2년이 넘는 시점, 오랫동안 알고 지내던 지인과 함께 작은 가게를 열게 되었다.

10년간의 직장생활 끝에 이제는 작게나마 내 사업을 해야겠다고 마음속 다짐이 있었던 터라, 친하게 지내던 지인과 함께 한다면 별 어려움 없이 가게를 잘 꾸려나갈 수 있으리라는 대책 없는 믿음만으로 준비를 시작하게 되었다.

시작 전 충분한 계획과 검토 없이, 오래 전부터 믿고 지내온 지인과 동업하는 것이니 '일단 오픈만 하자, 어떻게든 잘 되겠지'라는 안이한 생각으로 대출까지 받아가며 오픈 준비를 끝냈다.

치밀한 준비 없는 시작에 금이 가기 시작한 건 그리 오래지 않았다. 오픈 당일, 동업자인 지인은 생각보다 가게 운영이 쉽지 않아 보인다며 '동업에서 손을 떼는 게 낫겠어요'라는 말을 남긴 채, 오픈한 그날 오후 가게 문을 박차고 나가 버렸다.

참으로 황당하고 어이가 없었다. 추운겨울 꽁꽁 언 손을 입으로 녹여가며 밤낮없이 준비했던 순간들이 주마등처럼 떠올랐다. 크리스마스이브 날 '대박나게 해주세요!'라는 소원을 빌었던 장면들이 뇌리에 스쳤다.

이미 오픈한 가게를 접을 수도 없는 노릇이었다. 동업을 한다는 계약조건 아래 인테리어 비용이며 집기, 소모품 등 모든 비용을 내가 먼저 지불해둔 상태였기 때문이었다. 그렇게 동업자가 떠나고 남은 가게를 혼자 운영하기 시작했다.

방향 잃은 불안한 시작이 성공으로 바뀌었다는 놀라운 대반전은 일어나지 않았다.

한분 두분 찾아오는 고객들이 생겨나고 단골도 꾸준히 늘었지만, 가난한 아빠처럼 오랫동안 학교와 회사 조직 외의 다른 세상을 보는 눈이 좁았던 나는 1년도 채 못 채운 시점에 가게를 접을 수밖에 없었다.

이 일을 계기로 학교나 회사 조직에서 배우고 익혔던 노하우가 정글과도 같은 세계에서는 통하지 않는다는 것을 절감하게 되었다.

그 전에는 사회생활 10년차인 내가 잘 하지 못할 일이 있을 것이라고는 상상도 하지 못했었다. 대기업에서 오랫동안 다방면의 업무를 진행해 봤다는 이유만으로, 내가 무지하다는 것을 미처 깨닫지 못했던 것이다.

도널드 트럼프, 로버트 기요사키 저『마이더스 터치』에서는 이렇게 말한다.

머피의 법칙이 무엇인지는 대부분 알고 있을 것이다. 한마디로 말해서 '잘못될 수 있는 것은 무조건 잘못된다'는 법칙이다. 많은 사업가들이 실패하는 것은, 자신이 알지 못한다는 사실을 깨닫지 못하기 때문이다. 그런 점에서 자신의 무지를 발견할 수 있는 계기가 되는 실패는 큰 도움이 된다. 빨리 실패할수록 성공할 확률이 높아지는 것이다. 성공은 정답을 기억하는 데서 오는 것이 아니라 실패를 통한 교훈에서 오기 때문이다.

내 가난한 아빠처럼 똑똑하고 좋은 교육을 받은 사람들이 사업에서 성공하지 못하는 이유가 바로 그것이다. 그들은 교실세계에서나 똑똑할 뿐 기업 세계에서는 전혀 똑똑하지 않다.

동업자가 떠난 가게를 혼자 떠안으며, 나는 이미 실패를 곱씹고 있었다. 가게를 혼자 운영하게 되면서 짊어진 부채로 인해, 떠난 지인에 대한 원망과 배신감으로 쉽게 잠들지 못했다. 가게의 실패보다 나에 대한 실망감, 사람에 대한 배신감이 나를 더욱더 힘들게 하고 있었다.

정글과도 같은 사업 세계에서 살아남기 위해서는 성숙한 정서와 강한 인성이 필수인데, 나는 모자라도 한참 모자랐던 것이다.

힘든 시기를 만나면 누구나 본성이 드러난다. 잔잔한 파도와 같은 일상을 보낼 때에는 나의 숨겨진 진짜 모습을 발견하기 어렵다. 나를 덮칠 듯한 큰 파도가 나를 위협할 때, 나의 진면목이 드러나는 것이다.

파도가 나를 덮쳐 올 때 두려움에 떨며 속절없이 파도에 쓸려갈 것인지, 파도에 몸을 던져 파도의 흐름에 몸을 맡길 것인지를 결정하는 것은 다른 누구도 아닌, 바로 내가 선택해야 하는 것이다.

상황이 악화되었을 때 나쁜 것들은 함께 몰려온다고 한다. 나는 내 상태가 점점 나빠지는 걸 감지해 가면서 '내가 손을 대기만 하면 모든 것이 마이너스가 되는 건 아닐까?' 하는 자괴감마저 들었다.

차라리 10년차 김대리로서 회사에서 시키는 일만 하고 월급이라는 마약에 취한 채 몸도 마음도 편한 안주를 택했더라면 나빠질 일도 없었을 것이라는 자조섞인 후회를 하기도 했다.

하지만 나는 실패에서 배우기로 했다. 내가 시련을 겪는 이유가 분명 있을 것이라는 생각이 들었다. 내 경험치가 넓어지고 깊어질수록, 나와 같은 실수와 실패로 힘들어하는 이들에게 도움을 주리라 결심했다.

내 실수를 외면하지 않고, 꺼내어 마주 보기 시작했다. 예전 같았으면 남 탓을 하기에 바빴을 것이다. 동업계약서를 직접 작성해서 가져왔던 그 지인에 대한 미움과 원망 대신, 내가 그 일을 선택한 후 처리해온 과정에서 배울 점을 하나씩 찾아내기 시작했다.

아기가 걷기 위해서는 부딪히고 넘어지고 다시 일어서기를 수백, 수천 번 거친 이후에야 비로소 걸음을 내딛는다. 아기가 걷기까지에는 그 얼마나 많은 실수와 실패를 거듭해야 하는지를 우리는 알고 있다. 그리고 또 그것을 실패라고 부르지도 않는다.

악기를 배워 연주하게 되는 과정을 생각해 보라. 악기를 다루는 기본 방법을 먼저 배우고, 음악 연주를 하기 위해 무수한 실수와 실패를 거친 후에야 연주 기법이 점차적으로 완성된다.

일도 마찬가지인 것이다. 새로운 것을 배우는 과정은 숱한 실수를 거친 후 그것으로부터 터득해 나가는 과정이기도 하다. 하지만 무엇인가를 배워가는 과정에 실수와 실패가 동반된다는 사실은 잊고들 산다.

우리는 학교와 사회에서 실수를 줄이는 법에만 초점을 맞춘 채 배워왔다. 그 결과 '실수는 곧 실패'라고 착각하며, 작은 실수를 피하기에만 급급하다 큰 구렁텅이에 빠지고 마는 경우가 허다하다.

미국의 건축가 벅민스터 풀러는 이런 말을 남겼다.

"어떤 실수에 화가 날 때, 나는 언제나 그것을 내 책임이라고 생각한다. 다른 사람의 실수라 할지라도 말이다. 그리고 그 실수에서 지혜의 보석을 찾는 시간을 갖는다. 이렇게 발견한 보석은 앞으로 나아가게 하는 에너지가 된다."

모든 실수 속에는 지혜의 보석이 있다. 손만 대면 마이너스가 되고 마는 '마이너스 터치'는 손만 대면 보석으로 변하는 '마이더스 터치'의 디딤돌이 된다.

당신도 '손만 대면 마이너스'라며 스스로 깊은 좌절에 빠져 있지는 않은가? 인생의 마이너스는 마이더스로 바꾸는 예금액과 같은 것이다. 마이너스 점수를 채우지 않으면 우리 인생은 마이더스 인생으로 바뀌질 못한다.

그러니 마음껏 실패하고 좌절하라. 우리의 실패 점수가 쌓여갈수록 성공 점수도 더불어 높아지고 있다는 증거이므로.

2

꿈이 없다면 이루어질 것도 없다

꿈의 칼로 세상의 심장을 찔러라.

– 이지성

얼마 전 CS컴플레인이 한 부서로 연달아 들어왔다. 이렇게 고객들의 공식적 항의가 밀려들어오면, 어제까지는 아무리 우수사원이었더라도 오늘은 열등사원으로 전락하고 마는 것이 냉정한 비즈니스 세계다. 자신의 능력이 고객들의 평가에 의해 좌지우지되는 것이 서비스업의 생리이니, 서비스 종사자는 늘 말 못할 스트레스와 고통 속에서 숨 죽인 채 살아가야 한다.

이렇듯 CS컴플레인이 밀려들어올 때마다 직원들의 심리상태가 엉망진창이 되는 것은 말할 나위도 없다. 그들 중 몇몇이 CS매니저인 나에게, 이런 일들을 겪을 때마다 전문적인 심리상담이 필요할 정도로 정신적인 타격을 받는다고 하소연을 해왔다.

진심으로 그들을 도와주고 싶었다. 내가 할 수만 있다면, 나의 말 한 마디에 그들이 다시 힘을 얻고 자신의 자리에서 긍지를 갖고 일할 수만 있다면, 나의 노력과 고생쯤은 아무렇지도 않다고 생각했다. 그런 마음으로, 퇴근 후 집에 돌아와서도 책상 앞에 다시 앉았다. 직장생활과 워킹맘으로 바쁜 시간을 쪼개어 도전한 심리상담사 공부에서는 오히려 내가 배운 게 더 많았다.

그들의 아픈 마음을 달래주고 싶다는 작은 소망이 이젠, 꿈을 잃고 자기 인생의 주인공으로 살지 못하는 사람들을 일으켜 세워야겠다는 큰 소망으로 부풀었다.

맥도날드 프랜차이즈 시스템을 구축했을 때 레이 크록은 이미 52세였다. 다른 이들이 은퇴를 생각하거나 '너무 나이가 많아서' 새로운 일을 시작할 수 없다고 생각하는 나이에 그는 기꺼이 일주일에 70시간 이상을 일했다. 무엇보다도 그는 자신이 하는 일을 즐겼다. 쉽게 버는 돈에는 관심이 없었다. 그는 오랫동안 저축과 밀크셰이크용 믹서를 팔아서 번 돈으로 생계를 꾸렸다. 실제로 맥도날드 형제와 계약을 체결한 지 7년이 지난 1961년까지도 맥도날드 프랜차이즈로는 한 푼도 벌어들이지 못했다. 하지만 오늘날 맥도날드는 전 세계 119개국 3만 4천여 개 매장을 운영한다.

–라이너 지델만 『무엇이 당신을 부자로 만드는가』

레이 크록은 흔히 생각하듯 쉽게 얻은 행운으로 맥도날드의 창업주가 된 것이 아니다.

어렸을 때 가난에 찌들어 사는 부모님을 보면서 부자가 되기로 결심한 레이는, 30대 초반까지는 고물 자동차를 몰고 다니는 신세에 지나지 않았다. 하지만 꿈을 포기하지 않았다. 어느덧 52세, 꿈을 꾸기에는 이미 늦었다고 한탄만 하며 보낼 수도 있는 그 나이에, 그래도 꿈을 잃지 않고 있었다.

레이 크록은 자신의 그 꿈을 끝까지 놓지 않았기에 그 꿈을 이룰 수 있었던 것이다.

지금 꿈을 생각할 여유가 없다고, 시간이 없다고, 늦었다고 핑계를 대기에는, 또 아직 전반전도 지나지 않은 인생인데 꿈을 그려보지도 않고 불평만 해대기에는 너무 애석하지 않은가?

나 또한 피곤하다고, 지금 일만으로도 벅차다고, 나이가 많다고 핑계만 대며 자기계발 시간을 미루었다면, 내가 진심으로 하고자 하는 일을 찾기는 어려웠을 것이다.

『멈추지 마, 다시 꿈부터 써봐』의 저자이자 꿈전도사 김수영은 이렇게 말한다.

> 집이 가난해서, 학벌이 좋지 않아서, 뚱뚱해서, 못생겨서 등의 이유로 자신의 꿈을 포기하는 한편, 더 나아가 남의 꿈까지 꺾어버리는 사람들이 있다. 세상에 나보다 잘난 사람들, 더 좋은 여건에 있는 사람들은 수억 명인데 그들과 자신을 계속 비교하면 한평생 핑계만 대고 살 수밖에 없다. 그건 마치 마라톤에서 나보다 앞서 달리는 사람들을 보며

'저 사람은 나보다 좋은 운동화를 신었어' '저 사람은 나보다 응원해 주는 사람이 더 많아' '저 사람은 나보다 먼저 출발했단 말이야' 하고 불평만 하다가 달리는 것을 중단하는 것과 마찬가지다. 그 사이에 내 뒤에 있는 사람들은 계속해서 나를 앞질러 나갈 것이다.

그런 불평불만과 핑계를 늘어놓고 있을 시간에 어떻게 하면 돈을 벌고, 학위를 따고, 살을 빼 예뻐질 수 있을지 알아보고 실천에 옮기는 것이 더욱 현명하다. 꿈을 이루는 데 장벽이 있다면 그 장벽을 어떻게 뛰어넘을 것인지를 고민해야지, 고민거리 자체를 고민한다고 뭐가 달라지지 않는다.

너무 어렵다고, 부족하다고, 시간이 없다고, 늦어서 불가능하다고 핑계만 대고 살기에는 인생이 너무 짧다. 도전할 때 꿈은 현실에 한 발짝 가까이 다가서지만, 도전하지 않으면 꿈은 저 멀리 달나라 이야기에 불과하다. 꿈을 간절히 바라고 이루기 위해 노력하면 전 우주가 움직여서라도 그 꿈이 실현되는 기적이 만들어진다. 견우와 직녀의 끈질긴 애정이 까치들의 마음을 움직여 깊은 강물 위에 다리를 놓은 것처럼.

나는 직장생활 10년차쯤, 대기업 유통업체의 문화센터 팀장 자리를 박차고 나왔다. 더 이상 나이가 많아서, 시간이 없어서 등의 핑계를 대며 꿈들을 외면하고 싶지 않았기 때문이다.

진정 원하는 삶과 꿈을 찾고 싶었다. 하지만 내가 원하는 삶이 무엇인지 분간도 못한 채, 수많은 정보 홍수에 짓눌린 채, 가야 할 방향조차 찾지 못하고 있었다. 아는 게 많다고 착각하는 것이 무엇보다도 문제였다.

'이 분야는 잘 될 거야. 저 분야는 이제 끝이야. 앞으로 뜰 분야는?' 요리조리 분석만 하느라 어떤 것 하나에도 쉽게 접근하지 못했던 것이다.

하지만 안정적이라 여겨지는 삶이 나를 더욱 위태롭게 만든다는 걸 알기에 도전하기 시작했다. 지금 시도조차 하지 않으면 어떤 면에서도 나아질 것을 기대해서는 안 된다는 생각이 들었다.

몸으로 부딪쳤다. 사무실 책상에 앉아 그렸던 세상과는 달리, 몸으로 부딪친 세상에서는 아프고 힘든 일들이 생각보다 많았다.

현재의 나는 밝고 늘 웃는 모습이라 대하기가 편하다는 말을 자주 듣는다. 하지만 예전의 나는 겉으로는 웃고 있었지만, 마음속으로는 항상 미래에 대한 걱정과 불안으로 하루도 맘 편한 날 없이 쫓기듯 살았다. 평범하고 안정적이라는 삶이 나를 더욱 위태롭게 만들고 있다는 사실을 몰랐던 것이다.

회사 밖을 나와, 그동안 내가 해보지 않은 일들에 도전했다. 뷰티 컨설턴트, 보험설계사, 가게 창업까지……. 실패로 끝났다고 여겼던 그 도전들이 한 점 한 점 이어져 온 결과, 꿈을 잃고 사는 사람들의 꿈을 찾아주는, 꿈의 메신저 역할을 하는, 꿈의 징검다리가 되었다.

꿈을 찾게 되면, 그동안 '평범하다'고 여겨오던 삶이 더 이상 평범하게 느껴지지 않게 된다. 직장인 10년차, 시시때때로 밀려드는 불안함과 공허함, 속절없이 흔들리던 마음이 더 이상 흔들리지 않게 된다.

그러므로 나는 자신 있게 말한다. 평범하게 사는 것이 꿈이 돼버린 30대, 40대라도 평범한 꿈 대신 큰 꿈을 가지면 더 이상 바람에 나부끼지 않을 것임을.

세기의 발레리나 강수진은 『나는 내일을 기다리지 않는다』에서 이런 말을 전한다.

> 사람들은 나를 '세기의 발레리나 강수진'이라고 부른다. 당신이 어디에서 무엇을 하는 사람이든 당신은 자신의 분야에서 위대해질 수 있는 방법을 이미 알고 있다.
>
> 다만 시작하지 못했고, 반복하지 못했을 뿐이다.
>
> 시작하고, 반복하라.
>
> 누구나 특별한 삶을 꿈꾸지만 사실 특별한 삶은 없다. 보통의 삶을 특별한 열정으로 살면 그게 특별한 삶이 된다.

당신의 삶이 그다지 내세울 거 하나 없는 평범한 삶이라 여겨지는가? 그럼에도 꿈조차 가지지 않는다면, 앞으로 남은 삶은 평범하다 못해 초라해질 것이다.

지금도 전혀 늦지 않았다. 평범한 삶이라 여겨질수록 더 크고 빛나는 꿈을 꾸어라. 이왕 꿈을 꾼다면, 자신의 인생을 송두리째 바꿀 만큼 멋진 꿈을 꾸어라.

3

변화는 즐거운 경험의 연속, 낯선 곳으로 나를 인도하라

앞으로 20년 후에 당신은
저지른 일보다는 저지르지 않은 일에 더 실망하게 될 것이다.
그러니 밧줄을 풀고 안전한 항구를 벗어나 항해를 떠나라.
돛에 무역풍을 가득 담고 탐험하고, 꿈꾸며, 발견하라.
-마크 트웨인

윤은혜, 김혜수, 이미지 반전, 진정한 커리어우먼, 신의 한수, 성형수술…….

위에 나열한 말들은 얼마 전 내가 숏커트 헤어스타일로 변화한 후에 직접 들은 말들이다.

서비스 분야에 오래 종사하면서 이미지 관리에 누구보다 신경을 써왔었다. 평소 '첫인상이 좋다. 이미지가 좋다. 착해 보인다. 부드러워 보인다.' 등의 이야기를 들어왔으므로 좋은 인상을 준다는 점에서 나의 이미지에 긍정적인 면이 많았지만, 반대로 나이가 들어가는데도 '어려 보이고, 착해 보인다'는 점이 사회생활에 항상 이점으로 작용하는 것은 아니었다.

어느 순간 나다운 이미지보다는 남에게 보여지는 이미지에 더 신경쓰며 살고 있다는 걸 깨닫게 되었다.

몇 번이나 일명 숏커트로 헤어 변신을 하고 싶었지만, 그때마다 '잘 어울리지 않으면 어떡하지?' '지금까지의 좋은 이미지가 무너지면 어떡하지?' 등의 고민이 싹터, 고작 손바닥 정도의 머리카락 길이를 '자르느냐, 마느냐'를 놓고 수없이 망설이다 시도하지 못하곤 했다.

여자라는 이유로 나다운, 진정한 나의 모습보다 나 아닌 타인에게 보여지는 아름다움만 찾고 있었다. '여자는 머리가 길어야 예쁘다. 여자라면 날씬해야 예쁘다.'라는 고정관념에 사로잡힌 채, 내가 진정 원하고 나에게 어울리는 미적 가치관이 전무했던 것이다.

거리에 나가 보면, 너무나도 예쁘고 늘씬한 여성들이 넘쳐난다. 10대에서부터 20~40대, 이젠 50대 이상도 30대 못지않은 젊음과 아름다움을 유지하는 사람들이 너무나도 많다.

하지만 예쁜 얼굴들이 너도 나도 하나같이 비슷한 모습이다. 메이크업 방법, 헤어스타일, 옷맵시, 몸매까지 누가 일일이 정해준 듯 개성을 찾아보기가 어렵다.

나 역시 30대 초반까지만 해도 성행하는 메이크업, 스타일 등 나와는 상관없이 유행을 뒤쫓기에 바빴다. 유행에 뒤처지지 않고 변화에 민감하게 쫓아가는 것이 나를 위한 것이라고 착각하며 살았던 것이다.

하지만 나로부터 시작된 변화가 아니라 외부의 변화만을 뒤쫓기에 바빠, 진정한 변화는 기대하기 힘들었다.

숏커트 헤어 변신을 하고 나자, 우려와 달리 '너무 잘 어울린다. 성형했어?'라는 말을 들을 정도로 주위 사람들에게 기대 이상의 호응을 받았다. 하지만 나를 보고 '헤어 변신에 도전하고 싶다'라고 얘기하는 사람을 많이 만났지만, 나처럼 시도한 사람은 그 후로 만나지 못했다.

남성들은 '그까짓 헤어컷 한 번 한 것이 뭐 별거인가?'라며 대수롭지 않게 치부해 버릴지 모른다. 그들은 여성들이 아름다움을 위해 공들이는 시간과 노력이 얼마나 큰지를 실감하지 못하기 때문이다.

하지만 일단 헤어 변신을 하고 나면 되돌리기가 무척 힘들어진다. 설령 그 결과가 만족스럽지 못하다고 할지라도, 다시 머리카락을 기르거나 수정하기 위해서는 많은 시간이 걸리기에, 시도하기를 몹시 꺼리는 일 중 하나가 헤어컷이다. 여기에서도 나의 만족보다 나를 봐주는 누군가의 이목을 생각하느라 정작 자신에게 어울리는 스타일이 무엇인지, 정말 나다운 아름다움이 무엇인지에 대해서는 예전의 나처럼 생각해 보지 못하는 경우가 많다.

어쩌면 자신의 숨은 매력을 한껏 드러내게 될지 모르는 변화에 대해서도 타인들에 의해 이미 검증된, 안전한 길로만 가려고 하는 것이다.

기껏해야 10cm 정도의 머리카락을 자르는 데에도 수많은 꼬리표를 단다. '짧은 머리는 남자친구가 싫어해요. 아이들이 싫어해요.' 등 수많은 말들로 진정 나에게 맞는, 내가 하고 싶은 일들을 주저하는 순간이 이것 외에도 너무나도 많다.

안전한 길보다는 변화와 도전을 통해 제2의 인생을 사는 인물이 있다. 바로 변화경영 전문가로 활동하고 있는 구본형이다.

과거의 구본형은 한국 IBM의 경영혁신팀장으로 근무했다. 그는 이른바 잘 나가는 간부였다. 그러나 40대에 접어들면서 종종 자기 자신에게 이런 질문을 던졌다.

'나 자신은 누구인가?'

'3년 후에 나는 이곳에서 어떤 모습일까?'

그는 이 질문들의 답을 찾기 위해 고민에 고민을 거듭했다. 그러자 자신의 이름으로 된 책을 쓰고 진정으로 하고 싶은 것을 하면서 새로운 인생을 살면 어떨까, 하는 생각이 들었다고 했다.

사실 '변화'는 그에게 가장 절실한 문제인 동시에 가장 잘 아는 분야였다. 당시 회사에서 맡고 있던 업무가 '변화경영'이었기 때문이다.

고민 끝에 그는 회사를 떠나야겠다는 결심을 하게 되었다. 그동안 마음에 두고 있었던 변화경영 전문가로 전향하는 계획을 실행에 옮겼다.

그런데 막상 변화경영 전문가로 전향하고 나자 두려움이 앞섰다. 자신이 박사학위를 가진 학자도 아니고, 거기에다 내세울 만한 경력도 없었기 때문이다. 경력이라고는 20년간의 직장생활뿐이어서 오히려 핸디캡이라고 생각했다.

하지만 자기 질문을 하는 과정에서, 핸디캡이 바로 자기만의 경쟁력이라는 것을 깨달았다. 그동안 직장에서 맡았던 변화경영을 통해 직장인들이 왜 좌절하고 힘들어하는지, 그리고 무엇 때문에 즐거움과 희망을 갖는지 알고 있었던 것이다.

그러자 최소 1년에 한 권씩 책을 쓸 수 있어야 집필과 강연만으로 생계를 유지할 수 있다는 확신이 들었다. 그는 새벽 시간을 인생에서 가장 효율적인 시간으로 활용했다. 2년이라는 기간 동안 매일 새벽 네 시에 일어나 집필한 덕분에 첫 책『익숙한 것과의 결별』을 출간할 수 있었다. 그리고 이 책은 출간되자마자 베스트셀러가 되었다. 퇴직하기 3년 전에 만들어낸 결과물이었다.

그 후 2년간 두 권의 책을 더 출간하자 독자들의 반응은 가히 폭발적이었고, 강연 요청도 쇄도했다. 그렇게 그는 인생 2막을 준비할 수 있었다.

미국의 대문호 마크 트웨인은 이렇게 말했다.

"인생에서 변화야말로 모든 것의 근본이다. 변화를 받아들이기를 거부하는 사람들은 사실상 자연계의 법칙 자체를 거부하는 것이다.'

살아 있는 모든 것, 지구상에든 우주 너머에든 존재하는 모든 것은 지금 이 순간에도 변화하고 있는데, 정작 우리는 현실에 안주하며 변화를 거부하고 있지 않은가?

안전한 길은 죽은 자의 길이라고 한다. 세상은 끊임없이 변화하는데, 안전함과 편안함만을 찾는 삶은 죽은 삶과 다를 바가 없다.

얼마 전에 본 뉴스의 내용이다.

우리나라 청년들이 첫 직장을 잡기까지 거의 1년을 고생하지만, 그렇게 어렵게 들어간 첫 직장을 1년여 만에 그만두는 경우가 많다는 조사 결과가 나왔다.

지난 2012년 수백 대 일의 경쟁률을 뚫고 대기업에 입사한 L씨, 하지만 지난해 회사를 그만뒀다.

대기업을 퇴사한 그의 말을 들어보자.

"밤 열 시에 퇴근하면 제가 부서에서 제일 빨리 퇴근하는 축이었어요. 그렇게 일을 하다 보니까, 회사에서 내가 이 생활을 얼마나 지속할 수 있을까 하는 회의감이 들었어요."

통계청에서 조사를 해보니, 우리나라 청년들은 첫 직장을 잡는 데 평균 11개월이 걸렸다고 한다. 하지만 60% 이상이 1년 3개월 만에 그만두는 것으로 나타났다.

퇴사 이유의 절반은 근무 여건에 대한 불만족이었고, 이렇게 직장에 대한 불만족이 커질수록 안정적인 공무원 시험으로 몰리고 있는 비율은 매해 증가하고 있다.

–2015. 7. 23. TV조선

취업을 준비하는 취준생들에게는 합격의 그 순간이 세상을 다 얻은 듯 가장 기쁜 순간이었을 것이다. 하지만 기쁨이 불행으로 바뀌는 시간이 고작 1여년 남짓. 어렵게 들어간 회사를 스스로 나오는 이가 취업자의 반을 훌쩍 넘는 걸 보니, 취업을 하는 것보다 직장생활을 견뎌내는 것이 녹록치 않음이 여실히 드러나 씁쓸하고 안타까운 마음이 든다.

그렇게 다시 취준생의 자리로 돌아온 이들은 안정된 공무원직이 최고임을 확실하게 여기게 해준 값진(?) 경험으로 다시 책상 앞에 앉고 있다.

청춘의 20대, 어떤 실패와 시도도 두렵지 않을 나이임에도 많은 이들이 안정이라는 이유로 공무원직에 몰리고 있다. 하지만 안정적이라고 믿고 가는 이 길이 가장 위태롭고 불안한 길일 수도 있다는 것을 미처 알지 못한다.

예전에 나 또한 사회생활에 힘든 나머지 '공무원 시험공부를 시작해야지' 하는 생각이 불쑥불쑥 들 때가 있었다. 공무원 할아버지, 아버지를 보고 자라 공무원의 길이 나에게도 당연한 길이라고 여겨지기도 했었다.

요즈음 회사를 때려치우고 나와 공무원 시험공부를 시작하는 직장인들이 의외로 많다. 직장생활을 경험한 후에 선택한 공무원 준비는 자신의 미래를 위한 최선의 선택이라고 판단하지만, 자신이 진정 원하는 일에 대한 고민 없이 안정이라는 이름 하나로 선택한 것이 가장 큰 이유임은 분명하다.

안정된 직업이라는 단순한 목적만을 위해 시작한 공부가 그리 잘될 리가 있겠는가. '공무원이 왜 되고 싶은지, 어떤 분야에서 일하고 싶은지'에 대한 고민 없이 무턱대고 채용인원이 많은 일반직을 선택해서 '빨리 시험에 합격해 어떻게든 이 생활을 벗어나야겠다'는 의욕만 앞세운 채 무작정 뛰어들기 때문이다.

아는 후배, 20대 후반의 J양이 있다. J양도 20대 초반에 시작한 사회생활의 고단함에 사표를 쓰고 1년여 공무원 시험 준비를 했다.

하지만 공무원 시험이 생각보다 만만치 않다는 것을 뒤늦게야 깨달고는 다시 다른 회사에 이력서를 넣어 직장인의 옛 모습으로 돌아왔다.

직장인으로 돌아온 지금, 자신이 진정 원하는 삶이 무엇인지 모른 채 꿈 없이 쫓던 안정이 실은 신기루에 지나지 않음을, 살아가는데 무엇보다 필요한 것은 안정 대신 변화임을 뒤늦게 깨달았다고 한다.

미래학자 앨빈 토플러는 이런 말을 남겼다.

'변화란 생명 그 자체이다.'

오늘 차디차게 얼어붙은 땅에서도 내일이면 파란 새싹들이 여기저기서 움트듯, 삶 또한 변화의 연속임을 기억하라.

안정이라는 틀 속에 자신을 가두지 마라. 변화를 즐겨라.

변화의 리듬 속에 내 몸과 마음을 온전히 내던져 즐거운 경험들을 하나 둘씩 쌓아가면 내 삶도 뚜렷이 탈바꿈하게 될 것이다.

4

시련의 눈물은 반짝이는 꿈이 된다

기회는 흔히 고난으로 가장하고 있기 때문에
대부분 사람들은 알아보지 못한다.
-앤 랜더스

빈털터리 작가가 카페에 앉은 채, 칭얼대는 아이를 달래며 첫 소설을 썼다. 이 소설은 유럽 전역에서 날개 돋친 듯 팔리는 베스트셀러가 됐고, 할리우드에서 영화화를 앞두고 있다.

찢어지게 가난하던 무명작가에서 '해리 포터' 시리즈로 억만장자가 된 작가 조앤 롤링의 이야기가 아니다. 영국 작가 마리나 피오라토(36)의 성공 스토리다.

그녀는 해리 포터의 작가 조앤 롤링에게 영감을 받아 그 방법대로 꿈같은 성공 스토리를 재현해 내어 화제가 되고 있는 인물이다.

그녀의 소설 『무라노 유리직공』은 독일에서 15만 부나 팔렸고, 14개 언어로 번역돼 히트를 치고 있다. 이 책은 17세기 베니스를 배경으로 이탈리아 가정에서 자란 두 유리직공의 이야기를 담고 있다.

침실이 한 개뿐인 작은 아파트에서 살고 있던 마리나는 아들 콘라드가 태어난 후인 2003년부터 글을 쓰기 시작했다. 주머니 사정이 넉넉지 못한 그녀는 서점이 딸려 있는 카페에서 한잔의 카푸치노를 시켜놓고, 칭얼대는 아기를 달래며 하루 종일 눌러앉아 글을 썼다.

책을 쓰기 위해서는 역사나 지리에 관한 조사를 해야 했지만, 해외에 나갈 꿈도 꾸지 못할 만큼 가난했던 그녀는 서점을 도서관처럼 이용하면서 글을 써 내려갔다.

우여곡절 끝에 완성한 그녀의 소설은 영국의 출판사들에서 번번이 퇴짜를 맞아야만 했다. 하지만 먼저 그녀의 글을 알아본 독일에서 대성공을 거뒀고 이후 영국의 독립 출판사와 계약, 4만 부 넘게 팔렸다. 언론들은 그녀의 작품이 100만 파운드(약 20억 원)를 훌쩍 넘는 수익을 냈다고 평가했다. 침실 한 개뿐인 작은 아파트에서 살던 그녀의 삶은 현재 백팔십도로 변했다.

해리 포터의 조앤 롤링을 롤모델로 도전한 마리나 피오라토. 어린 아기를 둔 빈털터리 엄마가 할 수 있는 일은 없다고 자포자기한 채 허송세월을 보냈더라면 지금의 영광을 맞이하지는 못했을 것이다.

대부분의 사람들은 시련 앞에서 약해지기 마련이다. 눈앞의 시련이 나의 삶을 옥죄고 있다고 생각하면서 말이다.

시련은 생각하기에 따라 고통일 수도 있고, 축복일 수도 있다. 시련은 우리에게 지금과는 다른 방향으로 움직여 원하는 삶으로 나아가라는 청신호라고 생각해야 한다.

반면에 시련을 기회로 생각지 않고 오직 자신의 처지만을 한탄하며 열등의식에만 사로잡혀 있다면, 시련은 삶의 고난으로만 여겨지게 되는 것이다.

살아가면서 누구나 크고 작은 시련과 실패를 경험한다. 하지만 이 실패를 어떻게 대하는가에 따라 내 삶의 방향이 달라지는 것이다.

대부분의 사람은 시련에 부딪힐라치면 도전을 포기해 버리기 일쑤다. 정작 큰 실패는 하지 않았는데도 말이다.

예전에 나 또한 수십 번의 참담한 실패를 경험했다. 이직, 전직, 퇴사, 세일즈 분야 도전, 동업자와의 창업 실패 등 크고 작은 실패로 낙담을 한 적이 많다.

하지만 거듭되는 실패와 시련 속에 기필코 내가 여기서 배울 점을 찾아내야 한다고 생각했다. 여기서 배우지 않고 실패를 실패로만 남겨둔다면, 다음에도 또 똑같은 실패를 할 게 뻔하기 때문이었다.

그래서 실패의 이유를 찾기 시작했다. 정말이지 실패를 되돌아보고 싶지 않았지만, 내가 실패한 이유를 분명히 알아내지 못한다면 다음 단계로 넘어갈 수가 없기 때문이었다. 실패에서 배울 점을 찾아 나는 도전을 멈추지 않았다. 그렇게 도전과 실패 속에 조금씩 나아지고 있는 나를 발견할 수 있었다.

나는 과거의 실패와 도전의 경험 덕택에 내가 가장 잘 할 수 있는 일, 다른 사람에게 도움을 줄 수 있는 길을 만날 수 있게 되었다. 과거의 실패에서 교훈을 찾지 못했더라면, 이 길은 앞으로도 오랫동안 찾기 어려웠을 것이다.

취업이 너무 어렵다고들 한다. 하지만 절대 이룰 수 없는 일처럼 불가능한 것이 아니다.

재취업 준비 중에 "취업만큼 쉬운 것이 없다"는 모 커리어 컨설턴트의 말을 들은 적이 있다. 그 말마따나 취업 자체는 쉬울 수도 있지만, 더 많은 각오를 다져놓지 않으면 취업 이후에도 수많은 난관에 부딪히게 될 것이다. 취업이라는 관문을 통과한 것만으로 만사가 해결되는 것은 아니기 때문이다. 취업 전에 내가 원하는 일, 내가 소망하는 삶에 대해 진지한 고민을 거치지 않는다면, 취업 전이나 후나 어려움은 커져만 갈 것이다.

얼마 전 〈엄마가 보고 있다〉라는 TV 프로그램을 본 적이 있다. 성인이 된 자녀들의 24시간을 몰래카메라로 촬영하여 어머니가 확인하는 프로였다. 그날의 주인공은 재취업 준비 중인 37세의 A씨였다. 그는 작년 이맘때 좀 더 나은 조건의 일자리를 구하기 위해 사표를 쓰고 나와 1년 남짓 구직활동 중이라고 했다. 집이 지방인 그는 지금 친구 집에 얹혀 지내고 있었다. 그의 공간은 거실 한편에 놓인 소파가 전부였다.

매일 아침 물 한잔으로 배를 채우고 구직 준비에 나서고 있었지만, 쉽사리 일자리가 구해지지 않는다며 몹시 힘든 내색을 보이고 있었다. 결혼을 약속한 여자친구와의 데이트는 헌혈로 받은 영화표로 대신한 지 오래였다. 대학교 구내식당에서 먹는 한 끼가 그날의 유일한 식사였다. 그렇게 허기진 배를 달래가며, 다시 책상 앞에 앉아 토익 공부와 취업 준비를 하는 그의 뒷모습이 보는 이로 하여금 눈시울을 붉히게 만들었다.

나 또한 30대 후반 구직활동을 해보았기에 그의 심정을 누구보다 잘 안다. 어린아이가 딸렸다는 이유로 버젓한 일자리에서는 남자들보다 뒷전으로 밀려나기 십상이었고, 좋은 조건의 자리가 나와도 '내가 되겠어?' 하며 지레 겁을 먹고 이력서조차 내밀지 못하던 경험이 있었다.

하지만 마음을 고쳐먹기로 했다. 30대 후반의 나이가 많다면 많겠지만, 지금까지 쌓아온 경험과 연륜은 20대 초년생에 비할 수 없을 것이었다. 게다가 사회생활에서의 노하우는 쉽게 얻어지는 것이 아니므로, 이것이 나의 강점이 될 수 있다는 확신을 가지고 자신감으로 무장했다.

스스로 제약했던 조건을 떨쳐내고, 정말 내가 앞으로 하고 싶은 분야, 지난 경험과 잘 부합되는 분야, 스스로 비전을 세우고 도전해 나갈 수 있는 분야를 선택해서 취업의 문을 두드렸다. 그렇게 소위 힘들다는 경단녀의 취업에서도 네 군데 회사에 동시에 합격하는 기쁨을 누렸다. '무턱대고 합격만 하고 보자'가 아니라, 위에 열거한 것들과 같이 내가 원하는 회사상과 잘 맞는 곳을 선택해서 다시 회사생활을 시작하게 되었다.

하지만 A씨는 시작도 하기 전에 자포자기하고 있었다. '나이가 많다. 나보다 스펙 좋은 사람들이 훨씬 많다. 나는 실력이 딸린다. 내세울 게 없다.' 등 이미 면접관 앞에 앉기도 전에 스스로를 깎아내리고 있었던 것이다.

현재 A씨와 같은 사람을 만나면, 지금의 시련은 영원한 시련이 아니라고 얘기해 준다. 시련을 어떻게 이겨내느냐에 따라 내일의 삶이 달라지듯이, 시련이 닥칠수록 더 당당하게 걸어나가야 한다. 비록 시련 앞에 서 있을지라도 현실의 어려움에 주눅드는 대신 원하는 미래의 모습을 바라보고 당당히 앞으로 나아가면, 반드시 내가 원하는 그곳에 이르게 되는 것이다.

어느 날 한 신문 기자가 링컨 옆으로 다가와 이런 질문을 던졌다.

"당신의 놀라운 성공과 존경받는 삶의 비결은 어디에 있다고 생각하십니까?"

링컨은 웃으면서 이렇게 대답했다.

"그야, 다른 사람들보다 실패를 많이 경험했기 때문이지요. 나는 실패할 때마다 실패에 담겨진 뜻을 배웠고, 그것을 징검다리로 활용했습니다. 이번 실패를 거울 삼아 더 큰 일에 도전할 것입니다."

링컨의 생애는 '실패와 불행'이라는 글자가 귀찮을 정도로 따라 다녔다. 그는 크고 작은 선거에서 무려 일곱 번이나 낙선의 고배를 마셔야 했으며, 사업에도 두 번이나 실패하여 빚을 갚는 데만도 무려 17년의 세월이 걸렸다. 그는 주위의 사랑하는 사람들도 많이 잃었다. 10살 때 어머니를 잃었고, 20살에는 누나마저 세상을 떠났다. 또한 27살 때는 결혼을 약속했던 연인 앤 메이가 갑작스럽게 불치의 병으로 세상을 떠났으며, 42살과 53살에는 각각 둘째 아들 에드워드(5살)와 셋째 아들 윌리엄(12살)을 잃는 아픔을 겪어야 했다.

1831–23세 사업 실패

1832–24세에 주 의회 의원 낙선

1833–25세 사업 실패

1838–30세에 의회 의장직 낙선

1840–32세에 대통령 선거위원 낙선

1844–36세에 하원의원 공천 탈락

1855–47세 상원의원 낙선

1856–48세 부통령 낙선

1858–50세에 상원의원 낙선

–전광 『백악관을 기도실로 만든 대통령 링컨』

이렇게 불행한 사람이 또 어디 있을까 싶을 정도로 링컨의 인생은 정치가로서도, 사업가로서도 실패한 것처럼 여겨진다.

그러나 링컨의 생각은 달랐다. 그는 선거에서건, 사업에서건 실패할 때마다 주저앉지 않고, 실패라는 장애물을 디딤돌로 바꾸려는 노력을 게을리 하지 않았다. 넘어질 때마다 마치 오뚝이처럼 잽싸게 털고 일어났으며, 자신의 넘어진 자리를 돌아보고 실패의 원인을 분석해 점점 앞으로 나아갔던 것이다.

일본에서 경영의 신으로 잘 알려진 마쓰시타 고노스케. 그는 숱한 역경을 극복하고 94세까지 살면서 수많은 성공신화를 이룩한 인물이다. 그는 자신의 인생 승리 비결을 한마디로 시련 덕분이라고 고백했다.

"저는 가난한 집안에서 태어났기 때문에 어릴 때부터 갖가지 힘든 일을 하며 세상살이에 필요한 경험을 쌓았습니다. 저는 허약한 아이였던 탓에 운동을 해서 건강을 유지할 수 있었습니다. 배우지 못한 덕분에 남들보다 더 많은 관심을 갖고 한 글자라도 더 배우려고 열정을 쏟았습니다."

대부분의 사람들이 이런 시련 때문에 주저앉아 삶을 한탄하고만 있을 상황에, 마쓰시타 고노스케는 시련을 오히려 성공비결로 삼았던 것이다.

어느 날 저녁, 집으로 돌아오는 차 안에서 흘러나온 노래가 있었다. 과거 20대에 즐겨 들었었지만 지금 30대 후반이 되어 우연히 다시 듣게 된 노래 가사가 오랫동안 가슴에 남았다.

꿈도 꾸었었지 뜨거웠던 가슴으로
하지만 시간이 나를 버린 걸까
두근거리는 나의 심장은 아직도 이렇게 뛰는데

절대로 약해지면 안 된다는 말 대신
뒤처지면 안 된다는 말 대신
지금 이 순간 끝이 아니라
나의 길을 가고 있다고 외치면 돼

마야의 〈나를 외치다〉였다.

지금 이 순간에도 시련에 눈물 흘리고 있는 이들이 있을 것이다. 시련에 흘린 눈물이 쌓여갈수록, 그 눈물은 이윽고 반짝이는 꿈으로 당신 앞에 나타날 것이다.

당당하게 어깨를 펴고 당신만의 길을 걸어가라.

5
큰 꿈으로 나를 감동시켜라

나는 가슴이 이끄는 대로 살고, 새로운 것에 도전하며,
상상한 것을 실현한다.
내 꿈과 열정에 솔직한 것, 그것이 내 삶이고 경영이다.
– 리처드 브랜슨, 『내가 상상하면 현실이 된다』 중에서

몇 해 전에 다양한 연령층, 가지각색의 직업을 지닌 사람들이 함께 모여 독서토론모임을 가진 적이 있다.

책을 읽고 나서 느낀 점과 배울 점, 앞으로 자신의 삶을 개선시키고 싶은 부분, 그리고 자신의 꿈을 이야기하고 함께 나누는 시간이었다.

참석자들 중에 중견 건설회사의 CEO라고 본인을 소개하면서 입을 떼신 분이 있다.

"나는 회사의 대표이고, 사람들 앞에 나서서 얘기할 경우가 많습

니다. 그리고 강의도 많이 해봤습니다. 하지만 이 자리에 서면 유독 떨립니다. 그래서 가만히 생각해 보니, 꿈을 얘기하는 자리라 떨렸던 것이었습니다.

사업에서도 성공을 해봤고 인생에서도 나름 성공했다고 여겼지만, 진정한 삶의 의미와 꿈을 생각해본 적이 거의 없었습니다. 그저 앞만 보고 열심히 살아왔지요. 어떻게 보면 진짜 인생을 살아왔다기보다는 그저 무늬만 좋은 헛인생을 살아온 것이지요.

그런 탓인지 나이 50이 가까워 오면서 그리고 사업이 예전만 못하다고 느끼는 요즘, 한해 두해 나이 먹는 게 걱정스럽고 두려웠는데요. 꿈을 얘기하고 나누는 이 모임에 나오니, 모처럼 만에 삶의 희망과 열정이 생깁니다."

이 얘기를 듣는 순간은, 한때 외형적인 성공을 삶의 목표이자 꿈이라 여겼던 나에게 꿈에 대한 관점을 바꾸게 해준 계기가 되었다.

우리가 취업에 성공하여 사회인으로 자리 잡게 되면서부터는 다른 사람들에게 꿈을 묻는 경우도 부쩍 줄어들고, 꿈을 꿀 필요성조차 느끼지 못하게 된다.

열심히 달려와 성공이라고 불리는 자리에 왔다손 치더라도 자신의 진정한 꿈과 삶의 의미를 발견하지 못했다면, 앞서 성공한 CEO가 말한 대로 진짜 삶을 살아보지 못했다고 말할 수 있을 것이다.

요즘 세태는 꿈이라는 단어를 입에 올리는 것조차 현실감 없는 몽상가 정도로 치부해 버리기 십상이다. 고이 접어둔 꿈이 있다 한들, 그 꿈을 겉으로 내비칠라치면 주변에서 찬물 끼얹는 소리에 화들짝 놀라 안으로 숨기기에 바쁘다.

얼마 전부터 나와 함께 꿈찾기 프로그램을 진행하고 있는 직장인 A씨. 10년간이나 서비스업에 종사해 왔는데, 자기에게 "꿈이 뭐예요?"하고 묻는 고객을 처음 접하게 되었다고 한다.

A씨는 마침 꿈과 비전에 대한 공부를 나와 함께 하고 있던 터라, 꿈을 묻는 질문에 당황하지는 않았지만, 꿈을 모르고 살던 예전 같았으면 '뜬금없이 왜 이런 질문을 하는 거지?' 하며 얼버무렸을 것이라 했다. 어쨌든 꿈과 함께 숨쉬며 사는 지금은 꿈에 대한 갑작스런 질문에도 당황하지 않게 되었고 앞으로도 꿈을 더욱 명쾌하게, 더욱 선명하게 그려 나가야겠다는 다짐을 하게 되었다고 했다.

19세의 대학생 신분으로 고작 1천 달러의 자본금을 가지고 컴퓨터회사를 차려 현재 세계 PC시장의 선두주자가 된 사람이 있다. 바로 마이크 델이다.

마이크 델은 〈파이낸셜 타임스〉가 세계에서 가장 존경받는 재계 리더 명단에서 여섯 번째로 이름을 올려놓은 인물로, 회사 설립 직후부터 고객에게서 직접 전화나 인터넷으로 맞춤 PC를 주문받는 혁신적인 기법을 도입해 큰 성장을 일궈냈다.

이러한 델 컴퓨터는 독특한 사업 모델을 구축하여 1998년 서버 시장 진출 2년 만에 컴퓨터 업계 10위에서 3위로 점프, 20분기 연속 고객 만족 1위, 기업 고객의 93%가 재구매하는 시장 점유율 16%의 기적을 이루게 된다.

마이크 델은 항상 목표를 크게 잡는 것이 중요하다고 강조했다.

"목표를 높이 잡고 꿈을 이루도록 하라. 성실함과 기개와 사랑으로 목표를 달성하라. 매일 꿈을 향해 달려가고 자기 자신의 정체성을 잃지 않는다면, 당신은 성공할 것이다."

자신만의 작은 꿈을 넘어 큰 꿈으로 감동을 주는 한 공학자가 있다. 사람을 사랑하는 로봇공학자 한재권 박사이다.

그는 어릴 적부터 로봇을 만들겠다는 꿈을 가졌었지만, 남들과 별반 다름없는 진로를 택했다. 고려대 기계공학과를 졸업하고 대기업에 취업해 평범한 삶을 살아갔다.

그러던 어느 날, 그동안 잊고 있었던 꿈이 자신을 다시 일깨웠다.

'내가 왜 여기에 있을까? 내 꿈은 로봇 만들기였잖아.'

꿈을 되살린 그는 아내와 함께 미국 유학길에 올라, 로봇과의 여정을 시작했다.

로봇을 만들고자 하는 그의 꿈은 "사람을 구하라"는 큰 비전을 담고 있다. 자신의 목적은 단순히 개인적인 성취와 부에 있는 것이 아니라, 인간에 대한 사랑에 있다고 말한다.

지난 2011년 봄, 일본 후쿠시마 원전폭발사고는 전 세계 로봇공학자들을 허탈감에 빠지게 한 충격적인 대사건이었다. 이때 한재권 박사는 세계의 재난로봇들이 사고현장의 문턱을 넘지 못하여 인명구조에 실패하는 것을 지켜보면서, 효율적인 재난로봇을 기필코 만들어 내겠다는 결의를 다지게 된다.

2015년 6월 '다르파(DARPA) 로보틱스 챌린지' 결승전이 미국 캘리포니아 주 포모나에서 열렸다. 세계에서 가장 큰 규모의 로봇대회이다. 결승에 참가한 24개 팀 중 3팀이 한국 팀이었고, 그 중에 로보티즈의 수석연구원으로 있는 한재권 박사가 이끄는 팀의 재난로봇 '똘망'도 참가했다. 이 세계 최대의 재난 구조용 로봇대회에서 한재권 박사의 '똘망'이 9위에 입상하며 대한민국 로봇 기술의 성과를 입증해 냈다. 오직 사람을 구하겠다는 의지 하나만으로 시작한 그의 무모한 도전이 이제 성공의 길로 성큼 들어서게 된 것이다.

한재권 박사는 로봇공학자로서 우리나라에서도 일어나는 대형 사고 앞에 속수무책 손을 놓고 있어야 할 상황을 볼 때마다 자신이 죄인이 된 것처럼 마음이 아프다고 했다. 재난로봇이 사람을 구하는 꿈을 꾸는 그는 매일 아침 '사람을 구하라'라는 자신의 목적을 되새기며 도전을 멈추지 않고 있다.

그의 저서 『로봇정신』에서는 다음과 같이 강조하고 있다.

> 우리는 인간이 가진 감정의 본질을 잘 살펴보고, 로봇이 의미하는 바를 꼼꼼히 따져본 뒤 로봇의 의미와 가치를 정립해야 한다. 바탕에는 '사람이 먼저다'라는 인본 사상이 깔려 있어야 한다. 이것은 반드시 교육을 통해 아이들에게 가르쳐 주었으면 좋겠다. 언제나 사람이 우선이다.

나는 한때 작은 성취로 만족하며 살던 때가 있었다. 하지만 '내가 진정 원하는 꿈은 무엇인가?'를 고민하기 시작하면서, 꿈은 개인의 작은 성취를 넘어 나와 너, 함께 사는 우리를 포괄해야 된다는 생각을 하게 되었다.

이후 나는 '선한 영향력으로 세상을 밝히는 사람이 되자'라는 큰 꿈을 향해 나를 감동시키는 하루를 만들기로 다짐하게 되었다.

나를 넘어 함께 사는 세상이 밝아지길 원하는 꿈을 꾸자, 내가 지금 하는 일들과 앞으로 해야 할 일들이 달리 보이기 시작했다.

원하지 않는 현실에 불평만 쏟기보다 원하는 세상과 원하는 삶들을 꿈꾸는 데 마음을 쓰기 시작하니, 그동안 누군가가 그려놓은 틀에 얹혀 살아가는 듯 느껴지던 내 삶도 나 스스로 그려가고 있다는 느낌으로 달라져 갔다.

현재 자녀가 있다면 아이에게 수시로 꿈에 대해 물을 것이다.

아이가 자신의 꿈이 대통령, 과학자, 선생님 등을 씩씩하게 외쳐댈 때,

'에잇, 그런 꿈은 이루어질 수 없어. 넌 절대 대통령은 될 수 없어. 대통령은 아무나 되는 게 아니야. 과학자가 되는 일은 힘든 일이야.' 등과 같은 얘기를 들려주진 않을 것이다.

10년, 20년 후 어떤 모습으로 자라날지 모르는 아이들에게 희망을 꺾어버리는 말 따위는 절대로 하지 않을 것이다.

하지만 이처럼 허무맹랑한 꿈은 아이들에게 뿐만 아니라, 희망 없는 하루하루를 버텨내며 흔들리는 어른들에게 더 절실한 것 같다. 삶의 희망과 꿈을 잃고 살면서는 우리 아이들에게도 꿈꿀 자유조차 허용하기 어렵기 때문이다.

생소한 '식물관찰자'란 직업을 만들어 열심히 식물들을 찾아서 그려대는 아이를 볼 때, 설사 이루어 내지 못할 꿈일지라도, 가다가

바뀌는 희망일지라도, 꿈과 함께 살아가는 삶이야말로 진정 행복한 삶임을 알 것이다.

우리 시대 많은 직장인들이 말한다. 꿈꾸기가 두렵다고, 팍팍한 현실과 불투명한 미래를 살아가므로 불안감과 두려움에 휩싸여 희망, 꿈 따위는 말할 겨를이 없다고.

하지만 우리는 원한다. 누구보다 간절히, 행복해지고 싶다고.

행복은 차디찬 현실을 바로 바라보고, 잊혀졌던 꿈에게 숨을 불어넣을 때 찾아온다.

지금 삶이 두려운가? 지금 삶이 불만족스러운가?

그렇다면 마음속 깊이 빛을 잃은 채 잠자고 있는 꿈을 마주할 시간이다.

당신의 삶을 환한 빛으로 물들일 꿈을 꺼내어 바라보라. 그 꿈은 이윽고 당신의 삶을 환하게 밝힐 등불이 될 것이다.

6

담장 너머 세상에 호기심을 가져라

우리는 항상 살아갈 준비를 하고 있지만
정작 살고 있지는 못하다.
-랄프 왈도 에머슨

어린 시절 본 책들 중 책 제목이 오랫동안 기억에 남는 게 하나 있다. 김우중 저『세상은 넓고 할 일은 많다』이다.

하지만 '세상은 넓고 할 일은 많다'는 건 어느새 잊혀진 지 오래다. 학교, 집, 직장을 빙 둘러 쳐놓은 좁은 울타리 밖으로 눈을 돌리지 못하고 살아간다.

스마트폰을 쥐고 사는 현대인이기에 정보가 곧 나의 힘이라고 생각하며, 나의 삶이 풍부한 지식과 정보로 채워져 가고 있다고 착각하기도 한다.

하지만 스마트폰 속의 세상은 다채롭고 즐거운 일들로 가득한 듯한데, 왜 나의 세상은 무미건조하고 점점 좁게만 느껴지는 것일까?

많은 직장인들이 사표를 쓰는 이유도 점점 좁아져 가는 세상과 무채색으로 변해가는 삶에 대해 염증을 느끼기 때문이다. 직장이 나를 가둔다는 외곬의 생각 하나로, 직장이라는 울타리를 벗어나기만 하면 다른 세상이 활짝 열릴 거란 기대에 부풀지만, 좁은 세상의 울타리를 친 당사자가 다름 아닌 나란 걸 깨닫기 전에는 직장이나 환경만 바꾼다고 세상이 달라지지 않는다.

안목을 넓히겠다면서 세계여행을 하고, 직장을 옮기고, 사는 곳을 바꾸어 봐도 잠깐의 새로움으로 설레임을 가져다주기는 하겠지만 그 만족감이 오래가지는 못한다.

담장 너머 세상을 향해 출사표를 던져 성공 스토리를 이끌어낸 사람으로는 '라스베이거스의 거상' 이해언 회장이 있다.

영어 한마디 못하면서도 무작정 아이 셋을 데리고 미국으로 이민을 떠난 시점은 40대를 바라보는 나이 39세 때이다. 흔히 39세라면 직장을 옮기는 데에도, 새로운 일에 도전하는 데에도 주저하는 나이이건만 이해언 회장은 과감하게 미국행에 몸을 실었다. 중년으로 넘어가는 마흔의 문턱에서 그는 인생의 승부수를 던진 것이다.

그는 어느 날 브라질에서 온 친구가 던진 한마디에 짐을 싸고 말았다. "넓은 세상을 두고 왜 좁은 데서 아웅다웅하고 있느냐?"는 말 한마디가 가슴을 쳤던 것이다.

처음에 그가 목표했던 곳은 뉴욕. 하지만 중간 기착지인 라스베이거스에서 내렸다. 얼마만큼 화려한 도시인지 궁금하기도 했고 가까운 친척도 있어 잠시 신세를 지고 떠나려 했던 것이다.

1980년 8월 11일 라스베이거스 공항에 내렸을 때, 숨이 턱 막혔다. 섭씨 40도를 웃도는 날씨가 온몸을 휩싸며 호흡을 가로막았던 것이다.

오래 머물 곳은 아니라는 생각에 식구들을 잠시 친척 집에 맡겨 놓고 서둘러 뉴욕으로 향했다. 그러나 친구가 운영하는 세탁소에서 일을 배우던 그는 일주일 만에 포기하고 말았다. 고된 노동을 견딜 자신이 없는 데다, 한국 사람이 운영하는 세탁소만도 수천 곳이 넘는지라 그가 비집고 들어설 틈이 없어 보였기 때문이다.

그는 다시 가족을 남겨둔 라스베이거스로 돌아왔다. 호텔, 카지노, 술집……. 관광과 향락 산업으로 24시간이 돌아가는 소비의 도시. 영어도 제대로 안 되는 탓에 취직할 곳도 없었다. 그만을 바라보는 아내와 올망졸망한 아이 셋. 망연자실하고 있는 그에게 위로가 되는 것은 오직 술뿐이었다.

"술을 골라서 계산을 하고 나올 때까지 영어 한마디 할 필요가 없더라고요. 순간 '내가 할 수 있는 사업은 바로 이거다!'라고 무릎을 쳤지요."

그것이 '리스 디스카운트 리쿼'의 출발이었다. 약 30평 정도의 매장으로 사업을 시작하여 33년이 지난 지금, 그는 라스베이거스 주류 유통의 20%를 점유하는 거상이 되었다. 연 매출 8천만 달러(약 850억 원)를 올리고 있으며, 운영하고 있는 매장만도 17개. 이 중 15개 매장은 이해언 회장의 소유 건물이다.

미국으로 건너갔을 때의 나이가 서른아홉. 그리고 33년이 지난 지금 그의 나이는 일흔둘이다. 가족을 이끌고 미국으로 이민 갈 당시에도 서른아홉이란 나이는 아무 문제가 되지 않았다. 그리고 남들은 명퇴다, 은퇴다, 노후 생활이다 고민하는 나이에 그는 한 번도 그런 단어들을 떠올려 본 적이 없었다.

"일은 죽을 때까지 하는 겁니다. 돈을 벌고 못 벌고는 중요한 게 아닙니다. 그리고 내 돈이란 게 어디 있습니까? 저는 평생 관리를 하는 것뿐이지요."

거상답게 남다른 이해언 회장의 금전관이다.

'넓은 세상을 보고 싶다. 지금보다 나은 세상에서 살고 싶다.'는 바람은 누구나 갖고 있다.

하지만 눈앞의 세상에만 얽혀살 듯 살아서는 한평생 꿈꾸던 다른 세상은 살아갈 수가 없다. 39세에 고국을 떠나 다시 시작하는 삶을 선택한 이해언 회장처럼, 무조건 떠나야만 성공의 삶을 맛볼 수 있다는 얘기가 아니다. 지금보다 나은 세상을 꿈꾼다면, 스스로를 담장 안에만 가둬놓지 말라는 것이다. 내가 쌓아놓은 담장을 쓰러뜨리고 넘어가야 넓은 세상이 나의 것이 된다.

다른 세상을 꿈꾼다고 말하면서, 1년이 지나도, 10년이 지나도 다른 생각, 다른 모습으로 변화하지 않는다면 평생토록 꿈만 꾸다가 마지막을 맞이할 것이다.

번지수도 없는 판잣집에서 태어난 소년. 일본 규수의 한인촌에서 태어나 '조센진'이라며 돌팔매를 당해야만 했던 아이.

"선생님, 저는 약한 남자입니다. 퇴로를 끊어버리지 않으면 마음이 흔들려 고난과 맞설 수가 없어요. 그래서 휴학이 아니라 퇴학을 시켜주세요!"

어려서부터 인종차별을 받아온 재일교포 3세 손정의.

반드시 한국인으로 성공하겠다는 꿈을 품은 16세 어린 소년은 아픈 아버지를 뒤로하고 다짜고짜 미국 유학길에 오른다. 영어도 잘할 줄 몰랐거니와, 아직 고등학교 1학년도 마치지 못한 때였다.

"10학년(우리나라 고등학교 1학년)은 됐어요. 11학년으로 올려주세요!"

미국의 고등학교에 입학한 지 1주일 되던 날, 그는 교장실에 찾아가 이렇게 말한다.

그리고 사흘 뒤, 다시 교장실 문을 두드렸다.

"11학년도 됐어요. 12학년으로 가겠습니다."

3일 만에 12학년 교재를 모두 완독. 미국에 온 지 3주 만에 고교 과정을 마친 그의 이름은 손 마사요시, 손정의다.

그런 그는 대학교 3학년이던 19세 때, 앞으로 50년간의 인생계획을 세웠다.

20대 : 이름을 알린다.

30대 : 사업자금을 모은다.

40대 : 사업에 승부를 건다.

50대 : 사업 모델을 완성시킨다.

60대 : 사업을 다음 세대에 물려준다.

19세, 가진 것 하나 없던 유학생에 불과했던 그가 40년이 지난 지금, 자산 17조 원, 세계 최고 IT투자기업인 '소프트뱅크'의 회장이 되었다.

손정의의 이런 큰 성공 뒤에 숨은 일화가 하나 있다. 20대 때 한창 사업에 매진하던 손정의는 1983년 간염으로 병원에 입원하게 되었다. 그는 꼬박 3년간을 입원해야 했는데, 그 3년 동안 읽은 책이 무려 4천여 권에 달한다고 한다.

그는 이 같은 다독을 통해 인터넷 시대가 도래함을 예측했다.

> 손정의는 새로운 시대를 개척해 나갈 보물이 어디에 있는지를 보여줄 '지도'와 '컴퍼스'를 먼저 찾아냈다. 바로 컴퓨터 관련 세계 최대 전시회인 컴덱스와 컴퓨터 관련 세계 최대의 출판사인 지프데이비스였다. 다른 사람들이 아무리 미쳤다고 해도, 회사 규모로 보아 큰 도박이 된다고 해도 둘 다 인수했다. 이것은 시대를 앞서가기 위해 절대 필요한 사고방식이었다.
>
> –소프트뱅크 신규채용 라이브 편찬위원회『지금 너에게 가장 필요한 것은』

손정의는 직원들에게 '21세기에 세상을 이끌 사이트 다섯 개를 찾아내라'고 특명을 내렸다. 그렇게 해서 찾은 것이 바로 야후였다. 당시 야후는 미국 직원이 겨우 여섯 명에 불과한 신생기업이었다.

그는 이제 막 설립된 야후의 무한한 잠재적 가치를 내다보고 선뜻 100억 엔을 투자해 최대 주주가 되었고, 야후재팬을 만들었다. 그 이후 소프트뱅크는 일본을 넘어 세계의 IT제왕을 꿈꾸게 되었다.

구글이 선정한 '세계 최고의 미래학자' 토머스 프레이는 2030년까지 20억 개 이상의 일자리가 소멸한다고 예측했다.

> "과거보다 빠른 속도로 일자리의 변화가 일어날 것이다. 20년 내에 사라질 직업에는 텔레마케터, 회계사, 소매 판매업자, 전문 작가, 부동산 중개인, 기계 전문가, 비행기 조종사, 경제학자, 건강관련 기술자, 배우, 소방관 등이 있다. 사회 전반에 무인화가 진행되면서 로봇이 사람의 일을 대신하는 시대가 될 것이다. 글로벌 기업 중 절반이 문을 닫을 것이다."

또, 일본 경제 주간지 〈닛케이 비즈니스〉에 따르면 전국 1,150개 식당 중 약 90% 식당에서 그릇에 밥 담는 작업을 기계가 하고 있는 것으로 나타났다. 요식업뿐 아니라, 농업 등 전 분야에서 기계가 대신할 것이라고 예측하고 있다.

게다가 마이크로그리드, 자동운전, 3D프린터, 로봇의 진화로 2030년경에는 고용 수준이 현재의 절반쯤으로 떨어질 것으로 내다보고 있다.

기존의 많은 일자리가 사라지지만, 기술 발전에 따라 새로운 일거리가 창출될 것이라고 토머스 프레이는 말한다. 하지만 이런 변화에도 아랑곳하지 않고, 지금 모습 그대로 영원할 듯 착각하며 살아가는 사람들이 많다. 이런 변화를 빨리 알아채지 못한다면, 기회가 위기로 탈바꿈할 수 있다.

마지막으로 토머스 프레이의 말을 기억하자.

"미래에 대한 비전이 현재를 만들고, 그 비전이 지금의 행동을 결정하게 된다. 미래에 대한 비전을 바꾼다면 현재의 결정도 바꿀 수 있다. 미래는 결국 우리에게 달린 것이다."

담장 너머 세상의 일에 눈을 돌려라. 새로운 세상에 대한 호기심을 갖는 사람만이 지금의 위기 속에서 기회를 만나게 될 것이다.

7

관점을 바꾸면 삶이 달라진다

지금 이 순간, 가슴뛰는 삶을 살지 않으면 안 된다.
생의 마지막 순간에 간절히 원하게 될 것, 그것을 지금 하라.
–엘리자베스 퀴블러 로스

대학 졸업 후 번듯한 은행에 취직하여 안정된 삶을 누리고 있는 호주의 한 여성이 있다. 그러나 그녀는 직장생활 내내 마음 한편에 도사리고 있던 의문에 대해 다시 한번 생각해 보게 된다.

"나의 진정한 꿈은 무엇일까?"

안정적이고 좋은 직장이었지만, 이를 뒤로한 채 돌연 영국행 비행기에 오른다. 그리고 여행 경비를 마련하기 위해 영국의 한 병원에서 인생의 마지막에 서 있는 환자들을 돌보는 아르바이트를 하게 된다.

"살아생전 무엇이 가장 후회가 되시나요?"

사람들이 죽기 전에 가장 후회하는 일은 대개 다섯 가지로, 그들이 남긴 답변은 거의 비슷했다.

1. 다른 사람이 아닌 내가 원하는 삶을 살았더라면
2. 내가 그렇게 아등바등 일하지 않았더라면
3. 내 감정을 표현할 용기가 있었더라면
4. 친구들과 계속 연락하고 지냈더라면
5. 나 자신에게 더 많은 행복을 허락했더라면

돈을 더 벌어야 했는데…….

궁궐 같은 집에서 한 번 살아봤으면…….

고급차 한 번 못 타봤네…….

이런 말을 한 사람은 단 한 명도 없었다.

변화를 원하는 직장인들에게 상담과 코칭을 하게 되면서, 나는 그들이 꿈을 가지고 살아가기를 원하지만, 어제와 다른 생각과 행동을 하는 것에 주저함을 보이는 이들이 많았다.

그럴 때 내가 묻는 질문이 하나 있다.

"만약 오늘이 인생의 마지막 날이라면, 당신이 가장 후회하는 일은 무엇일까요?"

아이가 자라면서, 미래에 대한 불안함이 점점 더 부풀어 갔다. 희망없어 보이는 현실에 우울함이 더해 갈수록 아이를 위한다는 명분 아래 물질적인 것, 외형적인 것에 더 치중했다. 하지만 그렇게 채울수록 부족함은 더 커져만 갔다. 아이가 태어나기 전에는 좋은 육아 용품, 이제 기어다니기 시작하면서 영재교육, 영어유치원 등을 알아보고, 초등학교 갈 무렵에는 사립학교를 알아보고, 어학연수는 언제 보낼지에 대한 계획과 준비로 무언가에 쫓기듯 불안하고 바쁘기만 했다.

눈앞에서 나를 보고 방긋 웃는 아이를 외면한 채 아이를 위하고, 미래를 준비한다는 핑계로 나를 보고 웃는 아이의 눈을 제대로 맞춰 주지 못하는 날이 많았다. 어쩌면 진정한 어른으로 채 자라지 못한 어른아이였던 한 사람이 다른 누군가의 미래를 책임져야 한다는 두려움에 눈앞의 행복 따위는 찾을 여지가 없었던 것이다.

어느 순간 깨달았다.

'누굴 위해 이렇게 정신없이 달려가고 있나?'

'정말 이렇게 하는 것이 아이와 나를 위한 최선의 길일까?'

'정말 오늘이 마지막이라면, 아이에게 후회를 남기지 않을 일은 무엇일까?'

마지막이라는 생각을 하자, 눈 한 번 더 마주쳐 주지 못하고 사랑한다는 표현 한 번 제대로 해주지 못한 점이 가장 후회가 되었다. 정말 마지막이라면, 아이에게 장난감 하나 더 사주지 못했다고 후회하진 않으리라는 걸 알 수 있었다.

정말 마지막이라면, 아이가 부모의 사랑을 원 없이 받았다고 느꼈다면 그것만으로 충분하다는 생각이 들었다. 그것만으로 충분하다는 걸, 그것이 최고라는 것을.

나의 부모님은 무뚝뚝하고 보수적인 전형적인 경상도 분이셨다. 아버지가 경찰관이었기에 아마 엄하고 보수적인 면이 더 강하셨으리라 생각된다. 따뜻함으로 대하기보다 인생의 바른길로 나아가라고 엄하게 꾸짖으며 냉정한 모습으로만 대했던 부모님의 모습에, 내 아이는 기필코 내가 받은 사랑의 방식과는 다른 방식으로 키워나가리라 다짐을 했다. 하지만 어느새 그 결심 따윈 사라져 버리고, 눈높이의 사랑이 아닌, 나의 만족에 의한 사랑의 방식을 고집하고 있는 나를 발견하게 되었다.

지난 한순간도 제대로 사랑을 주지 못한 아이에게, 후회없이 사랑을 표현하기로 했다. 눈에 보이는 것에만 치중했던 지난날과는 달리, 진심을 다해 사랑의 마음크기를 늘렸다. 매일 마지막 날인 것처럼 후회없이 아이에게 사랑을 표현했다. 아이가 받은 사랑이 부족하다 느끼지 않도록 매일 표현할 수 있는 최대한의 사랑의 크기를 보여주기 위해 노력했다.

그러자 이전에는 아이의 미래가 두렵게 여겨졌었지만, 이제는 더 이상 두렵지 않았다. 아이를 위해 시작했던 것이 나에게 더 큰 수확으로 다가왔다. 삶을 두려워할 필요 없이, 행복함과 사랑으로 채워나갈수록 삶이 즐거워질 수 있다는 것을 아이를 통해 배운 것이다. 아이는 매일 신나고, 내일이 더 즐겁고 행복한 날이 되리라고 믿는 초등학교 2학년 아이로 자랐다.

이렇게 하나의 질문으로 오늘을 시작했다.

'오늘 하루가 내 삶의 마지막이라면, 진정 무엇이 후회가 되는 일

일까?'

마음속의 이 질문이 어제와 다른 오늘을 살기로 다짐하게 하고, 주저했던 일들을 실행하게 만드는 큰 원동력이 되었다. 현실의 바쁜 일상에 치여 이 질문을 잊고 보낸 하루, 또다시 나에게 묻는다.

'내 삶의 마지막이라면 후회가 되는 일은, 하지 못한 일은 무엇인가? 시도하지 못한 일은 무엇이 있을까?'

아직 남은 날이 무수히 많다고 여기는 20대, 30대는 마지막 순간을 떠올리는 게 쉽지 않을 것이다. 삶은 유한한데, 영원할 듯 살아가는 게 우리의 모습이다.

하지만 어제, 오늘, 내일이라고 불리는 하고많은 그날들 가운데 내가 살아가는 날은 바로 오늘이며, 지금 이 순간뿐이다. 어제를 살면서 오늘을 만들지 못하고, 오늘을 살면서 내일을 만들지 못한다. 우리는 단 한순간, 지금을 살아갈 수 있을 뿐이다.

애플의 CEO 스티브 잡스는 후회없는 삶의 모습을 몸소 보여줌으로써 많은 사람들에게 감동을 주었다. 그가 남긴 건 아이폰뿐만이 아니다. 2005년에 그가 스탠퍼드대학교 졸업식 축사에서 남긴 말은 내 삶의 지침이 되었다.

"오늘이 내 인생 마지막 날이라면, 지금 하려고 하는 일을 할 것인가?

언젠가는 죽는다는 사실을 기억하십시오. 그럼 당신은 정말로 잃을 게 없을 것입니다.

여러분의 시간은 한정되어 있습니다. 그러니 다른 사람의 인생을 사느라 당신의 시간을 낭비하지 마십시오."

이 축사에 나오듯이, 스티브 잡스의 삶은 마지막 순간까지 조금의 후회도 없이 살기 위해 최선을 다했다는 걸 알 수 있다. 어제와 다른 오늘을 살기로 결심했다면, 마치 오늘이 마지막 날인 것처럼 나에게 자문해야 한다.

'오늘 남은 하루, 무슨 일을 해야 나중에 후회가 남지 않을까?'

리처드 브랜슨은 괴짜 CEO로 유명하다.

4조 7천억 원의 자산을 지닌 영국 4위의 거부, 3백여 개의 계열사를 거느린 버진그룹의 회장 리처드 브랜슨.

그는 재벌 2세도, 수재도 아니었다. 오히려 난독증에 시달리는 학습부진아였고, 고교를 중퇴한 평범 이하의 소년이었다.

1967년 17세, 자신의 난독증에 도전하는 잡지 〈스튜던트〉 창간.

끈질긴 섭외로 존 레넌, 믹 재거 등의 유명인사와 인터뷰에 성공.

1970년 20세, '버진 레코드'로 음반 산업에 도전. 보수적인 레코드 회사들의 빈틈을 파고들어, 연주곡으로 구성된 19세 마이클 올드필드의 데뷔작으로 대성공을 거둔다.

1984년 34세, 여행 중 비행기 결항으로 공항에 발이 묶이자 당일 비행기를 2천 달러에 전세 내고 본래 요금의 1/4 수준인 39달러로 본인과 승객들을 무사히 목적지에 도착시킨다.

이 경험을 바탕으로 저비용 항공사인 '버진 아틀란틱'을 설립, 항공업에 뛰어들어 전 세계로 확장하는 항공사로 키워낸다.

그는 여섯 번의 시도 끝에 열기구로 대서양 횡단에 성공했고, 웨딩 사업 진출에 맞춰 드레스를 입었으며, 콜라 사업을 위해 뉴욕 시내에서 탱크를 타는 등 버진의 브랜드 가치를 널리 알리기 위해 화제의 인물이 됨을 스스로 선택한다.

2004년 54세, 그의 도전은 아직도 계속되고 있다.

최초의 민간 우주여행 업체 '버진 갤럭틱' 창업.

2014년까지 약 700장의 티켓을 팔았으며 올 하반기에 첫 여행을 계획하고 있다.

리처드 브랜슨은 말한다.

"난 난독증을 앓았다. 도대체 학교 수업을 따라갈 수가 없었다. 그래서 15살 때 학교를 그만뒀다. 난 관심이 있지 않으면 그걸 배우지 못했다. 나는 여러 가지 사업을 하면서 살아왔지만, 한 번도 돈을 벌기 위해 사업을 한 적은 없었다. 사업에서 재미를 발견하며 즐겁게 하다 보면 돈은 자연히 따라왔다."

우리 인생 80%는 일하느라 보낸다. 우린 퇴근 후 재미를 찾는데, 왜 직장에서 재밌으면 안 되는가? 크고 작든, 그 꿈이 무엇이든 한 번 시도해 보라. 안전한 삶을 선택한다면 무언가를 얻는다는 것이 어떤 의미인지 결코 알 수 없다는 것을.

–리처드 브랜슨 『내가 상상하면 현실이 된다』

내가 내 배의 선장이고, 운명의 주인이라는 철저한 주인정신 없이는 인생이 타인의 것이 되기 십상이다. 타인에 의해 좌지우지되는 삶에는 어떤 성취도, 보람도 있을 수 없다.

내 삶의 주인공은 나라는 사실을 기억하자.

'어제 가졌던 꿈이 내일은 이루어지겠지' 하는 막연한 기대로 살지 마라. 오늘 이 순간이 마지막인 것처럼 후회없는 삶을 살아냈을 때, 눈부신 미래를 만날 수 있다.

8

자존심을 버리고 자신감으로 무장하라

누구나 자신의 마음을 믿는다면
그 마음이 성취를 도울 것이다.
–**나폴레온 힐**

사회에 나와서 일과 사람에 이리저리 치이다 보면, '과연 내가 누구인가? 나는 지금 무엇을 하고 있는 걸까?' 하는 의구심이 꼬리를 물 때가 있다. 흔히 우리는 이럴 때 '나는 누구? 여긴 어디? 멘붕.'이라는 말로 웃어넘기곤 하지만, 나를 잃고 살아가는 하루하루가 조용한 절망 속으로 빠져드는 착잡함에 우울함을 느낄 때가 있을 것이다.

학생이라는 신분에 있을 때는 나의 모습을 지켜나가기가 쉬웠지만, 피라미드형 조직사회에서 내 목소리, 내 색깔을 찾는다는 게 그리 쉽지가 않다.

창조의 시대, 창의력 중심, 소통의 시대라고는 하지만, 여전히 조직 안에서는 상명하달식 업무지시와 평가로 이루어지는 것이 대부분이다. 자유로운 생각과 자신의 표현에 익숙한 세대일수록 이 조직문화에 길들여지는 데 어려움을 느낀다.

내 의견을 내비쳤다간 조직문화를 이해하지 못하는 사람, 상사의 의견에 반하는 부정적인 사람으로 낙인찍히기 십상이기 때문이다.

하루하루 상사, 동료, 선후배, 고객들의 눈치를 보며 맞춰주는 삶에 익숙해지지만, 조직생활에 잘 적응하고 유능하다고 평가받는 직원일수록 시간이 지남에 따라 우울함을 호소하게 된다. 남이 시키는 일만 하고 남의 눈치만 보며 사는 삶에서 자기 자신의 모습을 지켜내기가 어렵기 때문이다.

급기야 만성피로, 우울증, 체력저하 등 자신의 삶의 균형이 무너지고 자신감이 점점 사라진다고 고민을 호소하는 직장인이 많다.

'총각네 야채가게'로 유명한 이영석 사장은 바닥인생에서 자존심을 버리고 성공한 사람이다.

15년 전에 트럭 한 대로 무점포 행상을 시작했던 그가 현재 전국 38개 지점과 가맹점, 두 개의 물류창고를 세웠고 연 매출 590억 원의 중소기업으로 일구어 냈다.

처음 그는 오징어 행상을 스승으로 삼아, 전국을 휘젓고 돌아다니며 장사를 익혀 독립을 했다. 하지만 오징어 장사에만 만족하지 않았다. 그는 각지를 돌아다니며 만난 수많은 고수들을 뛰어넘는 것을 목표로 삼았다. 그에게 정확한 꿈이 생긴 것이다.

그 후, 300만 원을 빌려 중고 트럭을 한 대 구입해서는 본격적인 장사를 하기 위해 방방곡곡을 누비고 다녔다. 그는 아직도 넘어야 할 산이 많다고 느꼈기에, 밑바닥부터 지독하게 시작하기로 마음먹었다. 누구 하나 그 길을 알려주지 않았기에, 스스로 가락동 농수산물 시장의 도매상인들을 붙잡고 귀찮다 할 정도로 끈질기게 묻고 다녔다. 하지만 제대로 알려주는 이가 없었다. 그래도 그는 바닥부터 배워 '최고의 가게를 차리자.'라는 꿈을 잊지 않았다. 그렇게 지독하게 찾아다닌 결과 조금씩 배워나갈 수 있었다.

그는 질 좋은 과일과 야채를 찾는 일이라면 어떠한 수단 방법도 가리지 않고 했다. 과도만을 갖고 가락시장으로 가서는 수백 군데의 과일 도매상을 찾아다니며 일일이 과일 맛을 보았다. 원래 대량으로 물건을 파는 도매상에서는 직접 맛을 보고 구매하지 않는다는 불문율을 무시한 채 잘라서 맛을 보고, 박스 밑바닥에 있는 과일의 상태를 하나하나 살피기까지 했다. 과일 맛이 없다 싶으면 사지도 않고 그냥 나오다가, 화가 난 도매상인에게 두들겨맞는 일이 다반사였다. 그러고도 다음날 다시 나가 그 작업을 반복했다. 그 결과, 18평 작은 야채가게도 벤처기업이 될 수 있다는 꿈을 마침내 이루어낸 것이다.

지독한 고생과 노력 끝에 현재 이영석 사장은 누구보다 성공한 인생을 살고 있다. 과거 보잘것없었던 그를 성공으로 이끌었던 것은 '자존심을 버리고 바닥부터 시작해야 한다.'는 신념 하나였다. 그리고 그 신념이 지금의 그를 창조해 냈음은 분명한 사실이다.

직장생활을 오래 하다 보면, 자신감보다 자존심으로 똘똘 뭉친 사람들을 많이 보게 된다. 지금껏 힘들게 버텨서 이루어낸 기득권만 앞세우고, 겉으로는 아닌 척하지만 새로운 도전과 변화를 끔찍이 두려워들 한다. 이런 부류의 사람일수록 자신에 대한 믿음이 부족한 경우가 많다. 변화가 두렵고, 자신의 약점이 드러날까 봐, 점점 자신을 감추는 데에만 급급해한다. 그 결과 정작 자신이 원하는 삶이 무엇인지, 자신의 앞날을 어떻게 계획하고 살아가야 할지에 대해서는 부지불식이다.

입사 후 1년여 만에 퇴사율이 60%가 넘는다지만, 직장생활 10년 차 나이 30대가 넘어서면, 이젠 겁 없이 회사를 옮기기도 두려워지는 때가 된다.

'내, 정말 더러워서 못 다니겠네!'

이런 말을 내뱉고 싶을 때가 한두 번이 아닐 것이다. 하지만 말로, 행동으로 서슴없이 사표를 쓰고 나가던 20대와 달리, 30대가 되면 이런 하루쯤은 참고 넘길 수 있는 연륜이 쌓인다. 하지만 참고 견뎌내기만 하는 게 인생의 답일까?

참고 견디기를 10년, 앞으로 이렇게 버티기만 하는 삶을 살아내려니 눈앞이 캄캄하다. 차라리 미래를 생각하지 않는 편이 낫다. 그냥 하루하루 버티다 보면 어떻게 살아질 것만 같기 때문이다.

그렇게 나의 자존감은 한편에 묻어두고, 내 자리를 지키기 위한 버티기 작전으로 마지막 남은 자존심을 세우기에 오늘도 여념이 없다.

버티는 삶이 더 이상 힘들어질 무렵, 알량한 자존심을 지키겠다며 채용사이트를 들락날락하게 되는 것이다.

『아프니까 청춘이다』의 저자 김난도 교수는 "이 길이 내 길인가?"를 묻는 직장인들의 끊임없는 질문에 대해 다음과 같이 조언한다.

"이 길이 내 길인가?" "이 일을 계속할 것인가? 지금이라도 새로운 일을 모색해야 하는 게 아닐까?" 이러한 질문은 사실 거의 모든 직장인이 끊임없이 제기하는, 매우 일반화된 문제다. 어쩌면 대학시절 내내 '어떤 직업을 어떻게 가져야 할 것인가'를 고민했던 것보다 더 심각하게, 자주 하게 될 고민이다. 햄릿이 "죽느냐, 사느냐."를 번민했던 것처럼, 수많은 사회인들이 오늘도 '떠나느냐, 남느냐'의 갈림길에서 스스로를 납득시키고 있다. 매우 어려운 선택이다.……

너무나 많은 경우의 수가 존재하기 때문에, "지금 당장 네가 하고 싶은 일을 하라."든지 "한 우물을 파야 성공할 수 있으니 조그만 더 견뎌보라."는 식의 정형화된 하나의 답을 주기는 어렵다. 그렇다면 판단의 기준으로 삼아야 할 것은 무엇인가? 나를 찾아온 많은 제자들과 함께 이야기를 나눠보며 내가 분명 느낀 것은, 자신의 전 생애적 진로계획의 목표를 세워야 한다는 것이다. 그리고 이를 가지고 스스로를 먼저 납득시켜야 한다.

약간의 승급에 현혹되어 이직을 결심하는 파우스트적 거래나, 지금 너무 힘들고 비전이 보이지 않는다는 이유만으로 무책임하게 여기저기를 기웃거리는 행동 모두가 위험하다. 가장 아둔한 행동은, 경력개발을 이 회사 저 회사 옮겨다니며 조금 더 높은 대우를 향해 차근차근 사다리를 오르는 일로 생각하는 것이다. 직장생활에는 때로 당장 좋아 보이는 제안이나 달콤한 상상을 거부하고, 지금 자신이 서 있는 곳에서 얼마나 큰 성과를 보일 수 있는지 스스로의 가능성을 시험하는 우직함이 필요하다. 그런 우직함 없이 메뚜기처럼 여기저기 뛰어다니다 보면 어느 순간에 신의 없는 외톨이가 돼 있는 자기를 발견하게 될지도 모른다.

물론 반대로 일상에 매몰돼서 자기 안에 잠재된 가능성을 파묻어 버리는 것도 문제다. 용기와 비전이 부족해 새로운 인생을 개척하는 상상만 하다가 사직서를 쓰고 찢기를 반복하는 것도, 실은 비겁한 일이다. 사회는 외줄을 타는 곳이다. 일의 성취와 개인적 행복 사이에서 외줄을 타야 하고, 떠날 것인가 머물 것인가의 고독한 의사결정의 외줄을 타야 한다. 그래서 균형이 중요하다. 어느 한쪽으로 무너지는 순간, 삶 전체가 균형을 잃는다.

어떻게 하면 균형을 유지할 수 있을까? 지금까지 계속 이야기해 왔듯이, 결국 자기성찰이 중요하다. 직장생활을 시작하면 학생 때보다 훨씬 바쁘기 때문에 '분주 속의 나태'가 일상화된다. 그렇게 자기를 잃는 순간, 균형은 무너지는 것이다. 마음의 거울을 자주 들여다보라. 지난 꿈을 종종 회상하고, 다가올 미래를 항상 설계하라. 주어지는 기회가 기회인 줄 알 수 있도록 늘 준비하라. 그런 노력들이 하나 둘씩 모일 때, 그대의 직장생활은 팽팽한 줄 위의 균형을 유지할 수 있을 것이다. 그리고 그 균형의 끝자락에 성공과 보람의 조화가 닿아 있음을, 그대는 알게 될 것이다.

결국 나에 대한 바라봄이 부족해서인 것이다.

나 또한 연봉인상이 결렬되자마자 자존심을 지키겠다며 대뜸 사표를 썼던 일이나, 직장인의 삶이 싫어 무턱대고 회사 밖에서 일을 찾겠다고 나간 경우도 다 내 인생에 대한 진지한 고민과 꿈이 없었던 탓으로 안다.

직장생활의 고단함은 말로 다 표현하기 힘들다. 지난해 방영된 〈미생〉이란 드라마가 화제가 되었듯이, 직장인의 삶은 자리를 지켜내는 것만으로도 눈물겨운 투쟁의 연속이다.

하지만 바쁘고 힘든 삶이라 해서 나를 뒤로하고 계속 달리기만 한다면, 내 삶은 그냥 제자리걸음만 되풀이할 것이다. 직장 상사의 칭찬 한마디와 정해진 연봉이 삶의 전부가 아니다.

진정한 나를 발견하고 삶을 계획한다면, 지금 여기서 당당한 나로 삶을 꾸려나갈 수 있다.

나를 지금보다 훨씬 더 가치있는 사람으로 만드는 것은 다른 그 누군가가 아니라, 바로 나 자신이다. 진정한 나를 발견하고 삶을 계획한다면, 지금 이 자리에서 당당한 나로 바로 설 수 있는 것이다.

나의 가치를 다른 사람 손에 맡기지 말라. 나의 가치를 스스로 높여라.

이미 당신은 생각보다 훨씬 강하고 위대한 사람이라는 사실을 기억하라.

9

아름답게 꿈을 욕망하라

자신의 운명을 개척하라. 생각하는 바대로 이루어진다.
꿈과 목표를 종이 위에 적고 그에 따른 행동을 취함으로써
되고자 하는 이상형에 가까이 다가갈 수 있다.
미래를 자신의 것으로 만들어라.
바로 당신의 것으로.

– 잭 캔필드, 마크 빅터 한센, 『영혼을 위한 닭고기 수프』 중에서

우리는 늘 새로운 것을 갈망하며 하고 싶고, 되고 싶고, 가지고 싶은 것에 대한 욕망을 키우며 산다. 하지만 원하는 것을 다 가질 수 없다는 현실의 벽을 깨닫는 순간, 그러한 욕망을 부정하기 일쑤다.

현대 직장인들에게 '작은 사치'라고 불릴 만큼 값비싼 커피와 디저트로 그 허전한 마음을 달래는 것을 보면, 이것 이상 더 원해서는 안 된다는 것을 스스로 세뇌시키고 있는지도 모르겠다.

10년째 별반 차이 없는 월급에 걸맞은 욕망은 커피 한잔으로 충분하다며 스스로를 위안하는 것이다. 더 이상 바라서는 안 됨

을…….

거의 파산상태였던 사업을 다시 일으켜 세워 2년 만에 수십억 원의 빚을 다 갚고, 5년 만에 사옥을 지어 올림으로써 '인간 오뚝이'라 불리는 천호식품 김영식 회장. 그는 "욕망을 갖는 것만으로도 절반은 성공이다!"라고 말한다.

김영식 회장의 저서 『10미터만 더 뛰어봐!』에서 그의 얘기를 좀 더 들어보자.

> 생각을 1도만 바꿔도 결과가 크게 달라진다.
>
> 나는 우선 욕망을 갖는 것만으로도 절반의 성공이라고 생각한다. 아니, 성공을 꿈꾸고 성공한 모습을 상상하며 성공을 위한 계획을 수립하는 것, 그 자체가 이미 성공이라고 확신한다.
>
> 성공한 사람을 벤치마킹하면 매우 효과적이다. 주변에 벤치마킹할 만한 사람이 없다면 성공한 사람에 관한 책을 읽으면 된다. 그 사람을 한 달 정도만 연구해 보자. 그 사람의 말, 행동, 생각을 철저하게 연구해서 아침부터 저녁까지 그대로 실행해 보는 것이다.
>
> 한 달이면 충분하다. 그렇게 하면 성공한 사람의 기운이 내 몸 안으로 스며들어 어느새 나에게도 성공의 운이 싹트기 시작한다. 한 달에 한 사람씩 집중 탐구한다면 1년 동안 12명의 성공 인생을 섭렵할 수 있다. 그렇게만 한다면 성공은 떼어놓은 당상일 것이다.
>
> 우선 부자 될 결심부터 해라.

나는 지금도 직원들에게 부자가 되라고 선동한다. 우선 부자 될 결심부터 하라고 일러준다. 그것이 성공의 알파이자 오메가다.

인간으로 태어난 이상 할 일은 참으로 많다. 많이 배우고 싶고, 좋은 사람들과 사귀고 싶고, 세계 구석구석 돌아다니고 싶고, 가난한 사람들을 도와주고 싶고…….

그렇다면 부자 될 결심부터 해라. 그 결심이 당신의 소중한 꿈을 모두 이루어줄 것이다. '결심만 가지고 되나?' 한다면 정말 답이 없다. 진정 결심을 해본 사람은 모든 것이 결심으로 이루어진다는 사실을 안다.

이것은 분석이나 추리로 얻어지는 지식이 아니다. 오직 해봄으로써 비로소 알게 되는 깨달음이다. 늦지 않았다. 나는 되는 대로 살다가 환갑 다 된 나이에 결심해서 빛을 본 사람들도 많이 알고 있다.

백번이라도 말하고 싶다, 부자 될 결심부터 하라고.

생각하면 행동으로, 지금 당장!

주변 사람들에게 꿈을 가져보라고 얘기하면, "나는 뭐 별거 없어요. 그냥 돈 많이 모아 집 사고, 결혼하고, 애들 클 때까지 회사 다니고 그런 거죠 뭐." 등 꿈의 크기조차 미리 자신의 월급에 맞추어 버린다. 그리고 세상에 넘쳐나는 좋은 것들은 자신과는 별개라고 이미 단정지어 버린다.

과거의 나도 꿈의 크기를 지금 받는 월급의 크기로 한정짓곤 했다. 경찰관이었던 부모님은 자라나는 내내, 자식 셋을 대학 보내느라 항상 빠듯한 생활에 매우 힘들어하셨다. 그런 부모님을 보며 자란 나는 부모님과는 정말 다르게 살고 싶다는 욕망이 컸었지만, 달리 어찌해야 할 바를 몰랐었다.

대학교에 입학하면서부터 일찌감치 내 용돈은 내가 벌어 쓰는 생활을 했다. 공무원 생활을 하신 부모님의 생각은 나의 수준 이상의 돈과 부를 원해서는 안 됨을 늘 강조하셨다. 일반 사기업에 취업을 해서 사회생활을 하는 나는 공무원인 아버지와는 다른 세상을 살아가고 있다는 생각을 했지만, 나라에서 받는 월급과 회사에서 받는 월급이라는 차이 외에는 한 달에 정해진 급여만 받고 그 크기만큼의 꿈만 꾸고 살아야 함은 별반 다르지 않았다.

지금과는 다른 삶을 살고 싶었다. 평생 정해진 월급에 맞춰 내 꿈의 크기를 정하고 싶지 않았다. 흔히 그렇듯 내 주변에도 로버트 기요사키처럼 부자 아빠가 있지 않았기에, 책을 통해서라도 만나기 위해 더 치열하게 독파해 나가기 시작했다.

책이 늘어날수록 주변에서 '그런 허황된 생각 따위는 버려라'고 충고가 쇄도했다. 하지만 멈추지 않았다. 나는 지금과는 다른 삶을 살고 싶다는 결심을 했기 때문이다.

지금 자신을 부러워하는 사람들에게 천호식품 김영식 회장은 말한다. 자기를 부러워만 하지 말고, 부자가 되고 싶고 다른 삶을 살고 싶으면 결심부터 하라고.

내 것이 아니라는 생각을 버리고, 마음먹는 것부터 시작하라고 말이다.

원하는 꿈을 이루기 위해서는 실행이 따라야 하지만, 결심을 하지 않은 행동으로는 원하는 것을 아무것도 얻을 수 없다. 기름이 바닥난 차를 끌고 달리는 꼴밖에 되지 않는다.

내가 원하는 것을 가지기 위해, 내가 하고 싶은 일을 하기 위해 직장을 뛰쳐나와 고군분투했지만, 실패의 과정을 겪을 수밖에 없었다. 안타깝게도, 나 스스로 지금보다 더 나은 삶을 이루고 큰 부자의 삶을 살 수 있다는 것 자체를 믿지 못했던 탓이다.

말로는 '지금 월급의 두 배를 벌겠어. 지금보다 좋은 차를 사겠어. 근사한 집을 사겠어.' 하며 원하는 것들의 목록은 채워나갔지만, '내가 설마, 가질 수 있을까?' 하는 의심과 부정의 생각이 마음속 깊이 자리 잡고 있었던 것이다.

빌 게이츠는 이렇게 말했다.

"가난한 집에 태어난 것은 당신의 책임이 아니지만, 죽을 때까지 가난을 면하지 못하는 것은 당신 책임이다. 즉, 가난은 어느 누구 때문이 아니라 당신 자신으로 인한 것이다."

빌 게이츠의 이 말은 여태까지의 내 생각을 송두리째 뒤흔들어 놓았다. 지금까지 '나는 부잣집에서 태어나지 못했기 때문에, 절대 부자가 되지 못할 것이다.'라는 생각이 마음속 깊이 자리 잡고 있었던 것이다.

어릴 적에 평범하게 산 것은 내 선택이 아니다. 하지만 앞으로 평범한 인생, 시시한 인생을 사는 것은 순전히 나의 책임이라는 걸 깨닫는 순간, 앞으로는 부자의 삶을 살기로 결심할 수 있게 되었다.

이때 만났던 책 중에 오리슨 S의 『부의 비밀』이 나의 생각을 바꿔 놓았다.

가난은 마음의 병이다.

이솝 우화에 나오는 토끼와 거북이의 경주 이야기를 잘 알 것이다. 거북이가 토끼를 이길 수 있었던 이유는 무엇일까? 사람들은 대개 그 이유를 토끼가 방심하고 낮잠을 잔 데서 찾는다. 하지만 토끼가 아무리 낮잠을 잤다 한들, 거북이가 스스로 질 거라 지레 포기하고 목표를 향해 걷지 않았다면 이길 수 있었을까? 거북이의 승리는 거북이의 마음이 만든 것이다. 거북이가 토끼와 달리기로 겨루겠다고 했을 때 어느 누구도 거북이가 이길 것이라 여기지 않았을 것이다. 하지만 거북이는 모두가 불가능하다고 여긴 일을 혼자서 가능하다고 여기면서 그 방향을 향해 한 걸음 한 걸음 느린 발걸음이나마 옮겼다. "나는 절대로 토끼를 이길 수 없을 거야" 따위의 체념은 거북이 마음에 자리 잡지 않았다. 긍정적인 마음이 우선이고 그 다음은 실행이다.

가난한 현실보다는 가난한 생각, 즉 자신은 가난하고 앞으로도 그럴 거라는 주눅든 생각이야말로 인생을 좀먹는 독이다. 가난한 자신의 처지에만 자꾸 눈길이 가고 이에 익숙해져 가난에서 벗어나려는 굳은 의지를 잃는다면 결국 파멸에 이르고 만다. '가난은 싫다. 질렸다. 나이가 들어서도 가난하면 어떡하지?'라고 두려워만 한다면 진짜로 가난을 떨쳐낼 수 없다. 항상 불안에 휩싸여 있는 위축된 영혼은 자신감을 잃게 되고 역경을 딛고 일어설 힘을 잃게 되기 때문이다. 결국 자신이 걱정하는 바대로 되는 것이다.

지금과는 다른 삶을 살고 싶다면, 꿈을 욕망하는 데서부터 시작하라. 그 꿈이 나의 것이 되리라는 것을 의심하지 말고 믿어라.

지금 이대로 사는 것은 습관이다. 성공을 바라고 부를 원한다면 성공하기로, 부자가 되기로 결심부터 해라.

CHAPTER 3

위대한 직장인으로 성장하는 9가지 성공전략

1

나의 마음에 로그인 하라

새로움에 마음을 열면,
매일 어제와는 다른
자신이 되어갈 수 있습니다.
–루이스 헤이

최근 개봉한 애니메이션 영화 〈인사이드 아웃〉이 있다.

만화영화임에도 아이들보다 어른들에게 더 큰 감명을 준다고들 한다. 그동안 팍팍한 현실 속에서 마음과는 담 쌓고 살아왔던 어른들이건만 영화를 보는 내내 눈물이 마르지 않았다는 것이다.

이사를 하여 새로운 환경에 적응해야 하는 여자 아이 라일리를 위해 다섯 감정들이 그 어느 때보다 바쁘게 감정의 신호를 보내지만, 우연한 실수로 기쁨과 슬픔이 본부를 이탈하게 되자 라일리의 마음속에 큰 변화가 찾아온다는 줄거리이다.

특히 라일리의 행복을 위해 언제나 감정 컨트롤 본부의 주도권을 쥔 채 슬픔이를 차단하려고 했던 기쁨이는 험난한 여정을 통해 슬픔 또한 행복을 위해 필요한 감정이며, 기쁨과 슬픔을 꼭 분리할 수 없다는 것을 깨닫게 된다. 이러한 전개 과정에서, 슬픔과 눈물이 꼭 부정적인 생각을 하게 하는 원동력이 아니라는 것을 말하고 있다. 사람의 인생 역정에 때로는 슬픔이 기쁨보다 더 큰 위로가 되며, 슬픔으로 인해 사람이 더한층 성장하게 된다는 메시지를 전해주는 영화이다.

우리의 마음속에는 기쁨과 슬픔, 분노와 즐거움 등 다양한 감정들이 자리 잡고 있지만, 그 감정들을 곧이곧대로 드러내서는 결코 성공할 수도 없거니와, 원만한 인간관계를 유지하기도 힘들게 마련이다. 특히 서비스 근로자들은 희로애락의 감정을 직접적으로 드러내지 못하는 처지이다 보니, 본인의 진짜 속마음을 안으로 갈무리한 채 일상의 감정노동에 시달리기에 우울증을 앓는 이가 많다. 자신의 마음을 보듬고 챙길 여유가 없는 것이다.

어느 날, 평소 호탕한 성격의 B양이 갑자기 눈물을 떨어뜨렸다. 자신도 모르게 흐르는 눈물에 본인도 당황했겠지만, B양의 그런 모습을 곁에서 보는 나 또한 적잖이 놀랐다. 평소 활달하기 그지없던 B양이었지만 자신의 속마음이 힘들 때를 눈치 채지 못하고 놓치는 바람에, 그간 억눌렸던 감정이 불현듯 흘러나오게 된 것이다. 본인도 딱히 눈물을 흘릴 만큼 대단한 사건이 있었던 것도 아닌데, 주체할 수 없이 흐르는 눈물 덕분에 최근 들어 자신이 힘들어하고 있었다는 걸 자각하게 되었다.

이렇듯이 우리의 진짜 마음은 겉으로 드러나지 않은 채 숨어 있다.

사회생활 중에 우리가 표현하는 기쁨도 슬픔도 자신의 속마음을 오롯이 담아내지 못하고, 자신은 그저 그때그때의 상황에 맞춰 연기하듯 살아가는 것이다. 이렇게 연기하듯 살아가는 삶이 오래 지속되면, 진정한 내 마음이 무엇인지 종잡을 수 없게 된다.

하지만 그렇게 억눌려 오던 속마음이 더 이상 참을 수 없는 한계를 넘어서게 되면, B양의 경우처럼 북받쳤던 설움이 느닷없이 터져 나오게 되는 것이다.

사람들에게 "꿈이 뭐예요?"하고 물으면, 아마 10대는 대학교 입학을, 20대는 취업을, 3,40대는 결혼과 집장만을, 50대는 자녀교육을, 60대는 건강한 노후를 꼽을 것이다. 세대별로 원하는 꿈들이 각각 다른 것이다.

하지만 공통적으로, 가장 중요한 한 가지가 빠졌다. 바로 '내가 진정 행복한가?'이다.

유엔이 지난 4월에 발표한 국민 행복도 조사에서 한국은 조사대상 158개국 중 47위를 기록했다. 스위스, 아이슬란드, 덴마크, 노르웨이, 캐나다가 1위에서 5위를 차지했다. 경제협력개발기구(OECD)가 매년 발표하는 행복도 지수에서도 우리나라는 하위권에 속한다. 경제 성장에 비해 사람들의 행복도는 아직 후진국이라는 말이다.

칸트는 행복과 관련해 가장 어려운 것은 '무엇을 행복으로 볼 것인가'의 문제라고 지적했다. 사람들은 각자 가치관이 다르고 어떤 상태를 행복한 상태로 보는지도 다르기 때문에 행복의 개념을 보편화하는 것이 매우 어려운 일이라고 봤다. 아리스토텔레스는 '행복은 인간이 무언가 완성시킬 때 도달하는 정신적 상태'라며 행복을 '최고선'으로 생각했다. 인간은 결국 행복을 얻으려고 행동한다는 것이다.

–2015. 6. 22. 〈한국경제신문〉 신동열

행복을 설명할 때는 인간 욕구의 속성을 반드시 고려해야 한다. 인간의 욕구는 생리–안전–애정–존경–자아실현의 욕구로 점차 높아진다는 매슬로의 인간욕구 5단계설에 비추어 보자면, 인간의 욕구는 기본적인 면이 충족되면 점점 높은 단계를 추구하게 된다는 것이다.

그렇기에 소득이 행복도의 전부일 수는 없지만, 소득이 높아질수록 행복감도 높아진다는 점에서 소득은 안전이나 애정, 존경, 자아실현의 욕구 등을 충족시키는 지표로 사용될 수 있다.

직장인들의 경우 연차가 늘어갈수록 업무량의 비중은 높아만 가는 데 반해 소득수준은 그에 뒤따르지 못하기에, 점점 자기만족감, 존중감, 행복감이 떨어지는 것을 경험하게 된다. 그리고 무엇보다 현재 자신의 마음상태를 알지 못하는 경우가 많아, 행복과는 거리가 먼 일상을 살아가고들 있다.

2014년 기준으로 성인의 하루 평균 스마트폰 사용시간이 무려 3시간이라는 보고가 있었다. 하루가 24시간이고 수면시간을 8시간이라고 했을 때, 생활하는 16시간 중 3시간 동안을 스마트폰과 대면하고 있다는 얘기이다. 출퇴근길의 풍경에서만 보더라도 스마트폰을 만지작거리지 않는 사람이 거의 없을 정도이고, 여러 사람들이 모인 자리에서도 서로 눈도 마주치지 않고 스마트폰만 들여다보는 것이 일상사가 되었다.

매시간 바쁘게 돌아가는 직장 내 풍경에서도 스마트폰을 손에서 놓지 않는 직장인들이 생각보다 적지 않다. 물론 업무에 필요한 내용 확인과 개인적인 용도로 사용할 수도 있겠지만, 그 사용횟수가 필요 이상으로 잦을 뿐더러, 스마트폰을 시시때때로 보며 가십들을 확인하느라 시간을 흘려보내는 경우도 많다.

하루 24시간 중 스마트폰에 3시간씩이나 접속하면서, 나의 마음에 로그인 해본 시간은 얼마나 될까? 이런 질문을 미처 생각해 보지 않은 사람이라면, 아마 하루에 채 5분도 못 될 것이다. 아니, 더 나아가 평생토록 자신의 마음과 접속해 보지 못한 이들도 더러 있을 것이다.

나의 모습도 별반 다르지 않았다. 마음상태를 굳이 알려고 하지도 않았을 뿐더러, 감정을 자유롭게 표현해본 적도 없었다. 그러다가 독서를 통해 변화된 삶을 살겠다는 다짐 하나로, 자기계발서에서 시키는 대로 행동에 나서보기도 했다.

『나는 자기계발서를 읽고 벤츠를 샀다』의 저자 최성락 교수는 이런 말을 한다.

꿈은 달성했지만 잘살지 못하는 이유는 2가지가 있다. 첫 번째는 자기가 진정으로 원하는 것이 무엇인지 모르면서 꿈을 가진 경우다. 꿈은 자기가 좋아하는 것이라고 말들을 하지만, 대부분 사람은 자기가 진정으로 무엇을 좋아하는지 모르면서 꿈을 가진 것이다.

최성락 교수의 지적처럼, 꿈을 달성하려고 노력은 했지만 내가 진정 원하는 것이 무엇인지, 내가 진정 무엇을 좋아하는지, 내가 즐거워하는 일은 무엇인지, 내가 진정 행복해하는 일은 무엇인지에 대한 고민을 깊이 해보지 못하고 사는 사람들이 대부분인 것이다.

그동안 내가 받아왔던 교육은 눈에 보이지 않는 것보다 눈에 보이는 것을 더 중시하고, 측량화된 과학적 근거로 뒷받침되지 않은 것들은 미신 또는 망상이라고 치부해 왔다. 이렇듯 지나치게 한쪽으로 치우친 가치관으로 인해, 나는 가장 중요한 '마음의 힘'을 키우는데 소홀한 채 살아왔던 것이다.

그래서 지금과는 다른 삶을 살고 싶어 굳은 결심을 하고 시작했던 일들에서 버젓한 성과보다는 참혹한 실패 경험이 하나 둘씩 쌓여갈 때, 이 실패라고 여겨지는 경험들을 어떻게 성공의 결과물로 끌어올릴 수 있는가에 대해 깊이 고민하게 되었다.

대학교 때 사회복지를 부전공하면서 상담실습 시간이 무척 흥미로웠다. 나중에 기회가 되면 전문상담가의 길로 가고 싶다는 생각을 한 적도 있었다.

하지만 상담공부에 대한 미련을 남겨둔 채 직원들의 서비스 코칭을 맡게 되면서부터, 자연스레 고충상담과 업무 관련 스트레스 해소

법을 찾기 위해 심리공부를 하는 시간이 많아졌다. 내친 김에 그동안 미루어 왔던 심리상담사 자격증을 따게 되면서, 마인드의 중요성을 절실하게 느끼게 되었다.

유통업에서는 무엇보다 서비스 점수가 중요하다. 따라서 서비스의 질을 높이기 위해 항상 고민하고, 서비스 교육에 시간을 많이 쏟는다. 하지만 서비스 규칙과 행동 변화에 대한 한 번의 교육이 잠깐의 변화를 가져올 수는 있지만, 서비스의 근본적 개선까지 기대하기는 어려웠다.

서비스 매니저로 일하면서 지켜본 결과, 점수가 높은 직원은 항상 높고, 점수가 낮은 직원은 항상 제자리걸음을 한다는 걸 알게 되었다. 서비스 점수를 높게 받는 직원들은 서비스부문 외에도 모든 일에 적극적이고 진취적인 성향을 보여주는 사람들이었다. 그에 반해, 서비스 점수가 낮은 사람들은 평소에도 소극적이거나 부정적인 성향을 보이는 직원들인 경우가 많았다.

서비스의 기본은 마인드! 나는 여기서 '모든 것의 기초에는 마인드가 있다'고 결론지을 수 있었다. 나 또한 지난날 실패에 짓눌려 있던 상황에서는 마음상태 자체가 실패자 마인드였다.

가장 중요한 '마인드 근육 키우기'에 소홀했던 것이다. 거의 무지했다고 볼 수 있다.

그때 만났던 책이 조셉 머피 박사의『잠재의식의 힘』이다.

"만약에 당신의 삶이 행복하거나 부유하지 못하고 또한 성공하지 못했다면 그것은 당신이 잠재의식을 사용하지 않은 까닭입니다"라는 글을 본 순간, 내 안에 내재되어 있는 무한한 마인드의 힘을 사용하는 데 진력을 다하기로 결심하게 되었다.

> 우리 모두 무한한 가능성을 가지고 있는데, 대부분의 사람들은 그것을 알지도 못하고 5%도 사용하지 못하고 죽는다. 무한한 가능성인 잠재의식을 개발하면, 내가 불가능하다고 생각하는 것이라도 반드시 원하는 대로 실현될 것이다.

크게 보아 마인드는 의식과 잠재의식으로 이루어진다. 의식은 우리가 생각하는 자리이다. 잠재의식은 우리가 감정을 느끼고 이제까지 우리가 살았던 경험, 기억의 총 저장창고이며 그 이상의 것이다. 잠재의식은 빙산의 일부처럼 드러난 의식보다 거대한 이면의 것이다.

이 잠재의식의 힘을 제대로 사용하지 못한다면, 아무리 애써 봐도 크게 성공할 수가 없다.

꿈꾸는 삶을 원한다면, 마음에 로그인 해보자. 그 내면에는 우리가 생각했던 것 이상으로 커다란 잠재력이 숨겨져 있다.

이제는 겉으로 출렁이는 물결 아래로, 나의 깊은 내면 속으로 파고들어가 보자. 그리하여 내 안에 잠들어 있는 거인을 깨워 보자.

2

마음 밭에 긍정의 씨앗을 뿌려라

좋은 일을 생각하면 좋은 일이 생깁니다.
나쁜 일을 생각하면 나쁜 일이 생깁니다.
당신은 당신이 하루 종일 생각하고 있는 그것입니다.
–조셉 머피

스타벅스 무료음료 쿠폰에 연속 당첨!

"고객님, 저와 함께 하이파이브 한번 해주시겠어요?"

"네?"

"하루에 몇 명 선정하지 않는 무료음료 쿠폰에 당첨되셨습니다. 축하드립니다."

"아, 네? 정말요? 감사합니다."

출근 전인 아침 8시, 일주일에 한 번씩 나와 함께 꿈미팅을 가지는 직장인 L씨. 우리의 미팅 장소는 회사 근처 스타벅스였다. 출근

시간은 9시 반이지만, 일주일에 한 번씩 한 시간 정도 일찍 만나 꿈미팅을 진행하고 있었다. 이날도 평소와 다름없이 미팅을 시작하기 전에 커피를 주문하는 중이었다.

커피 무료음료 쿠폰에 당첨된 사람은 다름 아닌 L씨였다.

그날 이후에도 L씨에게는 하이파이브를 하는 기회가 연이어졌다. 지난번과 동일하게 꿈미팅 시간에 잇따른 행운의 주인공이 된 것이다.

'커피 쿠폰, 그깟 게 별건가?'하고 하찮게 여길 수도 있다.

하지만 5천 원짜리 커피 쿠폰의 작은 행운을 말하려고 하는 것이 아니다.

직장인 L씨는 누구보다 꿈꾸는 삶을 원했다. 딱 부러지는 성격과 일에 대한 열정이 남다른 10년차 뷰티전문가였다.

그런데 시간이 흐를수록 직장에서 성장의 기회가 점점 좁아져 간다는 것을 깨닫고 나서부터는 심각하게 이직에 대한 고민을 하고 있는 중이었다. 성장하고픈 의지가 강했던 그녀이지만, 보여지는 것 외에 눈으로 보여지지 않는 것의 중요성, 무엇보다 마인드의 힘을 사용하는 데 두려워하고 있었다.

그러던 그녀가 그날따라 커피를 주문하면서 결제하는 순간 '돈아, 잘 갔다 와. 친구들 데리고 와!'하고 마음속으로 외쳤다고 한다. 그 말이 떨어지기가 무섭게, 돈이 무료음료 쿠폰이라는 친구들을 데리고 온 셈이 되었다.

마침, 미팅 과제로 『부자들은 왜 장지갑을 쓸까』를 읽고 온 이후였다.

그녀는 지갑 대신, 부피가 작고 휴대하기 편한 머니클립을 사용하고 있었다. 그것을 눈여겨보아 왔던 나는 그녀의 지갑사용을 바꿔주기 위해 『부자들은 왜 장지갑을 쓸까』를 특별히 추천해 주었던 것이다.

우리의 성장을 위해서는 마인드의 성장이 가장 중요하다. 그런데 마인드의 성장을 가로막는 것들 중 하나는 우리가 원하는 것에 대한 제한, 특히 돈에 대한 제한이다.

성장하는 삶을 꿈꾸지만, 자신이 벌 수 있는 돈의 크기를 지금 연봉 수준으로 제한시키기 일쑤이다. 돈에 대한 긍정적인 태도, 부에 대한 마인드가 부족한 탓이다.

흔히들 '성공하고 싶다. 돈을 많이 벌고 싶다.'라고 생각은 하지만, 마음속 깊이 돈에 대한 부정적인 이미지가 깊이 뿌리내린 경우가 많다. 부자란 돈 밝히는 사람, 약자를 밟고 올라간 사람 등 부자에 대한 부정적인 선입견이 뿌리 깊기에, 내심 부자가 되고 싶으면서도 다른 한편으로는 부자에 대한 배타적인 생각을 떨쳐내지 못한다.

『부자들은 왜 장지갑을 쓸까』의 저자 카메다 준이치로는 노숙자 신세를 거쳐, 수많은 기업가들이 가장 먼저 찾는 유명 세무사가 된 역동적인 삶의 주인공이다. 그는 일본 부자들이 돈을 대하는 태도를 분석함으로써, 그들이 부자가 될 수 있었던 비결을 갈파했다.

그는 다양한 타입의 경영자들의 지갑을 주의 깊게 살펴보았다. 그 결과 꾸준하게 돈을 잘 벌고 있는 경영자는 거의 예외 없이 깔끔

한 지갑을 사용하고 있다는 것을 알아냈다. 반면에 회사 경영이 어려운 경영자, 자금 융통이 원활하지 못한 경영자는 대부분 허름한 지갑을 사용하고 있다는 것도 알 수 있었다.

여기서, 잠깐 카메다 준이치로의 얘기를 들어보자.

> "돈을 대하는 경영자의 태도가 그대로 지갑에 나타나는 것입니다. 아니면 지갑이 그들의 돈에 대한 태도를 결정해 주고 있다고도 할 수 있을 것 같습니다. 지갑을 바꾸면 돈을 대하는 태도가 완전히 달라진다는 것을 저는 체험적으로 알게 되었습니다. 이전의 저는 고객인 경영자들의 지갑에 주목하면서도 제 자신의 지갑에는 전혀 신경을 쓰지 않고 지냈습니다. 경영자들이 우아하게 멋진 지갑을 꺼낼 때면 '과연 사업이 승승장구하는 사장님은 장지갑을 사용하는구나'하고 막연하게 생각은 하면서도 제 자신은 변함없이 접이식 지갑을 사용하고 있었습니다."
>
> "꾸준히 돈을 잘 버는 사람들은 지갑뿐 아니라 돈에 관해서도 자기 나름의 규칙을 가지고 있고, 돈 자체를 하찮게 여기지 않기 때문에 좀 더 많은 돈을 가지게 되는 것입니다. 돈에 신경을 쓴다는 것은 곧 자기 나름의 철학을 가지고 돈을 다루는 것, 그리고 가진 돈을 스스로 제어할 수 있는 것을 의미합니다. 자신의 수중에 드나드는 돈은 자신의 생활 태도 그 자체입니다."

카메다 준이치로가 지갑의 힘을 믿는 이유 중 하나는 지갑에 관한 불가사의한 법칙 때문이다. 그것은 바로 '연봉 200배의 법칙'이다. '지갑의 구입 가격 × 200'이라는 숫자가 바로 지갑 주인의 연봉을 나타낸다는 것이다.

많은 사람의 지갑을 살펴봤을 때, 대략 그 사람의 연봉은 현재 사용하고 있는 지갑 구입 가격의 200배에 필적한다는 것이다. 결국 지갑 가격의 200배가 내 연봉이 된다는 법칙에 대해 저자는 말하고 있다. 그렇다면 50만 원짜리 장지갑을 갖고 있는 사람의 연봉은 1억이라는 계산이 나온다.

그렇다고 지갑만 바꾸면 연봉이 저절로 올라간다는 얘기가 아니다. 돈에 대한 마인드를 바꾸고 삶의 태도를 바꾸어야 부자가 될 가능성이 있다는 것이다.

아버지의 파산으로 저자가 벼랑 끝에까지 몰려 비참한 생활을 하면서 깨달은 것은, 꿈을 꾸고 그 꿈을 실현하기 위해 끊임없이 노력해야 한다는 것이었다. 또한 힘든 지금 이 순간에도 10년 후의 풍족한 생활과 행복한 삶에 대한 꿈을 놓지 않고 살아가야 한다는 것이었다.

그는 부자들을 가까이 지켜보면서, 장지갑의 프리즘을 통해 돈에 대한 마인드와 철학, 그리고 꿈꾸는 법을 배워 성공한 삶을 살게 되었다고 했다.

몇 해 전 읽었던 이 책을 통해 나 또한 돈에 대한 선입견과 부정적인 마인드를 백팔십도로 바꾸게 되었다. 무엇보다 작고 쓰기 편하다는 이유로 반지갑을 오랫동안 사용했고, 장지갑은 남성 전용이라는 선입견에만 치우쳐 아예 장지갑을 쓸 생각조차 하지 않고 있었다. 이 책을 만난 후 장지갑을 쓰게 되면서부터는 돈에 대한 태도가 놀랍도록 바뀌게 되었다.

앞서 얘기한 직장인 L씨뿐 아니라 많은 직장인들과 상담을 하면서, 지금보다 더 나은 삶을 꿈꾸는 걸 엿볼 수 있었다. 현재는 힘들더라도 앞으로는 좋은 집도 사고 싶고, 여행도 맘껏 다니면서 경제적으로 여유로운 삶을 살고 싶어 하는 것이다.

하지만 예전의 나처럼 막연히 원하는 것들은 많지만, 그리고 '돈이 많았으면 좋겠다. 부자가 되고 싶다.'고 생각들은 하지만, 정작 자신은 지금보다 더 풍요로운 삶을 살 수 있다는 걸 믿으려 하지 않는다. 부자가 되고 싶다는 생각만 가지고 있을 뿐, '나처럼 평범한 사람이 어떻게 부자가 될 수 있겠어?' '부는 나한테는 오지 않을 거야. TV 속 뉴스나 드라마에서나 볼 수 있는 일들이지.' '내 주변 사람들은 나처럼 평범한 사람들뿐인걸.' 등 나와는 거리가 먼 이상에 지나지 않는다는 선입견이 마음속 깊이 뿌리내리고 있다.

나는 꿈을 찾는 이들에게 주문한다. 원하는 꿈대로 살고 싶다면, 부에 대한 자신의 태도부터 바꾸어야 한다고.

내 꿈을 지금 받는 연봉 안에 구겨 넣어 맞추려고 한다면 이룰 꿈도, 나아질 삶도 없는 법이다.

아프리카의 성자, 슈바이처 박사가 원주민들의 금기에 관해 놀랄 만한 사실을 들려준다.

아프리카 원주민들 사이에서는 아기가 태어날 때, 아버지가 술에 취한 상태에서 아무 말이나 흘러나오는 대로 아기의 금기를 말한다고 한다. 예를 들어 "왼쪽 어깨!" 하면, 아기의 왼쪽 어깨가 금기가 되어 거기를 얻어맞으면 죽는다고 믿게 된다. "바나나!"하고 말하면, 아기는 커서도 바나나를 먹으면 죽는다고 믿는 것처럼 말이다. 그리고 실제로 슈바이처 박사는 금기로 죽은 예를 많이 보았다고 한다.

다음과 같은 극단적인 예도 있다. 바나나 요리를 했던 냄비를 씻지 않고 다른 음식을 요리했는데, 그 요리를 어떤 원주민이 먹었다. 그 냄비로 바나나 요리를 했다는 말을 들은 원주민은, 새파랗게 질린 얼굴로 경련을 일으키며 쓰러지더니 온갖 치료에도 죽고 말았다.

물론 바나나를 먹고 죽을 사람은 없다. 그 원주민이 냄비에 바나나가 묻었다는 것을 몰랐다면 아무 일도 없었을 것이다. 누구나 이렇듯 쉽게 암시에 걸리지는 않는다. 하지만 정도의 차이는 있을지라도 암시가 인간에게 놀라운 작용을 하는 것은 분명하다.

–조성희『어둠의 딸, 태양 앞에 서다』

위의 사례에서 보듯이, 아프리카에서는 아기에게 금기를 말한 것이 죽음으로 몰고 갈 만큼 놀라운 힘으로 작용한다. 우리 또한 스스로의 마음속에 너무나 많은 금기를 만든 나머지, 30대가 넘은 지금에도 견고한 금기의 벽 안에서 옴짝달싹 못하는 경우가 많다.

코칭을 하면서, 많은 이들이 무엇보다 바라는 것은 '자유롭고 싶다'는 욕구임을 절감했다. 직장인이든, 전업주부이든, 프리랜서이든, 직업과 나이에 관계없이 다들 자유를 원한다.

이렇듯 많은 사람들이 자유를 원하지만, 자신 안의 금기의 산이 너무 높아 그 산을 넘기가 두렵다는 것이다. 어릴 적에 부모님, 학교, 선생님, 자신을 둘러싼 환경들로부터 만들어진 많은 금기들이 있다. 하지만 성인이 된 이후에도 금기의 산을 더 높이 쌓아 올리는 것은 다름 아닌 자기 자신이다.

부정적인 생각으로 두려움을 키우고, 끊임없이 되새기며 점점 좁은 공간에 가두는 것 또한 나 자신인 것이다.

그러나 기쁜 소식이 하나 있다. 금기의 벽을 뛰어넘고, 갇혀 있는 방문을 열 수 있는 사람은 부모님도 친구도 애인도, 아내 남편도 아닌 역시 나 자신이라는 사실이다. 그 방법은 금기로 여긴 생각의 틀을 깨뜨릴 때 가능해진다. 금기의 반대는 자신의 온갖 소망들을 너그러이 허용하는 데 있다.

'나는 부자가 되고 싶지만, 지금보다 나아질 비전이 없어. 연봉이 더 이상 오를 리가 없잖아?'

'절대 부자가 될 리는 없을 거야.'

'내 나이가 몇인데, 회사에서 잘리지만 않으면 다행이지.'

'나는 점점 더 약해지고 건강이 안 좋아.'

'세상이 점점 더 각박해져서 살기가 힘들어.'

내 안의 모든 금기의 소리에 답해라. 즉시 멈추라고.

나아가 금기의 소리를 무시하고 긍정의 생각으로 채워라.

'나의 삶은 기대돼.'

'나는 부자가 될 수 있어.'

'나는 점점 더 건강해지고 있어.'

'세상이 점점 더 좋아지네.'

금기의 생각들이 불쑥 올라올 때마다 희망의 말들로 바꾸어 봐라.

말도 안 된다고 생각되는 긍정의 언어로 두려움의 벽들을 하나씩 부수어 나가면, 스스로를 옭아맸던 수많은 금기들로부터 점점 자유로워지는 나를 발견할 수 있을 것이다.

3

약점이 아닌 강점에 집중하라

인간이 자신에게 요구되는 바를 이뤄내기 위해서는
자신을 실제 모습보다 훨씬 훌륭하다고 여겨야 한다.
– 괴테

"너는 세상의 다른 아이들에게는 없는 훌륭한 장점이 있단다. 그래서 이 세상에는 너만이 감당할 수 있는 일이 너를 기다리고 있단다. 그 길을 찾아야 한다. 너는 틀림없이 훌륭한 사람이 될 거야."

천재과학자 아인슈타인의 어머니는 하루에도 몇 번씩 어린 아들에게 위와 같은 말을 해주었다고 한다.

현재 나는 직장인을 대상으로 꿈찾기 프로젝트를 계속 진행하고 있다. 꿈 찾기에 앞서 제일 먼저 질문하는 것 중 하나는, "당신의 장점은 무엇입니까?"이다.

그러면 직장 업무에 뛰어나므로 자기 장점들을 거침없이 적어 내려갈 듯싶은 사람들조차도 당혹감을 감추지 못한다.

직장에서는 성과중심적인 평가에 치중되어 있다. 따라서 잘하는 점보다는 취약점, 앞으로 개선할 점 위주의 사고 패턴에 길들여져 있어, 업무에서 받은 피드백을 자신과 동일시하는 경향이 짙어지는 것이다. 10년차 직장인, 업무 숙련도를 고려한다면 누구보다 자신감이 넘쳐야 할 터인데, 연차가 늘수록 약점이 더 부각되어 힘들다고 하소연하기도 한다.

이렇게 나의 장점 찾기를 어려워하는 직장인들에게 나는 일단 직장에서의 나의 모습은 잠시 잊고, 자신의 장점 찾기에만 몰두하라고 제안한다.

성과 중심의 업무, 자기 약점을 부각시키는 피드백 등에 익숙한 직장인이라도 자신만의 장점이 없는 사람은 없다.

10년차 직장생활을 별 탈 없이 해온 것만으로도 근면성실함이 기본 장점으로 따라오지 않는가? 우리는 칭찬에 몹시 목말라 있는 상태이다.

모든 사람에게는 고치고 싶고, 바꾸고 싶고, 아닌 척 가리고 싶은 취약점들이 있다. 그리고 많은 방송에서, 강연에서, 책에서 그것들을 오늘이라도 당장 단호하게 떨쳐내라고 강요하고 있다.

하지만 실제 우리의 인생이라는 것은 그렇게 단순하지만은 않을뿐더러, 무언가를 없앤다고 해서 오늘이 어제와는 전혀 다른 신세계 같은 하루로 바뀌진 않는다. 오늘이라는 것은 소소한 어제의 '단점'과 '약점'들이 쌓여서 만들어진 또 하나의 '오늘'이다. 나의 어제를 버리려 하지 말고, 자신만의 방법으로 어제를 오늘에 접목시키고 특화시켜야 한다.

세계적인 발레리나 강수진이 쓴 『나는 내일을 기다리지 않는다』에서는 이렇게 얘기한다.

> 소극적인 성격의 이면에는 타인을 배려하고 염치와 체면을 존중하는 마음이 담겨 있는 경우가 많다. 부끄러움을 많이 타는 사람은 대신 내적으로 많은 생각을 하게 되므로 어떠한 결정을 내렸을 때 실수할 가능성이 다른 사람보다 적고, 실행 속도는 훨씬 빠르다.
>
> 이런 단점과 취약점의 이면에 있는 장점 요소들을 빨리 찾아내고 그것을 강화시키고 특화시키면 된다. 세상에 약점 없는 사람은 한 명도 없는 것처럼 내세울 만한 강점이 없는 사람도 없다.

자기를 칭찬하는 마음으로, 장점을 하나하나씩 꺼내어 보자.

장점을 찾기 힘들다면, '내가 진심으로 직장 생활 외에 즐거워하는 것은 무엇인지?' 곰곰이 생각해 보자. 아주 사소한 것이라도 좋다.

꿈이나 소망 등 너무 멀게만 느껴지는 것 대신, 진심으로 내가 즐거워하는 일을 찾는 게 급선무다. 아직 꿈을 찾지 못했다고 초초해하지 않아도 된다.

나의 장점을 찾아내고 진정 내가 즐거워하는 것을 알기 위한 방법, 또 내가 원하는 것을 잘 찾아낼 자신이 없다며 풀이 죽어 있는 사람들에게 권하는 방법이 있다.

나를 깨우는 창조성 프로그램에 참여해 보면, 그동안 무심했던 나에 대해 점점 가까워짐을 느낄 수 있게 된다. 마침내 진정 내가 즐거워하는 일, 내가 원하는 일, 행복한 일들과 꿈을 찾는 데 많은 도움이 될 것이다.

줄리아 카메론 저 『아티스트 웨이』에 나오는 '모닝 페이지와 아티스트 데이트' 실천법이다.

여기서 간단히 소개하겠다.

모닝 페이지란 무엇일까? 간단히 말해, 매일 아침 의식의 흐름을 세 쪽 정도 적어가는 것이다.

"어휴, 또 아침이 시작되었군. 정말 쓸 말이 없다. 참, 커튼을 빨아야지. 그건 그렇고, 세탁물은 찾아왔나? 어쩌고저쩌고……."

모닝 페이지를 말하자면 두뇌의 배수로라고 부를 수도 있다. 그것이 모닝 페이지가 하는 커다란 역할 가운데 하나이기 때문이다.

잘못 쓴 모닝 페이지란 없다. 매일 아침 쓰는 이 두서없는 이야기는 세상에 내놓을 작품이 아니다. 일기나 작문도 아니다. 글을 쓰는 것이 하나의 방법일 뿐이다. 페이지라는 말은 생각나는 대로 페이지에서 페이지로 써 내려가며 움직이는 손동작을 뜻하는 단어일 뿐이다. 모닝 페이지에는 어떤 내용이라도, 아주 사소하거나 바보 같고 엉뚱한 내용이라도 모두 적을 수 있다.

또 다른 방법 '아티스트 데이트'란 일주일에 한 번, 나 자신과 마주할 수 있는 시간을 2시간 정도 할애하여 내 마음과 데이트를 해보는 것이다.

나 자신에 대해 생각보다 무지함을 알게 되어 당혹하는 사람들에게 이 두 가지 방법은 많은 도움이 된다. 그간 나와 멀어져 있던 간극을 좁힐 수 있는 '아티스트 데이트', 즉 나와의 데이트를 통해 내가 진정 즐거워하는 일, 좋아하는 일들을 알아낼 수 있게 된다. 또 '모닝 페이지'를 통해서는 정리를 해나가는 시간도 가질 수 있어 진정 내가 원하는 꿈 찾기에 꽤 유용하다.

꿈 · 비전 프로그램에 참여하고 있는 직장인 36세 H씨. 평소 그녀는 다재다능하고 밝은 성격과 적극적인 모습으로 회사생활을 10년 동안 별 탈 없이 해오고 있었다.

하지만 상사의 인정과 보상에 목말라 있는 평범한 직장인 10년차 대리였던 것이다.

이 프로그램에 참여하기 전에는 직장 내에서 인정을 받고자 끊임없이 노력하는 열성파였지만, 해가 지날수록 허탈감과 미래에 대한 두려움을 지울 수 없었다고 한다. 직장에서의 인정만을 갈구하기에, 채워지지 않는 인정과 보상으로 자신에 대한 자존감도 부쩍 떨어진 상태였다.

겉으로는 직장생활에 충실하고 유능한 직장인으로 보였겠지만, 내면을 들여다보기 시작하면서부터는, '자신이 정말 하고 싶은 일이 무엇인지? 좋아하는 것이 무엇인지? 꿈이 무엇인지?' 알 수 없다고 했다.

언제나 명쾌한 답과 즉각적인 성과 중심적 패턴에 길들여진 삶이 직장인 H씨와 본연의 H씨를 동일시하게 되어, 진정 원하는 것을 찾아내기 어려웠던 것이다.

진정 원하는 것을 찾아 그것을 적는 데 채 1분도 걸리지 않는다면, 이것 또한 내가 진정으로 원하는 꿈이 아닐 가능성이 높다. 꿈을 찾아내기 전에 나를 찾는 시간을 충분히 가지지 않는다면, 단순히 무엇인가를 원하는 것이 꿈이라고 착각하기 쉽다.

직장인, 누구의 아내, 엄마, 남편이기 이전에 본연의 나를 돌아보는 시간이 필요하다. 내가 나를 가장 잘 안다고 자신하며 살지만, 실상은 나 자신을 주변인들보다 더 모른 채 살아가는 경우가 많다.

나를 알아가는 방법 중에는 '내가 정말 즐거워하는 일이 무엇인지, 내가 진정 행복해하는 일들이 무엇인지' 찾아보는 방법도 있다. 그동안 무심했던 나의 욕구, 취향, 장기 등을 살펴보노라면 꿈찾기는 저절로 따라온다.

'내가 뭘 좋아하는지 모르겠어요.' 하던 직장인 H씨는 다음 프로그램 미팅에서는 본인이 좋아하는 일을 찾아냈다며, 상기된 얼굴로 얘기하기 시작했다.

"예전에는 빵 굽는 걸 좋아했었어요. 그래서 레시피를 보고 혼자 만들어 봤는데, 다들 너무 맛있다고 했답니다. 그리고 빵 만들 때가 너무 기뻤어요. 빵을 만들어 보지 않은 지가 벌써 몇 년이 지났지만, 다시 시작해 봐야겠어요."

자신이 좋아하는 일을 찾게 되었다며 기뻐하는 모습을 지켜보면서 나 또한 한없이 뿌듯했다.

나를 모르고 살기에 삶에 치이고 지쳐간다. 나를 돌아보지 않을 때 나의 빛을 잃어간다. 그 무엇도, 누구도 아닌, 내가 나를 봐줄 때, 잃었던 빛을, 꿈들을 찾을 수 있는 것이다.

늘 경쟁하듯 부족한 면을 채우기에 급급하기 대신, 내가 잘하는 것, 좋아하는 것을 먼저 찾아보자.

외국인들을 위한 관광안내서 『My Korea』를 펴낸 사진작가 겸 호텔리어 백승우 씨는 자신의 좋아하는 일과 잘하는 일을 찾아 '투잡의 달인'으로 불리고 있다.

백씨는 그랜드하얏트호텔 상무이자 하얏트인터내셔널 동아시아 재무담당 이사를 맡고 있어, 업무만으로도 벅찰 지경이다. 그런데 10년 전부터 사진의 세계에 뛰어들더니, 이젠 "한국을 제대로 알리고 싶다"는 마음으로 방방곡곡을 카메라에 담고 다닌다. 얼마 전에는 그렇게 모은 사진과 자신만의 설명을 담은 영문판 관광안내서 『My Korea』를 출간했다. 누가 시키지도 않은 일을 그는 왜 하는 걸까?

바로 자신이 좋아하는 일들이기 때문이다. 그는 자신이 잘하는 일들과 좋아하는 일들을 찾아 두 번째의 업(業)을 만들어 살아가고 있는 지금이 한없이 행복하다고 말한다.

자신이 가장 좋아하는 일들과 기뻐하는 일들이 당신을 빛나게 할 강점들이 되어 진정 원하는 업(業)을 만나게 해준다.

이제 숨어 있던 당신의 강점을 찾는다면, 지금 자리에서의 직(職)을 넘어 가슴뛰는 업(業)을 찾게 될 것이다.

앞으로 성장하기를 원한다면, 약점보다 강점에 치중하자. 우리가 오늘부터 피겨스케이팅을 배워 하루에 몇 시간씩 1만 시간을 탄들, 김연아 선수보다 잘 탈 수 있겠는가? 마찬가지로 우리의 온갖 약점들을 찾아 일일이 고치려고 한다면 한도 끝도 없을 것이다.

그보다는 차라리 나의 강점을 찾아 나서 보자. 이제 나의 강점을 무기로 내세울 때다.

당신이 가진 강점은 세상 어느 누구도 가지지 못한 것이다.

회사가 원하는 강점 찾기는 이제 멈추고, 당신의 진정한 강점을 찾아라.

4

꿈을 적는 순간, 꿈이 나를 이끌고 간다

그림을 그리는 꿈을 꾸었다.
이제 꿈을 그리는 화가가 되었다.
– 고흐

고대 그리스에서 한 여행자가 노인을 만났다. 그는 노인에게 올림포스 산으로 가는 길을 물어보았다. 그 노인은 다름 아닌 소크라테스였는데, 이렇게 대답했다.

"정말 올림포스 산으로 가고 싶다면, 당신이 걷는 한 걸음 한 걸음이 정확한 그 방향으로 가고 있는지 확인하시오."

이 이야기가 주는 교훈은 단순하다. 성공하고 행복해지고 싶다면, 내가 원하는 방향과 꿈을 정확히 확인해서 자신의 모든 생각과 행동의 초점을 그것에 맞추라는 말이다.

“불우한 가정에서 태어나 문제아로 낙인찍히며 고등학교를 중퇴. 이후 접시닦이로 호텔 주방을 전전하다 목재소, 주유소, 화물선 등 일용직 노동자 신세로 전락. 오랫동안 하루하루 근근이 버티기도 힘든 삶을 살던 사회 밑바닥 인생.” vs “연간 매출 3천만 달러인 인력개발회사의 CEO. 매년 25만 명과 세계 500개 이상의 회사를 대상으로 강연회 실시. 연초에 이미 100회 이상의 세미나와 토론회로 1년치 스케줄 마감.”

이것은 모두 동일 인물의 이야기다. 브라이언 트레이시는 일흔이 넘는 나이에 해마다 책을 집필하는 베스트셀러 작가이자 성공컨설턴트의 대가이다.

1회 강연료가 8억 원이라는 그의 강연을 동영상으로 맨 처음 접했다. 그의 얘기는 매번 들을 때마다 새롭게 와 닿았다. 과연 성공학 분야의 세계적인 대가다운 얘기들을 많이 들려준다.

그는 바닥인생에서 어떻게 지금과 같이 놀라운 성공을 이룰 수 있었을까?

브라이언 트레이시는 자신의 성공비결에 대해 이렇게 말한다.

“명확하고 구체적인 목표를 세우고 이를 실현할 수 있는 세부 계획을 짜야 합니다. 자신이 원하는 것을 A4 용지에 가득 채웁니다. 그리고 데드라인을 정해서 매일 달성하기 위해 노력해야 합니다. 여기에다 긍정적인 생각과 생산적인 질문을 덧붙여 이미 이루어진 것과 같이 행동한다면 누구나 성공할 수 있습니다. 성공의 법칙은 자연의 법칙입니다. 자연의 법칙처럼 성공의 법칙을 이해하고 따라 한다면, 누구나 원하는 인생을 살 수 있습니다.”

'내가 원하는 것을 적고, 이를 어떻게 하면 이룰 수 있을까?'라는 생산적인 질문을 하면서 꿈을 그려나가는 도중, 헨리에트 앤 클라우저의 저서 『종이 위의 기적, 쓰면 이루어진다』를 접하게 되었다.

헨리에트 앤 클라우저는 무언가를 적는 행위는 "형식적인 문장을 통해 스스로와 세상을 향해 신호등의 초록 불처럼 앞으로 나아가라는 메시지를 전달하는 행위이며, 꿈을 적는 행위는 우주에 신호를 보내는 것과 같은 일종의 의식이다."라고 했다.

원하는 것을 적게 되면 우리의 뇌는 이와 관련된 것들에 민감하게 반응하기 시작한다. 예를 들어 내가 갖고 싶은 물건에 대해 생각한다면 어느 순간 그것만 눈에 띄고 관련 정보들이 쏙쏙 들어오게 되는 것처럼, 꿈을 적으면 뇌에 저장되어 일상생활 속에서 일어나는 모든 일들이 그 저장된 꿈과 연결되어 반응하게 되는 것이다.

이 책에는 영화배우 짐 캐리의 예화가 소개되어 있다. 무명 시절에 찢어지게 가난했던 짐 캐리는 할리우드에서 가장 높은 언덕으로 무작정 올라가서 '출연료 천만 달러'라고 종이에 쓴 뒤, 이것을 5년 동안 지갑 속에 넣고 다녔다. 그로부터 몇 년 뒤, 〈덤 앤 더머〉와 〈배트맨〉의 출연료로 그보다 훨씬 많은 1,700만 달러나 받았고, 할리우드에서 가장 비싼 출연료를 받는 배우가 되었다.

금융가의 귀재가 된 수지 올만 또한 종이에다 '나는 젊고 강하고 똑똑하다. 최소한 한 달에 1만 달러는 벌 수 있다.'라고 적은 뒤에 그것을 행운의 부적처럼 지니고 다녔다고 한다. 그도 물론 자신의 목표를 이루었다.

나 또한 이 책을 읽기 전에도 막연한 꿈은 가지고 있었다. '잘살고 싶다.' '나이 서른쯤에는 세계여행을 하고, 마흔쯤에는 집을 사야지.' 등 막연한 꿈을 적기도 했었다.

하지만 『종이 위의 기적, 쓰면 이루어진다』를 읽고 나서는 꿈을 이루고자 한다면 무엇보다 명확한 목표와 비전이 있어야 하고, 이것을 꼭 글로 적어두어야 한다는 것을 깨닫게 되어, 좀 더 구체적으로 꿈을 적어나가기 시작했다.

'좌절하는 청춘들의 희망멘토가 되겠다.' 꿈없이 살았던 과거가 있기에 '꿈과 희망을 전하는 동기부여가가 되겠다'는 등 꿈의 목록들을 적어나갔다.

1. 위대한 나의 발견을 도와주는 자기계발 카페 운영
2. 꿈 · 비전 프로그램 진행
3. 코칭, 멘토링
4. 자기계발 작가

직장생활과 육아에 바쁜 나머지 막연하게 '언젠가는, 좀 더 나이가 들면, 아이가 좀 더 크면' 등 마음속으로 미루어 두었던 꿈들을 기록하고부터는 놀랍게도 그 소망들이 3개월 안에 이루어지는 것이었다.

내 이름으로 된 책을 한 권 내고 싶다는 막연했던 꿈도, 종이에 적고 나서부터 야근 후나 주말에도 지친 몸을 일으켜 세워 컴퓨터 앞으로 이끄는 힘이 되었다.

모든 성공은 자신이 '선택'하여 결정하는 것부터 시작된다.

이지성 저 『꿈꾸는 다락방』에는 세계적 호텔왕 힐튼의 이야기가 소개되어 있다.

"나는 38센트의 월급을 받던 말단 샐러리맨 출신으로 성공의 사다리를 오른 사람이다. ……구체적으로 말해서…… 햇볕이 쨍쨍 내리쬐던 어느 외딴 마을의 작은 상점에서 하루 14시간씩 일하던 청년이, 스페인인, 멕시코인, 인디언, 거친 사냥꾼, 광부들과 함께 일을 하던 순진한 청년이 어떻게 불가능해 보이는 꿈을 이룰 수 있게 되었을까? 어떻게 이렇게 멋진 넥타이를 매고서 세상에서 가장 화려한 여자들과 춤을 출 수 있게 되었을까? 어떻게 호텔 중에서도 최고로 손꼽히는 왈도프 호텔의 그랜드 블룸에서 리셉션을 개최하고 3,500여 명의 유명인사들을 맞이하는 사람이 될 수 있었을까? 그것은 불가능한 꿈을 꾸고 그 꿈을 실천하는 모험을 했기 때문이다."

여기에 덧붙여 그는 이렇게 말했다.

"나는 지금도 꿈꾸기를 게을리 하지 않는다. 아직도 나는 호텔 벨보이 시절에 찍었던 왈도프 호텔의 사진을 갖고 있다. '모든 호텔 중에 가장 큰 호텔'이라고 써놓고 내 책상 유리판 밑에 넣어두었던."

『Be My Guest』에 따르면 모불리 호텔과 멜바 호텔에 이어 왈도프 호텔의 주인이 되자마자 힐튼은 거실에 앉아서 뭔가를 했다. 그 광경을 보고 어머니가 물었다.

"애야, 뭘 하고 있니?"

힐튼이 활짝 웃으면서 대답했다.

"어머니, 앞으로 이룰 꿈을 종이에 적고 있어요. 저는 힐튼이라는 이름을 가진 대규모의 최신식 호텔을 지을 거예요. 이 꿈은 거대한 것이에요."

1925년 8월 4일, 그는 달라스에서 힐튼 호텔의 개업식을 마치자마자 또 종이를 꺼내 앞으로 이룰 꿈을 적었다. 이번에는 아내가 그 광경을 보고서 물었다.

"그게 뭐죠?"

"미국 전역에 힐튼 호텔을 세울 꿈을 적고 있고, 구체적으로 호텔을 세울 장소를 적고 있지."

아내가 그 내용을 읽으면서 말했다.

"애블린, 워이코, 말런, 플레인 뷰, 샌안젤로, 어벅, 엘파소……. 여보, 너무 많다고 생각되지 않아요?"

알다시피 힐튼이 종이에 적은 꿈은 모두 이루어졌다.

힐튼은 평생 호텔 일을 자신보다 더 열심히 하는 사람들과 함께 했다. 벨보이로 시작해 세계 호텔계의 왕이 된 힐튼과 달리 그들은 힐튼에게 고용되어 평생을 호텔에서 보낸다. 왜 그들은 힐튼과 같이 호텔계의 왕이 되지 못했을까? 힐튼보다 훨씬 지식과 재능을 겸비한 사람들임에도 불구하고 말이다.

힐튼에 따르면 단 한 가지 차이가 있을 뿐이라고 한다. 그들에게는 꿈을 적고 생생하게 그리는 능력도, 습관도 없었다. 단지 그뿐이라고 말한다.

이루고 싶은 확고한 꿈과 목표가 있다면 반드시 종이에 적어야 한다. 종이에 적는 것과 마음속에 담아두고 가끔씩 떠올려 보는 것은 엄청난 차이가 있다.

1979년 하버드 경영대학원 졸업생들에게 '명확한 장래 목표를 설정하고 기록하여 그것을 위한 계획을 세웠는지' 질문해 보았다. 그들 중 단지 3%만이 목표와 계획을 세웠다고 했다. 13%는 목표를 머릿속에만 넣어두었지 기록하지는 않았고, 나머지 84%는 구체적인 목표를 세우지 않았다.

10년 후에 그들을 대상으로 다시 조사했을 때, 목표를 종이에 기록했던 3%는 나머지 97%에 비해 평균 10배가 넘는 수입을 올리고 있었다. 목표를 종이에 기록하면, 시각화되어 눈으로 보는 목표가 우리의 뇌에 작용하여 이미 상상이 아닌 현실의 세계로 구현되기 시작하는 것이다.

눈앞에 보이는 세상은 이미 누군가가 상상했던 꿈의 일부이다. 그 꿈의 일부가 현실로 창조되어, 우리는 그들이 만든 세상에 얽혀 살아가는 것이다.

세상은 꿈꾸는 누군가에 의해 이루어진다. 이 꿈과 목표를 적은 3%에 의해 지배되는 것이다.

지배당할 것인가, 아니면 지배할 것인가? 종이에 적은 꿈과 목표들이 당신을 3%의 위대한 삶으로 이끌 것이다.

꿈을 적는 것은 나이지만, 꿈을 적는 순간부터는 그 꿈이 나를 만들어 간다. 명확한 꿈, 구체적인 비전을 통해 나날이 나를 혁신해 나가자.

5

익숙한 것과의 결별을 준비하라

두려움에 맞서는 것, 그것이 용기다.
아무것도 두려워하지 않는 것,
그것은 용기가 아니라 어리석음이다.
–**토드 벨메르**

한 가정에 두 형제가 있었다. 형제의 아버지는 심각한 알코올 중독자였다. 형제의 집 안에는 술 취한 아버지를 향한 어머니의 고함, 그런 어머니를 향해 퍼붓는 아버지의 주사, 그리고 웃음기 없는 얼굴로 하루하루를 버텨가는 형제의 모습만 있을 뿐이었다.

그렇게 형제는 열악한 환경에서 성장했다.

그리고 몇 년 후, 형제는 어떤 삶을 살고 있었을까?

두 형제의 삶은 극과 극 바로 그 자체였다.

형은 의과대학의 저명한 교수가 되어 '금주운동'을 전개했고, 동생은 아버지보다 심한 알코올 중독자가 되어 병원에 입원해 있었던 것이다.

두 사람은 자신이 처한 현실에 관해 같은 답변을 했다.

"알코올 중독자인 아버지 때문에……."

형은 비극적인 환경을 교훈 삼아 희망의 삶을 개척했다. 반면에 동생은 비극적인 환경의 노예가 되어 아버지를 답습하는 삶을 따라가게 된 것이었다.

우리는 습관적으로 환경을 탓하고 다른 사람에게 책임을 돌리기 일쑤다. 그러나 나를 바꿀 수 있는 것은 나 자신뿐이고, 내가 변하지 않으면 세상도 변하지 않는 것이다.

똑같은 환경에 처해도 내 삶을 변화시킬 수 있는 건 나라는 걸 알게 된 형과 환경의 노예로 삶을 산 동생처럼, 우리도 두 형제 중 한 사람과 같은 모습으로 살아간다.

'세기의 경영인'이라 불리는 잭 웰치가 젊은 시절에 겪은 일화다.

> 웰치가 제너럴일렉트릭(GE)에 갓 입사하여 처음으로 맡은 업무는 PPO(공업에 사용되는 일종의 신소재) 제작에 적합한 부지를 선정하는 일이었다. 웰치는 또 다른 화학 전문가와 함께 피츠필드에 위치한 무너진 건물에 공장을 세웠고, 이 일에 엄청난 정성과 노력을 쏟았다.
>
> 1년이 지나 공장이 완성되었다. 웰치는 아주 좋은 평가를 받았고, 봉급도 1천 달러 올랐다. 원래 받던 액수에서 10퍼센트가 인상된 셈이었다. 기분이 좋아진 웰치는 자신이 다른 사람보다 일도 더 많이 한 데다 차원이 다른 성과를 거두었다고 생각했다.

그런데 얼마 지나지 않아 다른 사람들도 자신과 똑같이 임금 인상을 받았다는 사실을 알게 되었다. 불공정한 대우라고 생각한 웰치는 분노에 휩싸였고, GE를 떠나 일리노이 주에 있는 다른 회사로 옮기기로 마음먹었다.

웰치의 이런 생각을 알게 된 그의 상사가 즉시 그를 찾았다.

"이 세상에 완전한 공평이란 것은 없네. 불공평한 현실을 인정하고 묵묵히 받아들일 줄 알아야 해. 나도 완전한 공평을 바라지만 세상이 어디 그런가? 자네의 생각을 바꾸지 않으면 어느 도시 어느 직장에서도 제대로 적응하기 어려울 것이네."

이 말을 들은 웰치는 고민 끝에 GE에 남기로 결정했고, 이후 회사와 함께 수많은 업적을 남겼다.

–장샤오헝 『마윈처럼 생각하라』

직장인들의 고민상담을 들어보면, 이와 같이 불공평한 대우를 받게 되면 당장이라도 회사를 때려치우고 싶다고들 한다.

나 또한 예전에 나보다도 일을 적게 하거나 능력이 부족한 직원인데도 엇비슷한 월급이나 더 많은 월급을 받는 것에 화가 나기도 했다. 지금도 역시 불합리한 일을 보거나 불공정하다고 느껴질 때에는 울화가 치밀기도 한다. 하지만 예전과 달라진 점이 있다면, 아무리 화를 내보아도 세상은 변하지 않는다는 사실을 깨달았다는 점이다.

내가 바라보는 거울에 비친 모습이 보기 싫어 거울을 깨트린다해서 내 모습이 변하는 것은 아니듯이, 아무리 처한 환경이 못 견디게 싫을지라도 환경만 탓하고, 사람만 탓해 봐야 달라지는 건 아무것도 없다. 도리어 내가 처한 환경만 더 견디기 힘들어질 뿐이다.

세상이 나아지기를 바란다면, 내가 더 나은 사람이 되어야 한다. 남들이 나를 도와주길 기다리기 전에, 나 스스로 나 자신을 도와야 한다. 내가 바뀌지 않으면, 세상은 깨진 거울과 같은 모습을 보여줄 것이다.

변화경영가 공병호 저 『익숙한 것과의 결별』에서는 변화를 거부한 '안정'에 대해 이렇게 말한다.

> 현실에서 과연 '안정'이란 가능한 일일까. 게다가 안정을 머물러 있는 상태의 개념으로 이해하고 있다면 이보다 더 위험한 일도 없다. 우리의 현실에서 안정은 '안정을 향해서 끊임없이 나아가는 것, 혹은 추구하는 것' 정도로 이해해야 한다. 안정을 이미 성취한 권리 혹은 전리품으로 받아들이는 순간 '안정'은 '위험'과 동의어가 된다. 모든 것은 지금 이 순간에도 끊임없이 변화하고 있기 때문이다.
>
> 특정 시점에서 적응에 성공한 상태를 안정이라고 생각하겠지만, 그렇게 생각하는 순간 이미 특정 시점과 관련된 환경은 또 다른 상태로 변화하고 있다. 전통적인 의미의 안정이란 한마디로 환상에 불과할 뿐이라는 사실을 절감하는 것이다. 이런 냉엄한 진실을 언제 깨닫느냐는 매우 중요하다. 조직에 몸담고 있는 사람이라면 미래를 준비할 만한 시간과 에너지가 있을 때 깨달아야 한다.
>
> 썩은 고목은 변할 필요가 없지만, 살아 있는 나무라면 이야기가 달라진다. 특히 살아 숨쉬는 인간들이 교류하는 세상은 살얼음판과 같다.

방법이 없는 것은 아니다. 처음부터 안정이라는 단어는 없다고 생각하면 된다. 그러면 애당초 안정이라는 언덕에 비비려는 마음을 먹지 않을 수 있다.

안정 대신 익숙함과의 결별, 도전에 성공한 삼성 스마트폰 갤럭시 S6.

스마트폰 디자인을 새롭게 해내기는 더 이상 어려울 것이라는 일반적인 예상과는 달리, 최근 새로이 출시된 삼성 스마트폰 갤럭시 S6는 안정 대신 익숙함과의 결별을 잘 보여준 사례이다.

'플레이 더 챌린지' 행사 강연에서 이영희 삼성전자 부사장은 이런 말을 했다.

"세상에서 가장 아름답고 파워풀하고 직관적인 폰을 만들자는 약속이 있었다.

(갤럭시 S6시리즈에서) 익숙했던 휴대폰 디자인과 결별하고 다른 디자인을 채택한 것은 대단한 도전이었다. 회사 체계가 전부 새로운 디자인에 맞춰 바뀌었다.

갤럭시 S6시리즈는 전작들과 달리 메탈디자인으로 설계됐다. 이는 삼성전자를 포함해 협력사 생산라인에까지 파급력을 미친다. 사실상 삼성전자가 혁신적인 신제품 출시를 위해 위험을 감수한 것이다."

이 부사장은 "제로베이스로 돌아가 경쟁이 극심해진 모바일 시장에서 소비자를 감동시킬 수 있는 것은 과연 무엇인가 고민했다"며 "세계 수많은 소비자, 전문가집단과 얘기를 나눴고 8천만 건이 넘는 빅데이터를 분석했다"고 강조했다.

이어 "소비자들은 사용자의 자존감을 높여주고, 또 다른 나를 표현하는 디자인을 만들어 달라고 했다"며 그래서 저희는 '간지(멋지다는 의미의 은어)'나고 엣지(edge) 있어 보이는 폼 나는 디자인을 결정하게 됐다"고 덧붙였다.

이 부사장은 "개발 과정에서 엔지니어들이 만든 기능을 걷어내는 것은 쉽지 않았다"며 "예쁜 옷이 가득한 옷장에서 옷을 꺼낼 때의 고민과 같다"고 비유했다. 이어 "모바일 기기 안에 신용카드를 넣는 도전을 했고 '삼성페이' 기능을 탑재했다"며 "신용카드로 결제하는 것을 폰으로 하는 것은 문화적 혁명"이라고 강조했다.

"모바일 시장은 최근 10년간 급속 성장해 성장의 흐름을 잘 타고 넘는 것 자체가 도전"이라며, 이번 갤럭시 시리즈는 "실패를 두려워하지 않고 새로운 것을 창조하기 위해 밤낮없이 노력한 삼성의 결과물이다"고 말했다.

안정된 현재 상태에서 변화를 시도하는 것은 큰 도전이며 과제일 것이다. 하지만 지금 변화하지 않고 현실에 안주하거나 환경 탓만 하고 있는 사이, 큰 위기를 맞게 될 수도 있다.

혁신을 하지 않으면 도태되는 것은 기업만의 문제가 아니다. 직장인이 회사의 환경 탓만 하면서, 자기 자신의 변화를 시도하지 않고 도전을 하지 않는다면 이내 도태되고 말 것이다.

"똑같은 생각과 똑같은 일을 반복하면서 다른 결과가 나오기를 기대하는 것보다 더 어리석은 생각은 없다"고 아인슈타인은 말했다.

어제와 같은 오늘을 반복하기를 멈추고, 꿈꾸는 미래를 위한 생각과 도전으로 삶을 바꾸어 나가자. 익숙한 것과의 결별을 준비하고, 자기 자신을 변화시키는 데 전력을 다해 보자.

6

평범한 삶을 변화시키는 위대한 질문을 던져라

인생을 살아가는 데는
오직 두 가지 방법밖에 없다.
하나는 아무것도 기적이 아닌 것처럼,
다른 하나는 모든 것이 기적인 것처럼 살아가는 것이다.
－아인슈타인

경찰공무원 생활을 마치고 고향에서 제2의 인생을 살고 있는 부모님이 계신다. 귀농이 유행이 된 요즘, 부모님은 대구에서의 공직생활을 끝으로 아버지가 나고 자란 경북 영천으로 귀향을 하셨다.

아무리 고향이라 해도 농사일은 어린 시절을 빼고는 해본 적 없다는 부모님은 1~2년 귀농생활 적응기를 마치고 3년차로 접어들면서 본격적인 사과농사를 시작하셨다.

몸에 밴 근면성실이 빛을 발해 그 일대 새내기 귀농인들에게 부러움을 살 정도로 농사를 잘 짓고 계신다.

어느 주말, 일손을 거들어 드린다는 핑계 삼아 시골에 내려간 날, 주변보다 훨씬 보기 좋게 잘 자라고 있는 사과나무를 보니 앞으로 수확할 사과들이 눈앞에 그려졌다. 태풍이나 된서리 등의 큰 기상이변이 없는 한, 보나마나 사과가 주렁주렁 열릴 것이라는 확신이 들었다.

사과나무들을 보고 있는 동안, '나는 과연 내 마음 밭에 어떤 것을 심고, 또 어떤 것을 기대하고 있나?' 하는 물음이 샘솟았다.

땅에 심은 나무 하나하나에도 최선의 노력을 다하고, 또 최상의 결과를 기대하며 정성을 다해 보살피는데, 과연 사과나무보다 더 중요한 마음에는 좋은 것, 최상의 것을 가려 심지 않으면서 좋은 결과만을 기대하고 있지는 않을까?

토양관리에 갖은 애를 쓰고 양질의 영양분을 주며 정성으로 길러도 자연의 이변에 따라 결과가 달라질지도 모르는 농사에도 하루하루를 노심초사하며 보내는데, 더 알차고 큰 열매를 기대하는 마음 밭에다가는 그 어떤 노력도 기울이지 않고 있었다는 것을 문득 깨달았다.

지난 몇 년간, 수많은 자기계발서를 읽으면서 그에 따른 행동만 앞세우고 결과에만 집착하며, 불안과 실패로 얼룩진 삶을 살고 있다고 여겼던 내가 가장 중요한 마음 밭을 먼저 관리하지 않았던 것을 깨달은 순간이었다.

모죽(毛竹)이라는 중국 대나무는 땅속에서 5년 동안 자란다고 한다. 하루라도 물과 거름을 주지 않으면 땅속에서 말라 죽는단다.

하지만 대나무 싹이 일단 지상으로 올라오면 6주 만에 27미터나 자란다.

그렇다면 이 대나무가 5년 동안 자란 걸까, 아니면 6주 만에 자란 걸까? 당연히 5년 동안 자란 결과이다.

지금 당장에야 어떤 성과를 거두지 못하더라도 꾸준히 해나갈 때, 어느 순간부터는 결과가 조금씩 나타나기 시작하는 법이다. 지금은 힘들고 고통스럽지만 그 결실이 멀지 않았음을 기억하자.

뿌리는 열매를 창조한다. 만약 열매를 변화시키고자 한다면, 맨 먼저 뿌리부터 변화시켜야 하는 것이다. 만약 눈에 보이는 것을 변화시키길 원한다면, 맨 먼저 눈에 보이지 않는 것부터 변화시켜야 한다.

이지성 저『18시간의 법칙』에 나오는 일화가 하나 있다.

두 사람이 있습니다.

한 사람은 성공한 사람입니다. 그는 '인생의 모든 면에서의 성공'을 목표로 삼았고 그 대부분을 이루어 냈습니다. 그의 몸은 군살 하나 없는 완벽한 근육질의 몸매입니다. 그는 꿈에 그리던 이상형을 만나 결혼에 골인했고 그의 결혼생활은 완벽할 정도의 사랑과 행복으로 충만해 있습니다. 그는 부자입니다. 그가 살고 있는 집은 시가로 40억 원이 넘는 호화주택이며, 그가 일년에 벌어들이는 돈은 웬만한 기업이 일년 동안 벌어들이는 돈보다 더 많습니다.

그는 세계적인 인물입니다. 그가 써낸 책은 세계적인 베스트셀러로 천만 부 이상 팔렸고, 그의 강연내용을 담은 오디오 테이프는 전 세계적으로 2억 개 넘게 팔렸습니다.

그는 사회 각계 인사들의 정신적 스승입니다. 〈포천〉지 선정 세계 500대 기업의 최고경영자들, 안드레 아가시와 그렉 노먼 같은 세계 정상급 스포츠 선수들, 마이클 잭슨과 바네사 메이 같은 세계적인 음악가들, 빌 클린턴과 부시 같은 미국 전 · 현직 대통령들이 그를 정신적 스승으로 모시고 있습니다.

또 한 사람은 실패한 사람입니다.

그는 성공이 자신에게 어울리지 않는다고 생각하고 있습니다. 그에게는 삶의 목표도 희망도 없습니다. 사람들은 그를 가리켜 '비만' '뚱보' '돼지'라고 부릅니다.

그는 고등학교밖에 졸업하지 못했고 가난합니다. 배운 것도 없고 벌어놓은 돈도 부모로부터 물려받은 돈도 없기 때문에 그는 세상사는 것이 두렵기만 합니다.

그의 직업은 빌딩 청소부입니다. 멋진 정장을 차려입은 사람들이 근무하는 최신식 빌딩에서 그는 냄새나는 작업복을 입고 하루 종일 걸레질을 하고 변기를 닦습니다.

그는 사랑을 포기한 지 오래되었습니다. 뚱보에 못 배우고 가난하며 능력도 없는 자신을 여자들이 얼마나 혐오스럽게 생각하고 있는지 익히 경험했기 때문입니다.

사람들이 두렵고 세상사는 것이 눈물겹기만 한 그가 할 수 있는 일이라곤 매일 밤 자취방에서 슬픈 음악을 틀어놓고 서럽게 우는 것이 전부입니다.

이 두 사람에게는 공통점과 차이점이 있습니다.

공통점은 이 두 사람이 '앤서니 라빈스'라는 이름을 가진 동일인물이라는 점입니다.

차이점은 8년이라는 시간차입니다. 실패자 앤서니 라빈스와 성공자 앤서니 라빈스 사이에는 정확히 8년이라는 시간차가 존재합니다.

쓰레기를 줍던 청소부에 불과했던 앤서니 라빈스를 8년 만에 미국의 대통령조차 경의를 표하는 인물로 변하게 한 것은 다름 아닌, 마음의 힘을 이용하기를 시작했고, 극한 노력을 이끌어 내는 '질문법'을 사용해서 자신의 행동을 변화시키는 지속적인 도구로 사용한 것입니다.

자신이 원하지 않는 현실을 살고 있는 사람들은 대부분 이렇게 말한다.

"이게 아니야. 내가 원하는 직장은 훨씬 멋지고 안정적이며 연봉이 높은 곳이야. 이건 내가 원하는 삶, 진정으로 살아 있다는 느낌을 주는 그런 삶이 아니야. 내가 원하는 현실은……."

나 또한 예전의 모습은 맹목적인 성공자의 모습을 따라 하기에 바빴다. 내가 진정 원하는 삶과 원하는 모습에 대한 질문을 하지 않은 채, 그냥 성공자의 뒷모습만 좇은 것이다.

앤서니 라빈스를 변화시킨 질문이 없었더라면 지금의 앤서니 라빈스가 존재하지 않은 것처럼, 우리는 의문과 질문을 하지 않고, 현실에 대한 욕구불만만 잔뜩 안고 살아간다.

앤서니 라빈스는 대부분의 사람에서 벗어나 자신이 원하는 삶을 살아가는 '절대소수'가 될 수 있을까를 고민하던 끝에, 수백 명의 삶을 연구하고 또 이 문제의 해결책을 다룬 수백 권의 책을 독파한 끝에, 자기 자신에게 끊임없이 던지는 질문들로 "한계를 뛰어넘는 극한의 노력"이라는 답을 얻어내게 되었다.

예를 들면, 대부분의 사람들이 "나는 왜 한 번도 성공하지 못하는 거지?" "왜 하필이면 나지? 어쩌다가 내가 이렇게 된 거지?" "왜 나의 고마움을 모르는 거지? 왜 내 마음을 알아주는 사람은 한 명도 없는 거지?"와 같은 질문을 던질 때, 성공자들은 "앞으로 내가 성공하기 위해서는 지금 즉시 그리고 장기적으로 취해야 할 행동은 무엇이지?" "이 끔찍한 수렁을 벗어나기 위해 내가 지금 즉시 취해야 할 행동은 무엇일까? 그리고 앞으로 다시는 이런 상황을 겪지 않기 위해서는 나는 무엇을 어떻게 해야 할까?" 등 불만족스런 상황을 피하지 않고 변화를 위한 질문을 스스로를 향해 끊임없이 던졌던 것이다.

질문체계를 바꾼 바로 그 순간부터 자신의 삶은 극적인 변화를 맞이하게 되었다고 앤서니 라빈스는 자신의 저서 『네 안에 잠든 거인을 깨워라』에서 고백했다.

앤서니 라빈스의 '삶을 바꾸어 주는 기적의 질문법'은 다음과 같다.

• 아침질문법

1. 지금 내 삶에서 행복하다고 느끼는 것은 무엇인가?
2. 내 인생에서 나를 들뜨게 만드는 것은 무엇인가?
3. 내 인생에서 자랑스럽게 생각하는 것은 무엇인가?
4. 내 인생에서 감사하다고 느끼는 것은 무엇인가?

5. 지금 내 삶에서 가장 즐기고 있는 부분은 무엇인가?

6. 지금 당장 내가 결단을 내릴 것은 무엇인가?

7. 내가 사랑하는 사람은 누구인가? 누가 나를 사랑하는가?

• 저녁질문법

1. 나는 오늘 어떤 면에서 '주는 사람'(나누는 사람)이 되었나?

2. 오늘 내가 배운 것은 무엇인가?

3. 오늘 내가 살면서 발전을 이룬 것은 무엇인가?

앤서니 라빈스의 질문법과 매일 저녁 '오늘 하루 후회는 없었나?'라는 질문을 더하면, 어제의 나보다 성장한 오늘의 나를 만들어 나갈 수 있다. 이러한 질문들을 통해 나를 다시 한번 점검하고, 원하는 꿈과 목표를 향해 힘차게 나아가자.

나의 삶을 변화시키는 위대한 질문을 던지자.

환경을 탓하고, 나이와 조건을 탓하는 대신, "어떻게 하면 원하는 곳에 도달할 수 있을까?"와 같은 위대한 질문만이 풍요로운 삶을 만들 수 있다는 것을 잊지 말자.

7

방향 잃은 배움 대신, 성장에 집중하라

누구나 세상을 바꿀 생각을 하지만,
자신을 바꿀 생각을 하는 사람은 없다.
– 레프 톨스토이

직장인 K씨(35)는 오전 일곱 시 30분에 시작하는 토익 학원 수업에 또 나가지 못했다. 전날 회식에서 과음한 탓이었다. 뭐라도 해야겠다 싶어 야심차게 학원에 등록했지만, 지난달 그는 1주일도 채 출석하지 못했다. K씨는 "야근에 회식에 만성피로에 시달리다 보니 학원은 고사하고 출근시간 턱걸이를 하면서 '이게 뭔 짓인가' 싶은 적이 한두 번이 아니다"라며 한숨을 내쉬었다.

K씨는 또 자주 못 나갈 것을 알지만 다음달 학원 수강료도 이미 납부했다. 다음달에는 어떻게든 야근과 회식을 줄여 출석률을 끌어

올리겠다는 각오다.

어려운 취업문을 뚫었지만 3,40대 직장인의 생활은 여전히 팍팍하다. 20대 때 느끼던 '미래에 대한 불안감'이 '책임감'으로 이름만 바뀐 채 삶을 옥죄는 까닭이다. 부양할 가족이라도 생길라치면 책임감은 배가된다. 이들의 스트레스와 피로는 나날이 쌓여만 간다.

평생직장이란 말이 자취를 감춘 지 이미 오래, 스펙전쟁은 이제 20대의 전유물이 아니다. 끝나지 않은 스펙과의 싸움은 취업 후에도 끝없이 이어진다.

K씨와 같은 직장인들은 주변에서도 흔히 볼 수 있다.

2년제 전문대학 졸업 후 직장생활을 하고 있는 직장인 L씨(29)도 4년제 대학 편입 준비, 자격증 준비를 하면서 지금의 커리어에서 몸값을 올릴 수 있는 방법으로 어떤 것을 선택해야 할지 잘 모르겠다며 상담을 청해왔다. 4년제 졸업장이 필요할 뿐, 배우고 싶은 학과도 선택하지 못한 상황이었다. 회사 생활을 모범적으로 잘하고 있고 자기계발 또한 게을리 하지 않고 있다고는 하지만, 20대에 못다 한 스펙준비로 30대를 눈앞에 둔 20대의 마지막은 몸과 마음이 분주하다 못해 현실과 미래 어느 한 곳에도 제대로 서 있지 못하는 엉거주춤한 상태였다.

평생교육사이자, 문화센터 강좌기획자로 10여 년간을 보낸 나는 교육 분야의 생산자로, 학습자들의 니즈에 초점을 맞추며 살아왔다. 학습자의 부족함을 채울 교육 방법을 찾아내고 새로운 강좌를 만들어 내어, 교육 또한 하나의 상품으로 잘 포장해서 고객(?)들을 유혹해 왔다.

교육이라는 분야는 분명 숭고(?)해야 마땅할 터인데도 마치 유행 지난 옷들을 걸치면 시대에 뒤떨어진 사람처럼 취급되는 패션업계 같이, 배움에도 새것으로 다시 채우지 않으면 마치 퇴물처럼 치부되는 현실이 된 듯하다.

무수히 쏟아지는 자격증, 전문기관 수료, 대학교 졸업장, 석 · 박사 학위 등 분명 배움으로 삶을 성장시키는 것은 인간이 마땅히 추구해야 할 도리이지만, 배움에도 홈쇼핑 제품 사들이듯, 배우지 않으면 자신의 존재를 인정받지 못한다는 불안함의 심리가 점점 깊어지는 것 같다.

학교교육 외에 인생의 전 영역에서 평생토록 교육이 이루어져야 한다는 것에 전제를 두고 설계하는 평생교육사이지만, 현 시대에 넘쳐나는 배움, 교육에 대해 어느 순간 반기를 들게 되었다. 덮어놓고 배우는 것을 커리어 업그레이드라는 이름으로 포장하는 현실이 아니던가.

자신에게 진정 필요한, 자신에게 맞는 교육에 대해 고민하지 않고 선택하는 것은 자신의 소중한 인생을 낭비하는 행위이다. '왜 해야 되는지? 무엇을 해야 되는지? 진정 배우고자 하는 마음이 있는지?'에 대한 진지한 고민 없이 시작한 배움이라면, 들인 시간과 비용이 낭비일 수밖에 없다.

물론 나도 그런 낭비의 시간을 보낸 적이 없었던 것은 아니다. 대학 졸업 후 직장생활을 하면서 대학원 진학을 놓고 내내 고민하기도 했었고, 미래를 위한 준비라는 이유로 여기저기 기웃거리며 배우는

데 많은 시간을 들이기도 했었다.

돌이켜 보면 미래에 각광받을 직업, 트렌드에 맞는 교육 등에만 시선을 쏟았을 뿐, 나를 염두에 두지 않고 외부에서의 방향 찾기에만 바빴다. 니즈(needs)만 보고 나의 원츠(wants)는 뒷전이었던 것이다.

남에게 들은 말이 많아지면 많아질수록, 그것을 진리로 받아들이면 받아들일수록, 자기 눈에서는 원초적인 힘찬 눈빛이 사라진다. 스스로가 자신의 주인 자리를 차지하지 못한 채, 남에게 배운 내용들이 대신 차지해 버릴 때 이런 형형한 눈빛이 빛을 잃게 되는 것이다.

> ……보는 것만 고수라는 말이 있다. 예민한데 게으른 족속들한테 일어나는 현상이다. 너무나 다양하고 많은 체험으로 보는 감각만 일류라는 얘긴데, 보는 것만 일류가 되어서는 머리만 큰 아이로 남아 있을 공산이 크다. 〈매트릭스〉의 로렌스 피시번의 명대사를 언급하자면 '케이크를 보는 것과 맛보는 것은' 커다란 차이가 있기 때문이다. 혹시 예민하고 게으른 족속들 중에 실재는 없고 보는 감각만 일류인 친구들이 있다면, 그래서 괴롭다면, 조금만, 조금 더 움직여 보라고 말하고 싶다.
>
> –김지운 『김지운의 숏컷』

'보는 것만 고수'라는 말마따나, 어쩌면 배움에도 정작 자신에게 필요한 알맹이를 스스로 찾기에 게을러서 누군가가 대신 만들어 놓은 틀에 나를 찍어다 놓는 일을 하는 것이다. 직장생활의 나태함에서 벗어나 자기계발을 하겠다며 야심차게 시작한 계획들도 정작 자신에게 필요한 공부, 자신을 성장시킬 공부, 자신이 직접 몸으로 배우고 힘들게 익혀 자기 것으로 만드는 과정보다는 쉽게 인정받고 편하게 얻어내려는 방법을 더 선호하게 되는 것이다.

『탈무드』에 "개인의 타고난 성품을 삶의 능력으로 인도하는 것이 교육이다"라는 기록이 있다. 이는 오늘날 유럽의 교육전통에서 가장 핵심적인 사안으로 자리 잡았다.

유태인은 이처럼 개인의 독창적인 배움의 결과를 중시한다. 속담에도 "사람은 잘 배워야 한다. 하지만 남이 가르쳐준 것만을 배워서는 안 된다."는 말이 있다.

영어로 '공부한다. 배운다'는 일반적으로 'learn'이라는 단어가 사용되지만 그 외에도 'run'과 'study'로도 표현된다. 'run'은 습득한다는 뜻과 경쟁한다는 의미이고, 'study'는 새로운 것을 알아낸다는 의미다.

우리나라의 교육은 '단순히 습득'하고, 이를 바탕으로 경쟁에서 승리하는 것이 주목적이다. 한국인이 'run'에 매진하는 동안 유태인은 한 발 앞서 'study'를 주목하고 있었던 것이다. 이 같은 수동적인 습득으로는 현대사회가 요구하는 창조력을 발휘하기가 쉽지 않다.

–김욱 『탈무드에서 마크 저커버그까지』

초등학교부터 대학교까지, 나아가 취업 이후에도 남이 가르쳐준 교육만 배움이라 여기는 경향이 있다. 초등학교 아이들조차 주입식이 아닌 자기주도 학습을 외치는데, 정작 어른들은 자기주도 학습, 자기주도적으로 하라는 말을 제일 거북해한다. 그런 것을 해본 적도 없고, 생각해본 적도 없기 때문이다. 하지만 자기 스스로, 진정 원해서 하지 않은 배움의 가치는 그리 오래가지 않는다는 것쯤은 누구나 잘 알고 있을 것이다.

자기주도 학습에서 가장 중요한 것이 독서임은 두말할 필요도 없듯이, 성인이 되어 미래에 대한 방황을 하고 있는 우리에게도 가장 필요한 것은 책이다.

초창기에 별 볼일 없던 한 대학이 있다. 대부분의 학생들은 패배주의와 열등의식으로 가득 차 있었다. 그러나 로버트 허친슨 박사가 총장으로 부임하고 나서부터 달라지기 시작했다.

그는 학생들에게 훌륭한 인물들을 직접 만날 수 있는 기회를 제공해야겠다고 생각했다. 그래서 'The Great Book Program'이라는 프로그램을 만들었다.

그의 목적은, 학생들이 책을 통해 위대한 인물들과 접할 수 있게 해주는 것이었다. 'The Great Book Program'은 100권의 고전을 학생들에게 선정해 주고, 졸업 때까지 그 100권의 책을 읽게 만드는 프로그램이었다. 그리고 총장은 책을 읽는 것과 더불어 세 가지 과제도 함께 제시했다.

첫째, 모델을 정하라: 너에게 가장 알맞은 모델을 한 명 골라라.

둘째, 영원불변하는 가치를 발견하라: 인생의 모토가 될 수 있는 가치를 발견하라.

셋째, 발견한 가치에 대한 꿈과 비전을 가져라.

이 대학 학생들의 지적 능력은 미국의 하버드대나 예일대 학생들의 3분의 2 수준에 불과했다. 하지만 그들은 'The Great Book Program'을 통해 책 속의 다양한 모델들을 만나게 되면서 위대한 가치를 발견하고, 꿈과 비전을 향해 나아갈 수 있었다. 그 결과 자신의 분야에서 최고가 된 석학들이 헤아릴 수 없이 많은 데다, 현재까지 72명의 노벨상 수상자를 배출한 위대한 대학으로 거듭나게 되었다. 바로 시카고대학이다.

책은 사람뿐만 아니라 대학까지 삼류에서 일류로 거듭나게 할 수 있다. 현재 미국 중부의 명문대학으로 자리 잡은 시카고대학은 'The Great Book Program'과 책을 통해 지금의 상아탑으로 발돋움할 수 있었다.

초등학교 2학년 때 『피터팬』을 읽고 상상의 나래를 펼치며 책을 손에서 놓기 싫어했던 나는 중학교를 들어가면서 책보다 교과서를 가까이해야 했다. 중학교 때부터 공부를 잘해야 일류대학에 갈 수 있다는 부모님의 불같은 성화에 못 이겨 책은 자연히 내게서 멀어질 수밖에 없었다.

그런데 사회생활을 하면서부터는 크고 작은 문제에 부딪힐 때마다 책에서 길을 찾곤 했다. 하지만 잠시의 기분전환과 힐링만 반복될 뿐, 진정한 성장은 더디었다.

그때 만났던 책이 이지성의 『꿈꾸는 다락방』이었다. 이 책을 시작으로 자기계발서, 인문학, 위인전 등 천여 권의 책을 치열하게 읽음으로써, 열등감의 울타리를 벗어나 삶의 큰 방향을 잡을 수 있게 되었다. 그 이후로도 책의 위력을 거듭거듭 경험해 왔기에 주변 사람들을 대상으로 독서토론과 북 코칭을 시작하게 되었다.

"책을 읽는다고 모두 위대한 사람이 되는 것은 아니다. 하지만 위대한 사람치고 책을 읽지 않은 사람은 없다."는 말이 있다.

배움에서도 인스턴트식, 즉각적인 효과를 바라는 조급함을 버리고, 나를 한 단계씩 차근차근히 성장시킨다는 생각으로 책을 만나보자. 무턱대고 시작하는 배움 대신, 어제보다 나를 한 뼘 더 키워내는 영양분으로 책을 대하자.

니체는 이렇게 갈파했다.

"인간은 극복되어야 할 그 무엇이다. 그대들은 자신을 극복하기 위해 무엇을 했는가?"

자신을 끌고 갈 것인가, 아니면 자신에게 억지로 끌려갈 것인가?

적당한 타협과 만족 대신, 나 자신을 극복하고 어제보다 성장하는 하루를 만든 당신이 삶의 주도권을 갖게 될 것이다.

어제와 다른 나를 만나고 싶다면 책과 사색으로 성장에 집중하자.

8

강력한 마음의 힘을 이용하라

잠재력을 끄집어내는 과정은 고통스럽지만,
한계를 뛰어넘어 잠재력의 발현을 경험하는 것은
살면서 느낄 수 있는 몇 안 되는 소중한 순간이다.
-황농문, 『몰입』 중에서

경남 밀양에 '만어사'라는 절이 있다. 만어사 마당에는 소원을 들어주는 돌이 놓여 있는데, 무게가 20kg 남짓으로 성인이라면 누구나 쉽게 들어 올릴 수 있는 돌이다. 그러나 돌 앞에서 간절하게 소원을 빌면, 마치 밑에서 누군가가 잡아당기기라도 하는 듯 끄떡도 않는 이상 현상이 발생한다. 사람들은 이 현상을 소원을 이뤄주는 징조로 믿고 있다.

여기서 간단한 실험을 했다. 소원을 빈 후 돌이 들리지 않으면 소원이 이뤄지는 게 아니라, 반대로 돌이 들려야 소원이 이뤄지는 것이라고 알려준 다음, 돌을 들게 했다. 실험 전에는 '소원을 비니 돌이 들리지 않는다'고 하던 사람들이 이번에는 '소원을 비니 돌이 들린다'며, 하나같이 돌을 번쩍번쩍 들어 올리는 게 아닌가?

전문가가 평가하기를 사람의 심리상태에 따른 것으로 보인다고 한다.

이런 경우가 아니더라도, 우리는 믿는 바에 따라 생각과 행동이 달라지는 경험을 심심찮게 하곤 한다. 하지만 우리가 매일 접하는 현실에 사로잡힌 나머지, 우리의 관심을 마음속의 믿음에 쏟기가 여간 어렵지 않다.

예전의 나는 눈에 보이지 않는 것은 잘 믿지 않았다. 행동으로, 현상으로 나타나지 않는 것은 잘 믿지 않아, 어떤 일을 시도하고 진행할 때 그 결과가 더딘 데다 눈에 띄지도 않으니 중간에 포기하기를 반복하고, 그렇게 포기할수록 나에 대한 믿음 또한 작아짐을 느끼곤 했다.

수많은 자기계발서를 읽고 행동에 옮기려고 노력해 봐도, 늘 제자리걸음인 이유가 바로 나를 믿지 않은 데서 비롯된 것이었다.

'이번에는 꼭 해내고야 말겠어'라고 다짐을 해보지만, 그 이면을 들여다볼라치면 '내가 과연 할 수 있을까?' '시간도 돈도 없잖아. 그건 건강에 무리가 될 거 같아.' 등 수많은 부정적인 생각이 가로막고 나섰다. 그리하여 모처럼 다짐하는 나를 다시 어둠 속으로 밀어 넣고, 늘 그렇듯 패배자의 심정으로 살게 만들었다.

이런 악순환은 다른 누군가가 아닌, 내가 나 자신에게 강요하는 것이었다.

체로키 부족에게는 '손자에게 인생의 원칙을 가르쳐 주는 지혜로운 할아버지'에 관한 이야기가 전해 내려온다.

할아버지가 손자를 앉혀놓고 말한다.

"얘야, 모든 사람 안에서는 늑대 두 마리가 치열하게 싸우고 있단다. 한 늑대는 악하지. 이 늑대는 분노와 질투, 용서하지 않는 마음, 교만, 게으름으로 똘똘 뭉쳐 있어. 반면, 다른 늑대는 착하단다. 이 늑대의 특징은 사랑과 친절, 겸손과 절제, 희망과 용기란다. 이 두 마리 늑대가 우리 안에서 늘 싸우고 있어."

어린 손자가 잠시 생각하다가 입을 연다.

"할아버지, 그럼 어떤 늑대가 이길까요?"

할아버지가 빙긋 웃으며 말한다.

"그야 네가 먹이를 주는 늑대지."

이 우화처럼 마음의 근심과 걱정, 두려움을 키우는 것은 먹이를 준 나 자신이다. 두려움, 실패, 절망 등의 부정적인 마음을 키운 것은 바로 나인데, 내가 처한 상황이나 다른 사람의 탓만 하며 점점 더 절망 속으로 빠져드는 것이다.

평범한 사람들은 평생 동안 자신이 지닌 잠재력의 단 10% 정도밖에 사용하지 못한다고 한다. 아이슈타인조차도 자신이 지닌 잠재력의 15%만을 사용했다고 하는데, 우리의 잠재력을 1%만 더 끌어올려도 삶이 확 달라질 것이다.

잠재력을 사용하기 위해서는 무엇보다 긍정의 에너지로 나를 채워야 한다.

누구보다도 부정의 에너지에 마음을 빼앗긴 적이 많았던 나에게 큰 감동을 준 영화가 있다. 〈세 얼간이〉라는 인도 영화이다.

천재들만 간다는 일류 명문대 ICE. 성적과 취업만을 강요하는 학교에 완전히 다른 마인드를 가진 지혜로운 남자 란초가 기존의 학생과 교수들의 마인드를 발칵 뒤집어 놓는 유쾌함 속에 교훈적인 메시지가 담뿍 담겨 있는 영화다.

란초가 미래에 대한 걱정과 두려움 속에 있는 친구에게 말했다.

"친구, 넌 걱정이 너무 많아. 가슴에 손을 얹고 말해봐. '올 이즈 웰.' 우리 마을에 경비가 있었는데 야간 순찰 때 이렇게 얘기했어. '올 이즈 웰.' 그래서 우린 마음놓고 잘 수 있었지. 그런데 도둑이 들었던 거야. 나중에 알고 보니 그 경비는 야맹증 환자였어! '올 이즈 웰'이라고 외쳤을 뿐인데 우리는 안전하다고 생각한 거야. 그날 깨달았어. 이 마음은 쉽게 겁을 먹는다는 걸. 그래서 속일 필요가 있어. 큰 문제가 생기면 가슴에 대고 말하는 거야. '올 이즈 웰!' "

"그래서, 그게 문제를 해결해 줬어?"라고 친구가 물었다. 그러자 "아니, 근데 문제를 해결해 나갈 용기를 얻었지"라고 지혜로운 란초가 대답한다.

"All is well."(모든 것이 다 잘되고 있어. 다 괜찮아.)

이 영화를 본 이후 나는 걱정스런 일이 닥칠 때마다, 두려움이 고개를 들 때마다, 'All is well'을 마음속으로 가만히 외친다. 그러면 신기하게도 두려움이 밀려가고, 희망과 용기가 용솟음치는 걸 느낄 수 있다.

얼마 전, 메르스(중동호흡기증후군) 사태가 온 나라를 발칵 뒤집어

놓았을 때였다. 유통업체에 근무하는 나로서도 매장에서 수많은 사람들을 접하는 터라 걱정이 안 될 리가 없었다. 함께 일하는 직장 동료들의 근심도 더욱 커져 갔다.

'고객만 생각하다가 우리가 병에 걸리면 어떡하나? 당장, 마스크를 쓰게 해달라고 부탁해 볼까? 겁나서 일을 못하겠다.' 등 하루하루 걱정의 소리가 커져 가고 있었다. 주변의 가족, 친지, 친구들도 집 밖에 나가길 꺼려하고, 특히 아이가 있는 부모라면 병에 걸릴까 두려워하여 노이로제 증상까지 보였다.

물론 나도 걱정이 안 되는 것은 아니었지만, '내가 병에 걸리면 어떡하지?'로 대부분의 시간을 보내기 전에, 'All is well'이라는 긍정의 문장을 되뇌며, 병에 걸리지 않는 것에 더 집중했다. '나는 지금도 건강하고, 앞으로도 건강할 것이다.'라고 건강에만 집중했다.

이윽고 호흡기 질환이 수그러들 즈음, 한 지인이 나에게 "걱정이 안 되나? 어떻게 걱정이 안 생길 수 있는가?" 하며 물어왔다. 자신은 매번 바이러스성 질환이나 사건사고 소식에 걱정이 되어 집 밖에 나가기가 점점 두려워진다고 했다.

전업주부라서 많은 사람들을 접하는 일도 없고, 수도권에서 멀리 떨어진 지방에 살고 있기 때문에 병에 걸릴 환경에 노출되어 있지도 않은데도, 걱정과 두려움으로 한 달 새 얼굴이 많이 수척해져 있었다.

이와 같이, 똑같은 상황에서 두려움에 떨게 하는 것은 자신이다. 두려움에 사로잡히는 대신, 원하는 상태에 대해서만 집중한다면 두려움이 나를 꼼짝달싹하지 못하게 하는 일 따위는 없을 것이다.

"어디를 가든 빨간색 고무로 된 광대 코를 붙이고 다닌 것이 내 삶을 변화시켰다."

의사 겸 사회활동가인 패치 아담스의 말이다.

의사 패치 아담스의 삶은 로빈 윌리엄스의 주연 영화 〈패치 아담스〉로 만들어졌다. 빨간색 광대 코 의사로 나오는 로빈 윌리엄스의 모습이 눈에 선하다.

"불행하다고 생각하는 건 건강에 아주 안 좋습니다. 그리고 행복은 윤리적이거나 도덕적인 문제가 아닙니다. 오래된 선택일 뿐이죠. 행복은 우리의 권리이며, 그 누구도 앗아갈 수 없어요."

패치 아담스는 의료계를 발칵 뒤집어 놓았다. 그는 웨스트버지니아 주에 있는 그의 혁신적인 병원인 게순트하이트 인스티튜트를 통해 미국에서 가장 비싼 서비스인 의료서비스를 무료로 베풀었다. 스스로를 '인생의 학생'이라 부르는 패치 아담스는 행복에 대한 철학을 정립하고 행복의 중요성과 행복을 쌓아가는 방법을 찾는 데 성인 시절의 대부분을 보냈다.

그러나 그가 늘 그런 삶을 살았던 것은 아니다. 사실 그가 자신의 소명을 찾게 된 것은 정신병동에서 2주일을 보낸 후였다.

그는 군인의 아들로 태어나 몇 해 간격으로 계속 이사를 다녔고, 그에 따라 걸핏하면 전학을 다녀야 했다. 그러다 열여섯 살이 되던 해에 갑자기 아버지가 세상을 떠나면서, 그는 끈 끊어진 연 꼴이 되고 말았다.

엎친 데 덮친 격으로 그 이듬해 대학에 들어갔을 때, 그의 아버지나

다름없던 삼촌이 자살했고, 여자 친구도 그를 버렸다.

그는 학교를 중퇴한 뒤 자살 충동에 시달리기 시작했다. 매일 대학 근처에 있는 한 절벽에 찾아가, 떠나버린 여자 친구에게 보내는 긴 시를 썼다. 그리고 어머니에게 말했다.

"어머니, 난 지금 생을 끝내려 하고 있어요. 도움이 필요해요."

이후 버지니아 주 페어팩스에 있는 한 정신병동에서 보낸 2주일이 그의 인생의 전환점이 되었다. 그러나 그 자신의 말에 따르면, 거기서 그에게 도움을 준 것은 의사가 아니라, 그의 친구들과 가족이었다.

정신병동을 나오자마자 패치 아담스는 의학을 공부하기로 결심하게 되었고, 정신병동에서 행복이란 '의지가 개입된 결정'의 결과라는 사실을 깨달은 후 행복한 삶을 살기로 마음먹은 것이다.

"경박함과 사랑이라는 영양분을 섭취하며, 나는 활짝 꽃을 피웠어요. 나는 내 안의 모든 악마를 물리치고, 그 덕에 지금의 내가 됐죠. 그 짧은 시기에 자신감, 지혜에 대한 사랑, 세상을 변화시키고 싶다는 욕구가 뿌리 내렸고, 절망 속에서 빠져나와 다시 태어날 수 있었어요."

–팸 그라우트『신이 선물한 기적 E3』

우리 삶의 방향 설정은 두려움에 사로잡히느냐, 아니면 희망을 선택하느냐에 따라 그 결과가 정반대로 달라진다. 긍정의 마인드에 불을 지핀 순간, 우리 내면의 숨은 잠재력은 배로 증가한다.

지금 이 순간부터 당신의 마음을 걱정과 두려움 대신 기대와 희망으로 가득 채워 마음의 힘을 키워라.

9

끄덕이는 머리 대신 발로 뛰어라

아이디어는 세상을 바꾸는 소중한 자산이고,
적절한 준비는 매우 중요하며,
지식과 지혜는 위대한 성취를 추구할 때 근본이 되는 중요한 요소이다.
그러나 아이디어도, 준비도, 지식이나 지혜도 행동 없이는 무용지물이다.
– 로버트 링거, 『ACTION! 움직이지 않으면 아무 일도 일어나지 않는다』 중에서

신발 시장을 개척하라는 임무를 부여받고 두 사람이 아프리카 오지에 도착했다. A는 도착한 날 본사로 메일을 보냈다.

“다음 비행기로 돌아가겠습니다. 현지인들은 모두 맨발로 생활합니다. 여기서는 신발이 팔릴 가능성이 전혀 없습니다.”

B도 즉시 메일을 보냈다.

“지금 당장 신발 만 켤레를 보내주십시오. 이곳은 신발을 팔 수 있는 가능성이 엄청납니다. 현지인은 모두 맨발로 다닙니다.”

사람들은 대개 A와 같은 반응을 보인다. ‘힘들어 보인다. 불가능해 보인다.'는 이유를 들면서, 지레 포기한다.

요즈음 주변의 많은 이들이 '지금은 IMF사태 이래로 가장 힘든 시대'라고들 한다. 개인의 위기, 국가의 위기, 세계의 위기라는 말 속에 더 움츠리고 숨죽이며 한숨만 짓고 있다.

하지만 위기라는 말 속에는 위험과 기회가 함께 숨어 있다. 위기 속에서 얼마든지 기회를 만들 수 있는 것이다.

오히려 안정의 틀 속에서는 어떤 기회도 발견하기가 힘들게 마련이다.

그동안 꿈 없이 무심코 살아가던 사람들도 꿈을 가지게 되면, 삶의 희망이 생겼다며 기대에 부푼 얼굴로 한껏 들뜨기도 하지만, 이내 꿈만 꿀 뿐 조용히 자신의 자리로 되돌아가곤 한다.

> 너무 많은 사람들이 적당한 때와 적당한 곳을 기다리느라 너무 많은 시간을 허비하지. 그것에서 그치는 게 아니라, 기다리는 와중에 소망하던 마음 자체가 사라져 버리기도 한단다. 때가 무르익으면, 그럴 수 있는 조건이 갖춰지면 하고 미루다 보면 어느새 현실에 파묻혀 소망을 잃어버리지. 그러므로 무언가 '되기be' 위해서는 반드시 지금 이 순간 무언가를 '해야do'만 해.
>
> —스튜어트 에이버리 골드 『핑(ping)』

꿈만 꿀 뿐이지, 적당한 때와 적당한 곳을 기다리고 찾느라 허송세월을 보내는 이들을 많이 봐왔다.

꿈이 나에게 달려와 주길 기다리며, 쳇바퀴같이 도는 삶 속에서 조용히 때를 기다린다. 하지만 그 적당한 때는 결코 눈앞에 나타나지 않는 것이다.

사람은 '했던 일'보다 '하지 못한 일'에 대해 큰 후회를 하게 마련이다. 시도해서 설령 실패를 했더라도, 해봤다면 후회를 하지 않지만, 시도조차 하지 못한 일에 대해서는 두고두고 후회와 아쉬움만 남을 뿐이다.

그래서 많은 이들이 '지금보다 그때 시작했더라면……' 하는 회한 속에서 살아간다.

바로 오늘이 내가 살아가는 날의 가장 젊은 날이다.

나 또한 20대에 시도하지 못했던 일에 대해 후회가 많이 남았다. 그래서 내 생의 가장 젊은 날을 살아가는 이 순간에는 후회를 남기지 않기로 다짐했다.

그 중 하나가 '책을 쓰는 것'이었다. 책을 좋아하고, 책을 보고, 책으로 생각을 나누고, 책으로 변화되는 나와 너를 보는 것이 가장 즐겁고 좋아하는 일이었다.

자연스레 내 평생 내 이름의 책을 한 권 쓰고 싶다는 꿈이 자리하게 되었다. 책을 쓰고는 싶었지만, 책 쓰기는 아주 먼 훗날에나 가능한 일이라며 드림 리스트의 맨 마지막쯤에 자리하고 있었다.

하지만 올 한 해, 한 달, 하루 중 '하지 않아서 후회할 일'에 대한 질문을 통해, 책을 쓰고 싶다는 마음이 있다면 지금 하지 못할 이유가 없다는 걸 깨달았다.

시간적으로 여유가 생기면, 경제적으로 여유가 생기면…… 등 이런저런 핑계로 꿈을 미루던 버릇을 단칼에 잘라내지 못하면 영영 이루지 못할 것이라는 걸 알기에, 가장 하고 싶은 일이었지만 우선순위에 밀려 있던 '책 쓰기'를 올해의 목표로 삼고 실행에 옮기기로 결심했다.

'내가 책을?'

존경스런 저자들처럼 내 이름으로 된 책이 세상에 나온다는 건 생각만 해도 가슴 벅차는 일이었다. 꿈만 꾸어도 행복한 일이었다. 처음에는 꿈조차 꾸기도 힘들었었다.

책을 쓴다는 것은 전문작가나, 학식이 뛰어나고 전문가로 인정받은 사람들이라야 가능하다고 여겼기에, 시도하기조차 두려웠던 것이다.

그전에는 희망 없이 살던 사람들이 나와 함께 꿈찾기 프로그램을 진행하면서, 이제는 현실에 대한 불만에 사로잡혀 있기보다 미래에 대한 꿈과 희망을 말하고, 삶을 바꾸기 위해 적극적으로 노력하는 모습을 보면서 가슴 뿌듯한 보람을 느꼈다.

꿈은 사명의 이름으로 대신한다. 나를 바꾸고자 시작했던 작은 노력과 실행이 이젠 다른 누군가에게 도움이 되는 사명으로 자리잡게 되었다.

나와 같이 평범한 직장인이 책을 쓰고, 꿈 · 비전 멘토가 된 것도 '어제와 다른 오늘을 살고 싶다'는 작은 한 걸음에서 시작된 것이었다.

베스트셀러 작가 잭 캔필드는 그의 저서 『성공의 원리』에서 이런 조언을 해준다.

다음의 것들을 기다리는 일을 그만두어야 한다.

완벽

영감

허락

확신

변화를 몰고 올 누군가

동행할 올바른 사람

독립한 자녀

더욱 유리한 별점

인계받을 새로운 업무

위험없는 상황

당신을 발견해줄 누군가

분명한 지시 사항

더 많은 자신감

고통의 해소

잭 캔필드의 말마따나, 꿈을 좇는 데 완벽한 조건이란 없는 것이다. 완벽한 조건과 때란 애초에 없다.

잭 캔필드와 마크 빅터 한센의 『영혼을 위한 닭고기 수프』는 출판사의 수많은 러브콜을 받고 탄생했을 것이라고들 생각한다. 하지만 생각과 달리 그런 행운은 따르지 않았다.

오히려 고된 싸움의 여정이었다. 캔필드와 한센은 자신들의 첫 책을 출간해줄 출판사를 찾기까지 힘든 시기를 보내야 했다. 책이 출간되고 나서도 책을 판매하는 것이 쉽지 않았다. 이들은 시장조사를 하고, 성공한 작가를 여러 명 만나 이야기를 들었다. 스콜라스티코라는 한 교사의 조언을 듣고 나서야 두 사람은 마침내 전환점을 돌았다.

"매일 도끼질을 다섯 번씩 꾸준히 하면, 크기가 어떻든 간에 쓰러지지 않는 나무는 없을 것이다."

두 작가는 이 조언을 바탕으로 '다섯의 법칙'을 개발해 냈다. 베스트셀러를 만들겠다는 자신들의 꿈에 가까이 다가갈 수 있도록 매일 다섯 가지의 일을 했다. 아래는 그들이 쓴 글이다.

『영혼을 위한 닭고기 수프』를 〈뉴욕 타임스〉의 베스트셀러 목록 1위에 올리자는 목표를 세우고 나서 우리는 라디오 인터뷰를 다섯 번 하거나, 도서 비평을 해줄 기자들에게 책을 다섯 권 보내거나, 마케팅회사 다섯 군데에 전화를 걸어 판매 직원들의 동기유발을 위해 우리 책을 권하거나, 참가자가 적어도 다섯 명 이상 모인 세미나를 개최해 그곳에서 책을 판매했다. 하루는 유명인 주소록에 나와 있는 헤리슨 포드, 바바라 스트라이샌드, 폴 매카트니, 스티븐 스필버그, 시드니 포이티어 이 다섯 명에게 책 다섯 권을 보낸 적이 있다. 그 결과, 시드니 포이티어의 요청으로 그와의 만남이 이루어졌다. TV드라마 〈천사의 손길〉 제작자가 스태프들에게 '올바른 마음'을 가지라며 『영혼을 위한 닭고기 수프』를 읽으라고 권하기도 했다. O. J. 심슨의 배심원들에게 책을 보낸 적도 있는데, 일주일 후 판사 랜스 이토에게서 외부와 전면 차단된 채 TV나 신문도 볼 수 없는 배심원들을 배려해 주어 감사하다는 편지를 받았다. 다음날, 배심원 네 명이 우리 책을 들고 있는 사진이 신문에 실렸다. 이처럼 값진 홍보 효과도 없었다.

우리는 계속해서 책을 비평해줄 사람들에게 전화를 걸고, 보도자료를 내고, 토크쇼에 전화 연결을 하고(어떨 때는 새벽 3시에도), 강연회에서 책을 무료로 배포하고, 설교자료로 활용하라고 목사님들에게 책을 선물하고, 교회에서 무료로 '영혼을 위한 닭고기 수프' 강연을 하고, 우리가 설 수 있는 모든 서점에서 책 낭독 행사를 하고, 기업가들에게는 그들의 직원을 위해 책을 대량 구입할 것을 권하고, 군대 PX에도 책을 납품하고, 친분이 있는 연설가들에게는 그들의 강연장에서 우리 책을 팔아달라고 부탁하고, 세미나회사의 카탈로그에 우리 책을 소개해 달라고 하고, 선물가게와 카드 가게를 돌아다니며 우리 책도 함께 판매해 보라며 권하고, 심지어는 주유소와 빵집, 레스토랑에도 판매를 권했다. 이와 같은 일을 하루에 적어도 다섯 가지씩 매일 2년 이상 실행했다.

『영혼을 위한 닭고기 수프』는 현재까지 41개 언어, 170개 제목으로 출간되어 전 세계적으로 1억 1,200만 부가 판매되었다.

–존 맥스웰 『꿈이 나에게 묻는 열 가지 질문』

꿈을 이루는 원동력은 단 한 번의 행운이 아니라, 매일 멈추지 않는 실행이다.

나의 꿈을 자신 있게 선택했다고 말할 수 있다면, 이젠 멈추지 말고 꿋꿋하게 걸어나가야 한다. 매일 자신의 꿈에 가까이 다가가지 못했다는 실망 대신 쉬지 않고 발걸음을 떼어 매일 조금씩 조금씩 나아간다면, 멈추지 않는 그 한 걸음이 당신을 꿈 앞으로 인도할 것이다.

지금 어떤 상황에 처해 있든, 주저 없이 한 발을 내딛어라. 그리고 계속 나아가라. 멈추지 말고 계속 실행에 옮겨라. 당신의 꿈은 반드시 이루어질 것이다.

CHAPTER 4

Write your story

1

위대한 꿈도 오늘 내디딘 한 걸음에서 시작된다

그대는 인생을 사랑하는가? 그렇다면 시간을 낭비하지 마라.
왜냐하면 시간은 인생을 구성하는 재료이기 때문이다.
똑같이 출발했는데, 세월이 지난 뒤에 보면
어떤 이는 뛰어나고 어떤 이는 낙오되어 있다.
이 두 사람의 거리는 좀처럼 가까워질 수 없게 되어버렸다.
이것은 하루하루 주어진 자신의 시간을 잘 활용하였느냐,
허송하였느냐에 달려 있다.
-벤저민 프랭클린

20세기 안에는 절대 실용화가 불가능하다고 여겨졌던 '고휘도 청색 LED'를 개발해 2014년 노벨물리학상을 수상한 나카무라 슈지. 그를 위대한 성공으로 이끈 원동력은 남들이 가지 않는 좁은 길을 선택했던 '상식 파괴', 그리고 5백 번이 넘는 실패에도 멈추지 않았던 도전정신에 있었다.

나카무라 슈지는 그의 저서 『끝까지 해내는 힘』에서 이렇게 말한다.

"지금까지 내가 걸어온 길을 되짚어 보니 실제로 아주 단순한 일들이 쌓이고 쌓여 마침내 성공으로 이어졌다는 사실을 깨달았다. 오직 '생각하는 힘' 그리고 무엇보다 '끝까지 해내는 힘'만이 성공의 열쇠였다. 성공에 이르는 길은 누구에게나 열려 있다. 어려운 이론이나 높은 학력은 전혀 필요 없다. 아니, 오히려 방해가 될 뿐이다. 자신을 믿고 힘차게 앞으로 나아갈 용기만 있다면 꿈은 현실이 된다."

"어떤 일을 하고자 할 때 가능성을 믿는 것은 매우 중요하다. 한 번 실패했다고 해서, 일시적으로 미래가 보이지 않는다고 해서 지금 하고 있는 일을 그만둔다면 모든 것이 허사로 돌아가게 된다. 모처럼 보였던 가능성마저 사라지는 것이다."

강좌기획 업무로 책상에 앉아서 오랜 시간을 보내왔던 나는, 내가 몸으로 직접 부딪치면서 할 수 있는 일을 해보고 싶었다.

그래서 선택한 직업이 세일즈에 이어 CS매니저, CS강사였다.

그런데 대중 앞에 서서 말하는 것은 예나 지금이나 부담스런 과제였다. 평소 내 의견, 내 목소리를 내는 데 대해서는 주저하거나 소심한 편이 아닌데도, 대중 앞에 나서서 강의를 한다는 것은 쉽지 않았다.

37세라는 다소 늦은 나이에 CS강사의 길로 입문하게 되었지만 강의 경력이 전무했던 나이기에, 마이크를 잡는 시간이 힘겹게만 여겨졌다.

사내 CS강사는 직원교육 외에도 다양한 분야를 뛰어다녀야 한다. 처음 맡은 일은 고객대상의 이벤트 사회였다. 30명 정도의 직원

대상 교육으로 예상했었는데, 막상 넓디넓은 공간에 꽉 들어찬 100여 명의 고객 앞에서 사회를 보고 진행을 하게 되자 더럭 겁이 났다.

내 목소리는 크지 않은 데다 조금만 무리해도 쉰 소리가 나오기에, 이벤트 사회를 보기에는 적절한 목소리가 아니었다.

처음 맡은 이벤트 사회 업무는 이를테면 버라이어티 쇼에 나오는 '강호동'과 같은 스타일을 요구했다. 비교하자면, 나는 차분하게 진행하면서 내용을 정확하게 전달하려는 '손석기'(?) 아나운서식이었다.

따라서 이런 내 스타일과 이벤트 사회는 맞을 리가 없었다.

예전의 나는 어떤 어려운 문제에 부닥치더라도 웬만해서는 물러서거나 도망친 적이 없었다. 일단 해보고 나서, 그때도 안 되면 방법을 바꾸면 된다고 으레 그렇게 생각해온 나였다.

그러나 처음 맡은 사회 진행 후, 냉혹하게 쏟아진 피드백에 두 번 다시는 대중 앞에 서고 싶지 않았다.

이렇게 나에게는 다른 어떤 일보다, 대중 앞에 서서 말을 하는 자리가 큰 도전이자 과제가 되었다. 하지만 대중 스피치의 공포감을 한 번은 맞닥뜨려 이겨내야 한다고 생각했다.

'그래, 여기서 피하지 말자. 내가 힘들면 다른 사람도 힘든 법이잖아. 여기서 물러서면 나에게 내일은 없는 거야.'

지금 한 번의 실수로 인해 창피하고 힘들다는 이유로 물러선다면, 이 공포감을 이겨낼 수 있는 기회가 과연 또다시 찾아올 것인지도 의문스러웠다.

강호동식 스타일을 요구하는 자리이지만, 내 스타일을 버리지 않고 정확함과 따뜻함을 강점으로 삼아 부족한 스킬을 채워 나가야겠다고 생각했다.

그날 이후로, 서비스강사 자격증 취득을 하고 관련 서적을 뒤지며 스피치 기술을 쉬지 않고 익혀나갔다. 그리고 퇴근 후에는 가족 앞에 서서 말하기 연습도 꾸준히 해나갔다.

거울 앞에 서서 나의 몸동작과 표정 등을 교정해 나가고, 음성녹음을 통해 어색한 부분을 수정하기를 수없이 반복했다.

그렇게 연습에 연습을 거듭하자, 처음에 느꼈던 극심한 공포감이 점차 사라지기 시작했다. 내가 연단에 섰을 때, 청중들이 예전에는 냉혹한 비평가로만 여겨졌었지만, 이제는 내 말에 호응해 주고 같이 호흡해 나가는 사람들로 차츰 변해가고 있었다.

고대 그리스의 웅변가 데모스테네스만큼 보통 사람조차도 절망할 정도의 시련을 이겨낸 사람은 없다. 데모스테네스는 목소리도 작고, 언어 장애에다 호흡도 가빠 단 한 줄의 문장도 단숨에 읽어 내릴 수 없었다. 첫 연설에서 청중들의 야유와 비웃음을 샀다. 처음 연설에 성공한 것은 그의 재산을 책임지고 있던 후견인의 횡령을 고소했을 때였다. 연속된 실패로 의기소침해 있던 데모스테네스는 더 이상 연설을 하지 않으려고 했다. 하지만 그의 연설을 들은 한 사람이 이 젊은이에게는 뭔가 특별한 게 있다고 믿고 용기를 잃지 않도록 격려했다. 이렇게 해서 다시 청중들 앞에 서게 됐지만 여전히 청중들의 비난을 받았다. 풀이 죽어 단상에서 내려오는 그에게 한 유명 배우가 언어 장애를 극복하기 위해 더욱 노력하라고 격려해 주었다.

결국 데모스테네스는 어떠한 일이 있더라도 꼭 웅변가가 되겠다고 결심했다. 그는 바닷가로 나가 파도 소리 속에서 언어 장애를 극복하기 위해 작은 돌을 입에 넣고 연설 연습을 했다. 동시에 청중의 야유와 비웃음을 극복하기 위한 연습도 했다. 쉽게 숨이 차는 체질을 극복하기 위해 바닷가를 달리면서 연설했다. 어색한 몸동작도 거울 앞에서 연습하고 교정했다.

–오리슨 S. 마든 『부의 지혜』

이런 피나는 노력이 있었기에 데모스테네스는 훌륭한 연설가로 역사에 길이 남게 되었다.

위대한 연설가로 추앙받는 데모스테네스도 처음 시작은 미약했다. 청중들의 비난에 의욕을 상실하고 두려워했다. 하지만 비난을 무기삼아 피를 토하는 연습 끝에, 마침내 장애를 극복하고 우뚝 서게 된 것이다.

나는 아직 훌륭한 스피커로 완성되진 못했다. 하지만 이제는 내가 전하고 싶은 얘기가 있음에도 대중 앞에 서는 두려움에 눌려 내 얘기를 가슴속에만 묻어두는 예전의 내가 아니다. 청중들의 눈길을 피해 도망가는 대신에 극복하기로 결심을 굳힌 순간, 대중 앞에 서서 말하기는 막연한 공포의 대상이 아니라, 이제는 내 꿈을 이뤄나갈 수 있는 한 과정으로 자리 잡게 되었다.

27세도 아닌, 37세라는 늦은 나이이지만 CS강사에 도전할 생각을 하지 않았더라면, 이런 귀중한 배움은 평생 경험하지 못했을 것이다.

'CS강사가 되고 싶다.' '대중 앞에 서서 강의를 하는 멋진 연설가가 되고 싶다.' 하지만 '대중 앞에 나서서 얘기하는 건 두려워서 힘들 것 같다'면서 자포자기한 채 책상에 앉아 사무나 보는 편한 길을 택했더라면, 새로운 경험을 통한 배움과 성장의 기회는 영영 없었을 것이다.

사람들이 흔히 꿈을 그려나갈 때는 '이것도 하고 싶다.' '저것도 하고 싶다.'라며 마치 쇼핑목록 적듯이 꿈 보드를 채워나가기 일쑤이다.

이런 사람들에게 한번 반문하고 싶다. 지금 자신이 서 있는 자리에서, 그 꿈의 언저리에 다가갈 만한 행동을 과연 시도한 적은 있는가?

직장인들에게 강력한 동기부여를 해주고 싶다는 꿈을 그려놓고는 막상 자리에서 꼼짝도 하지 않은 채 아무 행동도 시도하지 않는다면, 이루어질 것이 아무것도 없다는 건 당연한 이치다.

하지만 많은 사람들이 '언젠가는'이란 이름으로, 자신의 꿈들을 성취시킬 날을 자꾸만 내일 또 내일로 미룬다.

누구의 거창해 보이는 그 꿈도 나의 도전처럼 아주 작은 시작에서 출발한 것이다.

높은 감나무 가지 위에 탐스럽게 잘 익은 감을 마냥 쳐다보기만 한다고 해서 그 감이 저절로 떨어지겠는가. 그렇게 배가 고픈 채 나무 위만 쳐다보듯, 꿈에 고픈 채 꿈만 바라보며 꿈이 저절로 이뤄질 날만을 기다리고 있다면, 그 꿈은 영영 내 손 안에 잡히지 않을 것이다.

세계여행이 꿈이라면, 지금 당장 준비를 시작하라. 여행을 꿈꾸는 것은 새로운 곳에서 오는 설렘과 흥분을 느끼고 싶어서일 것이다. 그렇다면 세계여행이 꿈이라는 말 대신, 꿈을 위한 준비를 시작하라.

'지금은 돈이 없어서, 목돈을 만들려면 시간이 오래 걸려서' 등 이런저런 이유를 갖다 붙이며 시도조차 않는 대신, 세계여행의 꿈을 그대로 간직한 채, 지금 당장 가까운 곳에라도 가서 최대한 즐겁고 행복한 여행을 하면서 궁극의 목적인 세계여행을 위한 준비 방법에 대해 고민하고 연구해 봐라.

동네 산책을 가든, 1박 2일의 국내여행을 하든, 진정 내가 행복하고 즐겁게 보내는 방법을 찾아서 이번 여행을 시작 삼아 앞으로 할 여행을 디자인한다는 마음가짐으로 해봐라. 단순히 남들 다가는 여행, 남들이 많이 가는 곳, 남들이 하는 것을 따라 하는 여행이 아니라, 스스로 여행 디자이너가 되어 여행이 내 삶의 충만한 에너지가 되게끔 기획적인 여행을 해보라.

꿈의 시작과 도전이 모두 거창할 필요는 없다. 지금 꿈꾸는 삶에서 단 한 가지라도 마음을 다해, 나를 위해 진심으로 한 가지씩 시도해 보자.

다수의 선택이 옳다는 이유로 누군가에 의해 이끌려 다닌 수많은 선택 대신, 진짜 원하는 꿈을 발견했다면 나 스스로를 위해 오늘 한 걸음씩만 내딛어 보자.

2

내가 어디로 가고 있는지 아는 이에게 길은 열린다

목표가 있는 사람들은 성공합니다.
왜냐하면 그들은 어디로 가야 할지를 알기 때문입니다.
단지 그 이유뿐입니다.
– 얼 나이팅게일

삶의 방식은 크게 보아 '꿈 없이 하루하루를 무의미하게 살아가는 삶'과 '꿈을 갖고 심장이 뛰는 것을 느끼면서 기대와 설렘으로 사는 삶', 이 두 가지로 나누어 볼 수 있다.

꿈이 없이도 그럭저럭 살아갈 수는 있다. 하지만 분명 우리는 그저 되는 대로 살다가 삶의 여정을 다할 운명은 아닌 것이다. 그 누구든 인생의 여정을 시작할 때, 설레는 삶과 희망 없는 삶으로 딱 정해진 운명을 타고나는 사람은 아무도 없다.

생각해 보라. 우리가 세상에 얼굴을 내민 그 순간 나를 반겨준 부모와 세상이 '너는 평생토록 꿈도 희망도 없이, 그저 밋밋하게 살다 가라'라고 정해주었을 리는 없다는 것을.

그런 의미없는 삶을 살다 갈 것이라고 점지해준 이는, 부모도 세상도 아닌 내가 아닌가?

얼마 전 해외에 소개되어 화제가 된 이야기가 있다.

판사와 범죄자로 만난 중학교 동창의 '인생극장'

미국 마이애미 주 데이드 카운티 법정. 판사 민디 글레이저는 절도 혐의로 기소된 아서 부스(49)에게 이렇게 물었다. "혹시 노틸러스 중학교에 다니지 않으셨습니까?"

이에 부스는 "세상에!"라는 말을 반복하고는 뚝뚝 눈물을 흘렸다.

얼마 전 국내에서도 보도돼 화제가 된 이 재판의 판사 글레이저와 피고 부스가 중학교 동창이었던 것이다.

최근 영국매체 〈데일리 메일〉은 정반대의 인생을 걸어온 이 두 사람의 35년 '과거'를 단독 보도했다.

두 사람의 인연은 35년 전으로 거슬러 올라간다. 당시 글레이저와 부스는 한 중학교의 그것도 한 반 친구였다. 지금은 부스가 범죄자 신세로 암울한 인생을 살고 있지만 과거는 그렇지 않았다.

초등학교와 중학교 시절 부스는 공부 잘하는 총명한 학생으로 부모의 자랑이었다. 특히 수학과 과학에 소질이 있어 당시 부스는 신경외과 의사가 되겠다는 포부를 가진 꿈많은 학생이었다. 이에 반해 글레이저는 장차 수의사가 되고 싶은 역시 똑똑하고 성실한 소녀였다.

부스의 친척은 "당시 아이의 초등학교 성적이 매우 우수해 마이애

미에서 최고의 중학교로 진학시켰다"면서 "스페인어를 독학할 정도로 머리가 좋은 것은 물론 성격도 매우 온순해 당연히 좋은 대학을 나와 좋은 직업을 가질 것으로 생각했다"고 회상했다.

그러나 잘 나가던 두 동창생의 인생행로가 정반대로 흘러간 것은 고등학교 시절이었다. 글레이저가 대학과 로스쿨을 착착 밟아가면서 판사가 된 것과는 달리, 부스는 범죄의 세계에 발을 내디뎠기 때문이다.

고등학교 시절 도박에 빠진 부스는 돈이 바닥나자 남의 물건을 훔치기 시작했고 자연스럽게 마약에도 손을 댔다. 이에 고등학교는 자퇴했고 이때부터 교도소를 들락거리는 인생으로 추락했다. 강도 등 다양한 범죄 혐의로 인생 절반을 교도소에서 보낼 정도로 허송세월하다 이렇게 동창 글레이저와 얄궂은 만남을 하게 된 것이다.

이날 재판에서 글레이저 판사는 "항상 네가 지금쯤 어떻게 살고 있을지 궁금했다"면서 "우리 반에서 항상 친절하고 멋진 소년이었다"고 돌이켰다. 이어 "지금 이 같은 상황이 너무나 안타깝다. 앞으로 법을 잘 지키는 사람이 됐으면 좋겠다."고 충고했다. 이날 글레이저 판사는 아서 부스에게 보석금 4만 3,000달러(약 4,800만 원)의 판결을 내렸다.

두 사람의 안타까운 만남을 지켜본 주위의 마음도 착잡했다.

부스의 모친 힐다는 "이번 기회에 부스가 자신의 인생을 반추해 보는 계기가 되기를 바란다"면서 "아들이 새로운 인생을 시작할 수 있을 만큼 똑똑하고 착한 사람이라는 것을 알고 있다"고 말했다.

위에 소개된 두 사람의 인생이 왜 이토록 달라졌을까? 중학교 시절에는 판사가 된 글레이저보다 범죄자가 된 부스가 더 총명하고 미래가 촉망되는 학생이었다. 이 둘의 인생이 사람들의 예견과 달리 정반대 방향으로 뒤바뀌게 된 이유는 무엇일까?

자신의 인생이 어디로 가야 하는지를 종잡지 못한 채 방향을 잃은 순간, 이 두 사람의 인생 항로는 정반대가 된 것이다.

학자이자 교육자인 데이비드 조던은 이런 말을 했다.

"세상은 어디로 가고 있는지 아는 사람에게만 길을 열어준다."

꿈 없이 살아가며 방향을 잃고 흔들릴 때, 이 구절은 정신이 번쩍 들게 해주었다.

인생의 방향이 1도만 틀어져도 가고자 하는 방향과 전혀 다른 곳으로 가게 된다. 단지 1도의 차이인데도 내가 가고자 정한 방향과는 전혀 다른 엉뚱한 곳에 도착하게 되는 것이다.

만약 방향을 정하지 않고 길을 간다면, 그것도 내가 가고 싶은 곳이 어딘지도 모르고 무작정 나아가기만 한다면, 또 늦었다며 무턱대고 빨리 가기만 한다면 과연 내가 원하던 도착지에 도달할 수 있을까?

최근 소개된 기사 내용이다.

대학을 졸업하고도 부모와 같이 살거나 용돈을 받는 이른바 '캥거루족'이 대졸자의 약 51%인 것으로 나타났다.

캥거루족이란 대학 졸업 후 취직할 연령이 되었지만, 취직하지 못하고 부모님 집에 거주하는 이들을 뜻한다.

13일 한국직업능력개발원이 내놓은 '캥거루족의 실태와 과제' 자료에 따르면, 2010~2011년 대졸자 1만 7,376명을 조사한 결과 대졸자의

51.1%가 캥거루족인 것으로 나타났다.

부모와 동거하면서 용돈을 받는 대졸자가 10.5%, 부모와 동거는 하지만 용돈을 받지 않는 대졸자는 35.2%, 부모와 따로 살지만 용돈을 받는 대졸자 5.4%였다.

한국직업능력개발원은 취업에 성공하고서도 캥거루족으로 사는 것에 대해 "일자리의 질이 그만큼 낮기 때문"이라고 분석했다.

실제로 캥거루족 중 자신이 바라는 직장에 정규직으로 취업한 사람은 19.5%에 불과했지만, 비(非)캥거루족은 그 비율이 42.3%에 달했다.

또한 대학 재학 중 취업목표가 뚜렷했던 사람들일수록 캥거루족이 될 확률이 상대적으로 낮았다.

대학 졸업 전까지 취업목표를 세운 적이 없는 대졸자의 경우 54.5%가 캥거루족에 속했지만, 취업목표를 세운 대졸자는 캥거루족 비율이 48.2%로 상대적으로 낮았다.

–2015. 8. 14. 〈동아일보〉

위 기사에서 보는 것처럼, 뚜렷한 취업목표를 세운 적이 없는 사람일수록 상대적으로 캥거루족이 되는 비율이 높았다.

초등학교부터 대학교까지 남들처럼 열심히 스펙 쌓기에 전념하면서, 젊음을 즐길 시간도 없이 바삐 살아가고 있음에도 불구하고 어디로 가고 있는지 명확한 방향과 목표가 없기에, 허송세월만 마냥 흘려보내고 있는 사람이 많다.

얼마 전에 직장 동료로부터 들은 이야기이다. 동료의 친구 A에게는 어릴 적부터 공부를 잘해 기대를 받으며 커온 B라는 오빠가 있다고 한다. 직장 동료는 어릴 적 본 B오빠가 공부도 너무 잘하고 성실해 30대가 된 지금쯤은 다들 부러워할 만한 자리에 있을 것이라 생각했다고 한다.

지방에 살고 있던 B는 서울 소재의 대학교 진학이 꿈이었는데, 부모님의 반대로 지방의 국립대학교에 입학하게 되었다. 그러자 B는 대학생활 4년 내내 자신을 서울로 보내지 않은 부모 탓만 하며 학교를 다녔다. 더 안타까운 점은, 졸업 이후 30대를 훌쩍 넘은 지금까지도 취업을 하지 않은 채, 서울로 보내주지 않았던 부모만 계속 원망하며 허송세월을 보내고 있다는 것이었다. 더욱이 그는 직장생활을 하는 여동생 A의 신용카드로 생활비며 유흥비를 흥청망청 쓰면서, 젊은 날을 아무 희망도 없이 패배자와 같은 삶을 살고 있다고 했다.

근 10여 년을 B오빠 뒤치다꺼리하기에 지친 A여동생이 카드를 내주지 않으려고 하면 심한 욕설을 퍼부으며 카드를 빼앗아 도망쳐 버리기까지 한다는 얘기에 놀라움을 금치 못했다. 더욱이 10년이라는 긴 세월 동안 이런 한심한 생활을 하며 사는 오빠와 동생이 안타까움을 넘어 불쌍하기까지 했다. 친구 오빠의 이야기를 들려주는 직장 동료와 나는 좋은 집안과 좋은 대학교를 나왔으면서도 자기 앞가림은커녕 가족들에게까지 손을 벌리고, 어미캥거루의 주머니 속에 들어가 얼굴만 내민 채 세상을 바라보는 아기캥거루처럼 살아가는 사람들이 적지 않음에 놀라지 않을 수 없었다.

강산이라도 몇 번씩 변했을 10년이라는 긴 세월 동안 부모 원망만 해대며, 자신의 삶을 돌아보기는커녕 서울 소재 대학교 진학의 꿈이 좌절된 과거에만 머문 채 살아가고 있는 B.

한때 서울 소재 대학교의 꿈을 포기하게 만든 건 부모의 선택이었지만, 그날 이후 꿈도 희망도 없는 삶을 선택한 것은 바로 자신이라는 걸 모르고 살고 있는 것이다.

세계 최초의 스마트TV 애플리케이션 전문기업 핸드스튜디오 안준희(32) 대표는 친구들과 여행을 많이 다닌다고 했다. 그는 항상 맨 처음 인포메이션 센터에 들러 지도를 펼치고는 '어디로 가야 하나요?'가 아니라 '나는 지금 어디 있나요?(Where am I?)'를 묻는다고 한다.

인생길에서도 이와 마찬가지로 '저는 어디로 가야 합니까?'라는 질문 이전에 '나는 지금 어디에 있는가?'라는 질문을 먼저 해야만 하는 것이다.

안준희 대표는 이렇게 말한다.

"나는 어떠한 삶을 살고 싶은지를 먼저 치열하게 고민해야 합니다. 이전까지 '나'를 제외한 세상에 대한 공부만을 해오다 보니, 이런 과정이 어렵게 느껴지는 것입니다. 하지만 지금 내가 어디에 있는지를 확인하고 진정 원하는 것을 찾아내기 위한 치열한 고민을 해야 합니다."

나의 삶은 그 누구에 의해 이루어지지 않는다. 내가 가야 할 방향을 스스로 올곧게 정하지 못한다면, 내 삶은 한 순간도 나의 것이 되지 못한다.

지금부터라도 늦지 않았다. 내 삶의 가장 젊은 날인 지금, 내 삶의 방향을 정하자. 수많은 이들이 달려가고 있는 그곳에서 멈춰 서서, 내가 서 있는 곳이 어디쯤인지 고개를 들어 살펴보자.

멈춘 그곳에서, 새로운 삶의 방향이 활짝 열릴 것이다.

3

내 인생의 꽃을 피워라

모든 꿈은 이루어진다.
우리가 그 꿈을 향할 용기만 가지고 있다면……
– 월트 디즈니

얼마 전 한 포털사이트의 검색순위 1위를 한 이야기가 있다.

"출근도 안했는데 퇴근하고 싶다."

직장인이라면 이 한마디 속에 직장인의 삶이 함축되어 있다는 걸 금세 알 수 있을 것이다. 이 짧은 말 한마디를 듣는 순간, 십분 공감한다며 동료들과 한바탕 웃은 기억이 있다.

반복되는 직장인의 삶 속에서 즐거움을 찾기란 여간 어렵지 않다. 주말을 위안삼고, 퇴근 후 술 한잔을 위안삼으며 그렇게 버텨내는 직장인들에게는 반복되는 쳇바퀴 삶이 비참하게 느껴질 때가 많다.

"삶은 특유의 통렬한 전환을 거치지 않고는 도약하지 않는다. 도약을 위해서는 생활 습관 자체를 뜯어 고쳐야 한다. 새벽 시간에 일찍 일어나기 위해 회식 등은 점심으로 바꾸고, 일찍 잠자리에 들었다. 매일 규칙적인 생활을 했고 같은 시간대에 같은 일을 반복하는 습관의 근육을 몸에 익혔다. 하루 두 시간의 글쓰기, 그리고 10년 후, 나는 달라졌고 10년 가까운 시간 동안 15권의 책을 집필할 수 있었다."

구본형 변화경영연구소 소장의 말이다. 그는 변화경영연구소를 설립하기 전 한국 IBM에서 20년간 경영혁신 실무를 담당했다. 20년간의 직장생활을 뒤로하고, 변화경영이란 화두를 내걸고 연구소를 개설한 후 많은 책을 내고 수많은 강연을 하면서 1인 미디어, 1인 기업의 위상을 떨치며 변화경영 전문가로 우뚝 섰다.

2011년 보건복지부의 국민인식조사에 의하면, 베이비붐 세대의 53.7%가 노후준비를 하지 않고 있다고 한다. 한국의 베이비붐 세대는 실적 경쟁, 성과주의에 내달려 오느라 노후를 준비할 겨를도 없었다. 따라서 어느 때보다 불안감이 크다. 현재 3,40대 직장인들 역시 평생직장이란 개념은 사라지고, 창직(직업을 창조하는 일)을 해야 하는 시대적 패러다임 앞에 놓여 있다.

그러나 지나친 비관은 금물이다. 현실을 바로 인식하고, 남보다 하루라도 일찍 계획하고 준비한다면 퇴직 후 제2의 인생을 시작할 수 있다.

경제학자 피터 드러커는 평생학습만이 생존을 보장한다고 말한다. 한국의 평생학습에 대한 지원이나 프로그램은 선진국들에 비하면 아직 미흡한 수준이다. 따라서 우리 스스로가 더 치열하고 더 절실하게 '퇴근 후 2시간'을 계획하고, 빨라진 정년에 대비해야 한다.

정기룡, 김동선 저 『퇴근 후 2시간』에서는 이렇게 말하고 있다.

> 퇴근 후 2시간은 퇴직 후를 위한 골든타임이다. 앞으로 20~30년을 일하기 위해 무엇을 준비해야 할지 깊이 고민하고, 퇴근 후 2시간 동안 무엇을 할지 생각해야 한다. 중요한 것은 자신의 삶에 대한 깊은 성찰을 토대로 스스로 즐기면서 잘 할 수 있는 일을 찾아서 준비를 해야 한다는 것이다. 위기의식은 가지되 지나치게 조급하게 여기진 말자. 다행히 우리에게는 정보가 있고 학습의 기회가 있다. 100세 시대 패러다임에 대해 충분히 숙지하고 이를 준비할 만한 시간적 여유도 있다. 우리는 더 오래 살 것이고 더 잘 살 수 있다.

'오늘부터 퇴근 후 2시간 당신은 무엇을 할 것인가?'에 대비한다면, 불안에 시달릴 필요가 없어진다.

어느 때보다 미래가 불안하다고 느끼는 3,40대 직장인들에게 "미래준비를 하고 있느냐?"고 묻는다면, 쉽게 대답이 나오지 않을 것이다. 직장 일에 치여, 집에 오면 곯아떨어지거나, 퇴근 후 나를 위한 힐링의 시간으로 수다와 TV시청을 하며 시간을 흘려버린 채 다음날을 맞이하는 이들이 많을 것이다.

예전의 나의 모습도 별반 다르지 않았다. 무턱대고 일만 열심히 한 탓에 집에 오면 녹초가 되기 일쑤였고, 스트레스성 위염, 장염을 달고 다녔다. 열심히는 사는데 삶의 희망도 꿈도 없기에 사는 즐거움을 찾지 못했다.

> "낙타의 삶을 견디어 사자의 시대를 맞이하라!"
>
> –구본형 『구본형 필살기』

구본형 소장의 말마따나, 나 또한 보통 직장인처럼 무거운 짐을 질척질척 끌고 가는 낙타의 모습에 다름없었다. 하지만 내가 원하는 진정한 꿈과 삶을 확정하고 나서부터는 무거운 발걸음을 끌고 가는 낙타가 아니라, 사냥감을 보고 돌진하는 사자처럼, 꿈을 향해 달려나가는 사자의 모습처럼 살 수 있게 되었다.

이 정도쯤이야 하면서 퇴근 후 시간을 '드라마, 예능시청 또는 인터넷 쇼핑 등으로 시간 때우기' 와 한 달에 서너 권 정도밖에 읽지 않았던 책을 하루에 한 권씩 손에 잡고 놓지 않았다. 자연히 TV를 보는 시간이 줄어들어 이제는 주말에 1개 정도의 프로그램을 보는 것을 제외하고는 TV는 거의 보지 않게 되었다.

그 외에도 지친 나를 위안삼아 밥값 맞먹는 커피 지출에 많았던 비용을 줄이고, 그 돈을 모아 전시회나 음악회, 여행으로 대신했다. 그냥 흘려버린 시간과 비용을 철저하게 계획하고 지출하게 되었다. 그리고 직장에 얽매인 시간을 제외한 나머지 시간을 더 많이 절제하고, 더 많이 생각해서 생산적인 일에 쓰기 시작했다.

맘먹은 것처럼 처음부터 당장 커피를 줄이고, TV드라마를 보지 않았던 것은 아니었다. 하지만 차츰 입버릇처럼 내뱉던 '시간이 없어서, 다른 건 할 수가 없어.'라는 말은 더 이상 입에 올리지 않게 되었다.

회사에서도 맡은 업무가 많아 쉴 짬을 낼 수 없다는 데 불만을 품지 않았고, 대신 퇴근 후 나에게 주어진 시간만은 진정 나를 위한 시간들로 채워나가기 시작했다.

시간이 없어서 아무것도 못한다고 불평만 늘어놓던 내가 출근 전, 퇴근 후의 시간을 이용해 배우고 싶었던 자격증 취득, 온라인, 오프라인 상에서 꿈 · 비전 멘토링, 독서토론, 코칭 등의 일과 책 쓰기에 도전하기에 이르렀다.

직장인들의 꿈찾기 프로그램을 진행하는 동안 많은 직장인들이 처음에는 이 프로그램을 접하고 삶의 오아시스를 만난 양 반긴다. 하지만 꿈 찾기는 한 번의 카드결제로 내 손 안에 들어오는 잇아이템이 아니다. 지금 꿈을 찾은 기쁨도 잠시, 꿈을 향해 인내하고 절제해야 하는 시간이 더 많이 필요하며, 지금과는 아예 다른 모습의 삶으로 모든 것을 통째로 바꾸어야 하는 과정임을 잘 알지 못하기에, 몇 번의 끄적임을 뒤로하고 다시 본래의 삶 속으로 들어가는 경우를 간혹 보기도 한다.

하지만 분명 지금의 삶과는 다른 삶을 원하는 내면의 소리를 외면해서는 안 된다. 지금과는 다른 모습의 삶을 꿈꾸기에 퇴근 후 즐거움을 포기하는 힘든 과정을 극복해 내야만 한다. 편한 모습 대신 나를 단련시켜 나가는 나의 모습을 통해서 느끼는 즐거움과 행복은 꿈을 향해 나아가는 과정에서 얻는 달콤한 열매가 될 것이다.

한스컨설팅 한근태 대표는 그의 저서 『일생에 한번은 고수를 만나라』에서 이렇게 이야기한다.

한국의 양궁은 세계적이다. 훈련의 핵심은 "한계에 도전하기"이다. 기상천외한 방법으로 끊임없이 훈련한다. 해병대 훈련, 특수부대 훈련, 번지점프, 무박3일 행군 등을 한다. 일주일의 반은 기초 체력을 쌓는 데 투자한다. 월요일과 금요일은 웨이트트레이닝으로 근력 운동을 한다. 16종류를 1세트로 3세트를 뛰는데 그렇게 1시간 웨이트트레이닝을 하면 완전 녹초가 된다. 그다음엔 바로 수영장엘 간다. 유연성을 위해서다. 잔 근육을 만들어 줘야 몸에 지구력이 생긴다. 수요일에는 운동장을 돈다. 2시간 반 동안 여자는 30바퀴, 남자는 50바퀴를 돈다. 토요일에는 등산을 한다. 죽음의 스케줄이다.

"여기서 이 정도도 해내지 못하면 설령 양궁을 그만두고 다른 일을 한다 하더라도 절대 성공하지 못합니다. 최소 10년간은 내 인생에 승부를 걸어보겠다는 의지조차 없으면 선수로 살아남기 어렵습니다." 서거원 감독의 말이다.

일을 하다 보면 늘 고비가 온다. 이때가 가장 힘들다. 하지만 이때를 넘기면 수월하다. 하수는 이 고비를 넘기지 못하고 주저앉는다. 고수는 이 고비를 넘기고 환희를 맛본다.

우리는 성장할 때 희열을 느낀다.

그러나 직장인의 삶에 익숙해질수록, 더욱더 성장할 수 있는 기회가 주변에 충분히 있는데도 그 기회를 잡아내지 못한다. 그러고는 회사의 비전이 없다는 이유로, 직장 상사나 동료가 맘에 들지 않는다는 이유로, 이 회사에서는 더 이상 성장할 수 없다는 이유로 사표를 쓰는 사람들이 많다.

> 그대는 그대의 삶에 진지한가?
> 그렇다면 무엇을 망설이는가.
> 바로 이 순간을 붙잡아라!
>
> 어떤 상황에서도 굴하지 않는
> 대담함 속에는
> 재능과 능력,
> 삶을 바꿀 마법이 담겨 있나니,
>
> 결심하라,
> 그러면 마음이 뜨거워진다.
>
> 시작하라,
> 그러면 그 일이 이루어질 것이다.
>
> —괴테 『파우스트』

뜨거운 가슴으로 살아가고 있는가? 매일을 뜨겁게 불태우고 있는가?

분명 떠나야 할 때가 온다. 하지만 떠나야 할 때는 내가 나를 스스로 성장시킨 다음, 그때라도 늦지 않다.

뜨거운 가슴으로 매 순간을 열정적으로 살아갈 때만이 내 인생의 찬란한 꽃을 피우게 될 것이다.

4

당신은 생각보다 훨씬 더 위대하다

오직 나만 존재하여
나의 가능성이 펼쳐진다.
그리고 당신도 자랑스럽게 느껴보라.
오직 나만 존재한다는 그 사실을.
모든 것은 당신으로부터 시작된다.
인간이라는 이름을 가진
무한한 가능성으로부터.
- 제임스 T. 무어

사막을 여행 중인 한 사나이가 있었다. 그는 목이 말라 숨이 넘어갈 지경이었는데도 물이 딱 한 모금밖에 남지 않아서, 타들어오는 갈증을 악착같이 참아내고 있었다.

한참을 가다가 다행히 우물을 발견했다. 그런데 그 우물에는 다음과 같은 쪽지 하나가 붙어 있는 것이 아닌가.

"이 물을 마시기 위해서는 그 전에 반드시 대가를 치러야 합니다. 한 모금의 물을 부으면 더 많은 물을 얻을 수 있습니다. 선택은 당신의 것입니다."

한 모금의 남은 물을 그냥 마실 것인가, 아니면 그 한 모금의 물을 우물에 부어 더 많고 신선한 물을 마실 것인가? 그는 계속 궁리를 하며 어느 쪽을 선택해야 좋을지 몰라 갈팡질팡하다가 결국 뜨거운 사막에서 조갈증으로 죽고 말았다. 한 모금의 물이라는 대가 치르기가 두려워 망설이기만 하다가 마침내 죽음이라는 더 큰 대가를 치르고 만 것이다.

늘 자신의 운명을 탓하고 원망하는 사람은 열등감에 사로잡혀 자기관리를 제대로 하지 못하기 때문에, 매사에 걱정과 두려움이 앞서기만 한다. 손 안에 놓인 한 모금의 물을 투자하기가 겁나고 아까워, 더 많은 물을 얻을 수 있는 기회를 놓치고 마는 것이다.

한 해에만 메르세데스 벤츠를 162대나 판매하는 판매왕 신동일.

그는 한때, 평범한 직장인이었다. 대학을 졸업하고 건설회사에 입사한 그에게 주어진 첫 임무는 공사현장 관리였다. 그러나 경제불황의 여파로 차례차례 밀려나는 선배들을 보면서, 회사를 뛰쳐나와 30대 중반에 수입차 딜러가 되었다.

"서초구 우면산 터널이 제가 마지막으로 근무한 현장입니다. 매월 정해진 봉급을 받기 싫어서 그만뒀습니다. 또, 성공한 사람을 많이 만나고 싶기도 했고요. 그래서 벤츠 딜러가 된 거죠. 하지만 나이도 많고 영업경력도 없어 한성자동차에 입사하는 게 만만치 않았어요. 인사 담당자를 6개월이나 쫓아다닌 끝에 겨우 입사했습니다."

처음 3년간은 죽을 각오로 뛰어다녔다. 건설업에 종사하며 몸에 밴 투박한 매너와 털털한 옷차림부터 바꿔야 했다. 뉴스에 나오는 아나운서들의 말투, 옷차림 등을 주의 깊게 살펴보며 피나는 스피치 연습을 했다. 아침잠이 많았지만 새벽 5시 30분이면 무조건 이부자리를 털고 나섰다. 살이 쉽게 찌는 체질이라 운동을 하기 위해서였다. 의사, 변호사 등 전문직이 대다수인 고객들의 특성을 고려해 각종 신문도 빠짐없이 챙겨 읽고 병원, 사무실이 문을 열기 전에 고객들을 만나러 갔다.

그러한 노력 끝에 7년 연속 판매왕이 될 수 있었고, 성공한 삶을 살 수 있게 된 것이다.

처음 3년간 죽기 살기로 버텨내어 자신만의 성공 스토리를 만들어낸 신동일은 이렇게 말한다.

"저는 다시 태어나도 영업을 할 것 같습니다. 재미있어요. 아주 짜릿하죠. 스포츠와 비슷합니다. 계약했을 때 쾌감도 있고, 실패했을 때 좌절도 있고……. 정말 다이내믹한 직업이죠. 그런데 하나의 법칙이 있습니다. 노력한 만큼 실적이 따른다는 것. 스포츠도 그런 게 매력 아닙니까? 문제는 도중에 의심하고 포기하는 사람이 많다는 거죠. 백분율로 따져 95%까지 와서 포기하는 경우가 많더라고요. 그래서 새롭게 시작하는 친구들에게는 늘 잘 될 거라 믿고 최선을 다해 열심히 하라고 이야기해 주고 싶네요. 그러면 분명히 때가 옵니다."

벤츠 판매왕 신동일이 얻은 것은 단순히 경제적인 부에만 그치지 않는다. 평범한 직장인에서 성공한 영업맨이 되기까지 수많은 시행착오를 거치면서, 인생의 값진 교훈을 얻었다고 했다.

무엇보다 자기 자신을 믿는 힘이 커졌고, 항상 긍정적인 자세로 세상을 바라보게 되었다고도 했다. 무슨 일을 하든 이러한 긍정적인 마인드와 불굴의 정신력으로 밀고 나간다면 반드시 원하는 것을 얻게 된다는 것도 알게 된 것이다.

예전의 나는 온통 회사 일에만 집중하느라, 마음의 힘에는 관심을 갖지 못했었다. 세계적으로 유명한 동기부여가 앤서니 라빈스, 브라이언 트레이시, 조셉 머피, 브랜든 버처드 등이 지은 책과 강의를 통해 공부를 하게 되면서부터 마음의 힘을 사용하는 데 눈을 뜨게 되었다.

나아가 성공자들을 하나 둘 직접 만나보면서, 한 가지 중요한 사실도 깨닫게 되었다.

성공자들은 현재의 성공이라는 결과를 이루기 전부터 성공자의 마인드와 굳은 결의를 지니고 있었으며, 남들이 자신을 지지해 주지 않을 때에도 스스로의 믿음을 버리지 않았다. 자신의 삶을 자신의 선택과 의지로 개척해 나갈 수 있다는 강한 믿음을 가졌던 것이다. 보통의 평범한 사람들과 달리 내면의 위대한 나, 잠재의식의 힘을 믿고 있었던 것이다.

앤서니 라빈스는『네 안에 잠든 거인을 깨워라』에서 이렇게 말한다.

"당신 안에는 무한한 힘이 내재해 있는데, 이 힘은 당신이 원하는 바를 정확히 말함으로써 자신을 깨워 주기를 기다리고 있습니다. 바로 당신이!"

대개 사람들은 나이가 들어 사회에 잘 적응하며 살아갈수록, 자신이 처한 환경은 더 이상 바꿀 수 없는 운명으로 간주하기 일쑤다.

하지만 이렇듯 남들이 운명을 탓하는 순간에도 번뜩이는 아이디어와 혁신적인 가치로 새로운 기회를 찾는 사람들이 더욱 늘어나고 있다.

이제는 정해진 환경에 얼마나 잘 순응하며 살아가느냐가 삶을 결정하는 시대가 아니다. 내 안에 잠재되어 있는 무한한 힘과 가치를 찾아내어 삶을 새롭게 창조해 나가느냐, 못하느냐에 따라 앞으로의 삶이 얼마든지 달라질 수 있는 시대가 온 것이다.

보물을 찾아 나선 한 젊은이의 일화가 있다.

어느 날 젊은이는 아주 멀리 떨어진 곳에 사는 지혜로운 노인에 대한 소문을 들었다. 그 소문이란 지혜로운 노인이 비밀의 보물 지도를 갖고 있는데, 그 지도를 손에 넣는 사람은 억만장자가 될 것이라는 얘기였다. 그렇지만 그 지도를 손에 넣으려면 반드시 그 노인의 테스트를 통과해야만 한다는 조건이 붙어 있었다.

야망이 넘치는 이 젊은이는 지혜로운 노인을 찾아가 보물 지도를 기필코 자기 손에 넣고야 말겠다고 결심했다.

서둘러 지혜로운 노인을 찾아간 젊은이는 천신만고 끝에 테스트를 통과하여 보물 지도를 손에 넣게 되었다.

그렇지만 또 다른 조건이 하나 있었다. 젊은이가 집에 도착할 때까지 이 지도를 펼쳐 보아서는 안 된다는 것이었다.

젊은이는 노인의 마을을 떠나 단숨에 집으로 돌아왔다. 지도를 어찌나 빨리 보고 싶었던지, 돌아오는 데 걸린 시간은 가는 시간의 절반밖에 걸리지 않았다. 그는 서둘러 보물 지도를 펼쳤다.

그 순간 그는 깜짝 놀라지 않을 수 없었다. 지도 속에는 상세한 내용이 깨알같이 적혀 있었지만, 문제가 하나 있었다. 지도에 쓰인 글자가 잊혀진 고대 문자였던 것이다.

그는 지도의 내용을 도무지 해독할 수가 없었다. 억만금의 보물 지도를 손에 넣었지만 그에게는 아무런 소용도 없었던 것이다.

우리는 평생을 보물 지도 찾기에만 급급한 젊은이와 같은 모습이 아닐는지 모르겠다. 당신은 보물 지도만 손에 넣으면 막대한 부자가 될 수 있을 것이라는 착각 하나로 보물 지도를 읽어낼 방법도 모른 채, 무작정 보물 지도를 찾는 데만 시간을 보내고 있지는 않은가?

세상 밖에서 보물을 찾지 마라. 그 보물은 바로 당신 안에 숨겨져 있다.

보물 지도를 읽어낼 방법을 알았더라면 금은보화의 주인공이 되었을 젊은이처럼, 당신의 무한한 힘을 이용해 보물 지도를 해독할 방법을 찾아낸다면 당신은 분명 막대한 부를 쌓을 수 있을 것이다. 당신이 바로 풍요로운 인생의 주인공으로 거듭나는 것이다.

5

마치 이루어진 것처럼 생생하게 상상하라

오늘의 상상이 내일의 현실이 된다.

–네빌 고다드

어릴 적 나는 그림을 곧잘 그리는 아이였다. 초등학교 고학년이 되어 뒤늦게 시작한 미술이었지만, 각종 대회에서 상을 놓친 경우가 거의 없을 정도였다. 그림을 그리기 시작하면 시간이 어떻게 흘러가는지도 모른 채 꼼짝 않고 그림만 그려댔다. 그때에는 화가가 되는 게 꿈이었지만, 인문계 중 · 고등학교를 다니게 되면서 그림 그릴 기회가 많지 않아 자연스레 꿈을 접게 되었다.

그림을 잘 그린다는 소리를 듣던 나였지만, 미술시간에 선생님께서 상상화를 그리라 하면 평소 그림 그릴 때와는 달리 도화지만 쳐다보며 한참을 멈춰 있곤 했다. 눈앞에 보이는 풍경, 정물화는 잘 그려냈지만, 상상해서 그리라고 하면 도무지 뭘 그려야 할지 손에 땀만 쥐었던 기억이 난다.

앞에서 말했듯이 나는 눈앞에 보이지 않는 것들에 대해서는 잘 믿지를 않았다. 과학적 근거, 정확한 지식과 정보를 우선시했고, 나의 직감을 믿는다는 것은 틀린 답안지를 쓰는 것과 같다고 여겼다.

하지만 우리가 사는 이 세상에 무엇 하나 그 누구의 상상에서 시작되지 않은 것이 없다는 걸 깨닫게 되었다.

우리가 살아가는 이 현실도 우리가 과거에 생각해 냈던 한 부분이다. 과거에 뚜렷한 생각과 상상으로 미래를 그려본 적이 없다면, 지금의 우리 삶도 과거 명확하게 미래를 그려본 적 없는 딱 그 수준인 것이다.

나폴레온 힐이 전 세계의 성공한 사람들을 500명 넘게 조사 연구했을 때, 그들이 엄청난 상상력의 소유자라는 사실을 알게 되었다.

월트 디즈니는 영화를 찍기 전에 먼저 영화의 내용을 머릿속에 생생하게 그려냈다. 그는 행동하기 전에 늘 결과를 상상했다. 쉽게 말해 시각화를 실천한 것이다. 그는 디즈니랜드를 세우기 전에, 이미 완공되어 수많은 사람들이 북적거리는 모습을 먼저 떠올렸다.

월트 디즈니가 죽은 지 몇 년 지나지 않아 디즈니랜드는 완공되었다. 그가 매일 머릿속으로 상상했던 디즈니랜드의 그 모습 그대로.

월트 디즈니는 상상력의 힘에 대해 누구보다 잘 알고 있었다. 그래서 디즈니사는 직원들에게 매일 아침 7시 30분에 버뱅크 스튜디오에 모여 특별한 의식, 즉 자신들이 성취하는 모습을 떠올리며 시각화시키는 시간을 가졌던 것으로 유명하다.

나에게 상담을 요청한 A씨는 전문직종의 10년차 회사원으로 미혼 여성이었다. 일에서도 커리어를 쌓아가고 있었지만, 몇 년째 쥐꼬리만큼 오르는 연봉에다 발전의 기회도 제대로 보이지 않는다는 이유로 심각하게 이직을 고민하고 있었다. 새로운 변화를 원하지만 자신의 한계 바깥은 생각해본 적도 없었고, 생각해볼 엄두도 내지 못하고 있다고 했다.

한 분야의 전문가인 A씨 정도의 실력이면 지금 회사에서 충실히 근무하는 것 외에도 얼마든지 더 큰 꿈을 꿀 수도 있겠건만, A씨처럼 많은 이들이 꿈을 가지기 어려워한다.

연봉 3천만 원 수준인 현재에서 1억으로도 올릴 수 있다고 생각하질 않는다. 절대, 나는 그렇게 벌 수 없을 것이라고 지레 단정지어 버리는 것이다.

A씨는 심지어 '구태여 그렇게 많은 돈은 필요 없다. 그냥 이 정도 수준에서 꾸준히 모아 집도 사고, 여행도 다니고…….'

이렇게 자신에 대한 스스로의 제약이 더 나은 삶으로 발돋움하는 데 걸림돌이 된다는 걸 모르고 살아간다. 그래서 설령 좋은 기회가 주어져도 그 기회를 놓쳐버리기 일쑤이고, 결국 나는 원래 이렇게 사는 사람이라고 스스로를 제한해 버리기도 한다.

자신의 삶을 풍요롭게 만들기 위해서는 내 자신이 먼저, 이미 충분히 가질 자격이 있다는 걸 믿고 상상해야 한다.

나는 그런 A씨에게 한 가지 제안을 했다. 자신이 원하는 것, 바라는 것을 드림 보드에 작성해서 매일 아침 읽어보게 했다. 그리고 자신이 진정 하고 싶은 일을 찾아, 그 일을 하고 있는 상태를 맘껏 상상해 보라고도 했다.

그 이후로 A씨는 몰라보게 활기찬 모습을 보여주고 있다. 매일매일이 무채색 같던 생활에서 이제는 꿈을 찾아 자신이 원하는 것, 바라는 것을 선명하게 상상하고 느끼는 연습을 통해 자신이 하고 싶던 일을 준비하게 되었다고 했다. 그리고 무엇보다도 늘 지치고 힘들었던 회사 생활도 더 즐겁게 할 수 있게 되었다고 한다.

차동엽 저『무지개 원리』에 나오는 한 일화이다.

> 오사나 난바-조그만 오꼬노미야끼 가게 개업. 손님이 오지 않았다. 고민하던 그 남자는 어느 날 갑자기 자전거에 배달통을 싣고서 주변을 바쁘게 돌아다니기 시작했다. 그 다음날도, 계속해서 배달통을 싣고 달리는 그 남자를 보면서 사람들은 "야! 저 가게는 배달이 끊이질 않는구나"라고 생각하게 되었다. 그리고 그때부터 손님들이 밀려오기 시작했다.
>
> 30년 후 그 가게는 종업원이 600명이 넘는 일본 제일의 오꼬노미야끼 집이 되었다. 그 남자의 이름은 나까이 마사쯔구. 바쁜 척을 해서, 일본에서 제일 바쁜 현실을 만들어낸 남자다.

나까이는 열악한 눈앞의 현실을 상상의 힘으로 이겨냈던 것이다.

99%의 인간은 현재를 보면서 미래가 어떻게 될지를 예측하지만, 1%의 인간은 미래를 내다보면서 지금 현재 어떻게 행동해야 될지를 생각한다고 한다. 그리고 대부분의 사람들은 그 1%의 인간을 이해하기 어렵다고 얘기한다.

1%의 인간은 미래에 이룰 모습을 생각하며, 오늘을 살아간다. 곧 자신이 목표로 하고 상상하는 것들을 이루기 위하여 지금 이 자리에서 내가 무엇을 해야 할지 고민하고 움직이기 때문에, 그 어떠한 시련이 닥쳐도 거뜬히 이겨내고 앞으로 나아갈 수 있는 것이다.

미국 일리노이대학교의 농구팀을 대상으로 한 달 동안 실험한 적이 있다. 선수들을 3개팀으로 나누어 A팀은 슈팅 연습을 했고, B팀은 연습을 하지 않았으며, C팀은 매일 30분 동안 마음속으로 공을 던져 득점하는 장면을 상상하도록 했다. 한 달이 지난 후 깜짝 놀랄 만한 결과가 나왔다. B팀은 진전이 거의 없었지만, A팀과 C팀은 각각 25%의 향상을 보였던 것이다.

베이징올림픽의 금메달리스트, 여자 역도의 세계 신기록을 보유한 장미란 선수. 경기에 임하기 전 그녀는 무엇을 할까? 대기실에서 연습을 하고 있을까, 아니면 라이벌 선수의 경기를 보고 있을까? 둘 다 아니다. 장미란 선수는 조용히 의자에 앉아 눈을 감는다. 그녀는 평소 훈련할 때마다 눈을 감고, 경기장에서 자신이 어떻게 할지를 머릿속에 그려보는 연습을 내내 한다고 했다.

그녀는 실제 경기 전에 상상 속에서 무수히 연습했던 것이다. 그리고 그 상상은 현실이 되었다. 마음으로 그린 것을 그대로, 자신이 그려온 시나리오 그대로 그녀는 세계 챔피언이 되어 있었다.

골프 천재 타이거 우즈는 심리적으로 부담이 큰 2m 거리의 퍼팅을 250회 이상 연달아 집어넣는 연습을 했다고 한다. 주목할 점은 퍼팅 전에 공이 홀 속으로 들어가는 상상을 계속 했다는 것이다.

이러한 사례들은 상상의 힘이 얼마나 중요한지를 뚜렷하게 보여준다. 머릿속의 이미지를 마치 실제로 일어나고 있는 듯이 그려보면, 실제에 못지않은 효과가 나타나는 것이다.

우리의 잠재의식은 현재와 미래를 잘 구분하지 못한다고 한다. 따라서 미래를 지금 현재처럼 느끼고 머릿속에서 이미지를 선명하게 그릴수록 그 이미지가 실현될 가능성이 점점 더 높아지는 것이다.

내가 원하는 삶을 상상하지 못하면 눈앞에 놓인 현실 그대로만 살게 된다. 내가 원하는 삶을 선명하게 상상하자.

무언가를 생생하게 꿈꾼다는 것은 간절하게 이루어지길 바란다는 뜻이다.

생생하게 꿈꾸고, 온 마음과 정성을 다해 보라. 그 꿈은 머지않아 눈앞의 현실로 실현될 것이다.

6

나를 뜨겁게 사랑할 때 세상은 나의 것이 된다

사랑하라. 그리고 좋아하는 일을 하라.

-성 아우구스티누스

"좋은 사람으로 보이려고 애쓰지 말고, 좋은 사람이 돼라."

고대 철학자 키케로의 말이다.

현대사회는 과시의 사회, 겉포장이 중요한 사회가 되었다. 실시간 SNS에서 내가 하는 것, 입는 것, 먹는 것을 보여주고 찾느라 정작 자신의 내면을 돌아보지 못하는 경우가 많다.

진짜 가진 것보다 더 있는 척, 아는 척에 치중하느라 정작 자신은 어떤 사람인지, 어떤 사람이 되고 싶은지 내 실체를 잃어간다. 또한 겉으로 드러난 성공에 집착하느라 나를 진정 사랑하지도 못하고, 믿지도 못하기 일쑤다.

> 지금 알고 있는 걸 그때도 알았더라면
> 나는 분명 춤추는 법을 배웠을 것이다
> 내 육체를 있는 그대로 사랑했을 것이다
> 나와 인연을 맺은 사람들을 신뢰하고
> 나 역시 그들에게 신뢰받는 사람이 되었을 것이다
> 입맞춤을 마음껏 했을 것이다
> 정말로 아주 자주
> 늘 마음으로 더 감사하고
> 더 많이 행복함을 느꼈을 것이다
> 지금 내가 알고 있는 걸 그때도 알았더라면

시인 킴벌리 커버거의 시 〈지금 알고 있는 걸 그때도 알았더라면〉의 일부다.

나는 많은 시행착오를 거치면서 좀 더 현명해질 수는 있었지만, 진정 내 자신을 사랑하는 법을 배우지 않으면 원하는 세상을 만나지 못한다는 사실을 깨닫지는 못했었다.

실패를 거듭할수록 다른 이의 충고보다는 나 자신에 대한 원망과 불신이 나를 더 아프게 한다는 걸 후에 알게 되었다.

이제부터 나는 아이를 후회 없이 사랑하겠다고 매일 결심했던 것처럼, 나를 후회 없이 사랑해 보겠다고 결심했다. '믿지 못하는 나,

원망하는 나, 두려워하는 나'를 '진정한 나'로 착각하며 세상의 벽 앞에 점점 움츠러들 때, 나 자신에 대한 응원의 메시지를 끊임없이 보내기 시작했다.

"나는 나를 믿어."

"나는 내가 좋아."

"나는 더 잘할 수 있어."

"난 강해."

"난 멋져."

무려 30년을 넘게 살아오면서 나 스스로에게 보내는 칭찬의 말과 사랑의 말을 처음 내뱉을 때에는 너무나 어색하고 무안했다. 옆에 아무도 없다는 걸 확인했음에도 '누가 듣진 않았을까?'하고 고개를 돌려 확인해 보기도 했다. 다른 사람들에게는 "오늘 예쁘네요." "정말 멋지네요." 등 칭찬의 말을 아낌없이 하는 나였지만, 정작 나 자신에게는 칭찬에 인색한 정도가 아니라, 냉혹한 평가로 항상 나 자신을 채찍질만 하며 살아왔었다.

냉혹한 비판만 쏟아 부어왔던 나 자신에게 긍정의 말과 희망의 언어를 들려주자, 사라졌던 자신감이 다시금 고개를 들기 시작했다. 예전과 달리, 긍정과 부정의 마음이 혼합되어 너울처럼 출렁되던 기복의 폭이 몰라보게 줄어들었다. 나에 대한 믿음이 점점 강해짐에 따라, 불신과 두려움이 속절없이 밀려오던 과거와 달리 항상 나를 긍정하고 믿는 마음이 더욱 굳어지게 되었다.

이민규 저 『끌리는 사람은 1%가 다르다』에서는 이렇게 말한다.

다른 사람과 잘 지내고 싶다면 먼저 자신과 친해져야 한다. 사랑 받기를 원한다면 먼저 자신을 사랑해야 한다. 자기 자신과 평화롭게 지내지 못하는 사람은 다른 사람과도 평화롭게 지낼 수 없다.

자기를 중요하게 여기고 사랑하지 못하면서 어떻게 자기 안의 재능을 찾고 어떻게 신바람 나게 일할 수 있겠는가? 또 어떻게 다른 사람을 격려하고 고무시킬 수 있겠는가?

세상에 대한 사랑이나 세상으로부터 받는 사랑은 항상 자기에 대한 사랑에서 나온다.

우리는 진정 자신을 사랑하는 법보다 타인이 나를 사랑해 주고 인정해 주는 방법을 찾는 데 시간을 쏟아 붓고 있다.

C. S. 루이스는 이렇게 말했다.

"그대가 주인공이라고 믿고 생각하고 행동하는 한, 세상의 모든 스포트라이트는 그대의 것이다."

자신이 삶의 주인공이라는 걸 잊은 채, 소중한 시간을 타인의 인정과 사랑을 받기 위해 몽땅 허비해 버린 채, 세상의 들러리로 살아가는 게 현실이다.

세상의 들러리가 아닌 주인공으로 당당하게 살아가고 싶다면, 무엇보다도 먼저 자신을 사랑하는 법부터 배워야 한다.

꿈 없이 살던 사람들이 꿈을 가지게 되면서 가슴이 뛰고 매일이 즐겁다고들 한다. 하지만 진정으로 나를 알고, 나를 사랑하는 마음이 없다면, 꿈꾸는 삶에서는 목적지에 도착하는 결과보다 행복감을 찾아가는 삶의 과정 자체가 중요하다는 것을 미처 깨닫지 못한다.

이 때문에 나는 꿈 전도사가 되기로 결심했다. 꿈을 좇아 눈부신 결과만을 얻는 게 목적이었다면, 평범한 10년차 직장인, 워킹맘인 내가 다른 이들에게 꿈과 비전을 심어주기 위해 애쓰지는 않았을 것이다.

행복을 내 안에서가 아니라 밖에서만 찾으려고 애썼기에, 순간순간이 힘들고 미래가 두렵기만 했다. 하지만 나를 사랑하는 법을 배우고 나자, 나 자신을 믿고 진정한 삶의 가치를 찾고자 노력해 나가는 순간이야말로 진정한 행복이라는 걸 알게 되었다.

나를 진정 사랑하지 못했기에 다른 이를 진정으로 사랑하지 못했고, 세상도 불신과 두려움으로 대했다. 하지만 나 자신에 대한 사랑의 크기를 키워나갈수록 세상에 대한 믿음과 희망이 더 커져 나갔다.

많은 사람들이 지금 몸담고 있는 회사에서, 이 나라에서, 이 세상에서 살기 힘들다고들 한다. 자기 내면의 목소리보다는 바깥세상의 어지러운 소란에 더 귀를 기울이며, 고달픈 삶을 살고 있다고 한탄하기만 한다.

이제부터는 바깥세상의 수많은 부정의 소리에 눈과 귀를 닫고, 오직 내 안의 목소리에 귀 기울여 보자. 그리고 내 안에서 들려오는 두려움, 패배, 절망의 소리 대신에 희망과 사랑의 언어로 채워나가 보자.

내 안의 목소리를 매일, 매시간 긍정의 언어로 채워나간다면, 부정의 목소리는 절대로 끼어들 수 없다.

미국의 철학자 에머슨은 이런 말을 했다.

'그 사람은 자신이 하루 동안 생각한 그 자체이다.'

나의 하루를 사랑과 감사로 채울수록 세상은 나의 편이 된다. 등 돌리고 있던 세상이 나를 향해 두 팔 벌리고 달려오게 될 것이다.

이제 눈부신 세상은 당신 것이다.

7

리더를 넘어 힐러로

당신이 어디 서 있건 지금이 바로 시작할 때입니다.
오늘 당신이 기울이는 노력이 분명 세상을 바꿉니다.
–앤드류 매튜스

세기의 발레리나 강수진의 발 사진은 강수진 본인만큼이나 유명하다.

핑크빛 발레슈즈에 가려진 발레리나의 발은 굳은살과 상처로 심하게 상한 모습이었다. 하지만 그 발에서 치열한 노력의 흔적을 읽을 수 있어 많은 사람들에게 감동을 준다.

"간혹 나태해질 때도 있을 텐데, 그럴 때는 어떻게 하시나요?"

강수진은 이렇게 답한다.

"지난 30년 동안 적게는 하루 15시간, 많으면 19시간 이상 연습을 지속했어요.

전 한순간도 나태한 적이 없어요. 기본적으로 인간에겐 나태할 자격 자체가 없습니다. 인간이라는 무한한 능력을 갖춘 존재가 나태해지면 안 되죠. 나태해지지 않는 것은 자신의 삶에 대한 최소한의 예의입니다.”

직장생활에 익숙해지면서 스스로 나태해짐을 알고도 그냥 방관한 채 일상생활을 불만불평으로 일관하는 이들이 있다. 또한 변화를 꿈꾸는 이들도 ‘주위에 롤모델이 없다’ ‘멘토가 없다’는 온갖 핑계로 성장의 기회를 움켜쥐지 못하는 안타까운 경우도 많다.

직장인 K씨는 10년 넘는 경력을 지녔음에도 불구하고, 해가 갈수록 업무량만 늘어난다는 불평불만으로 하루를 보내기 일쑤이다. 또한 자신이 존경하고 따를 만한 롤모델도 없다며 불만을 토로한다.

하지만 10년차인 K씨를 바라보고 있는 수많은 후배들은 어떤 생각을 가질까?

아마 K씨와 별반 다르지 않을 것이다. 후배들도 ‘보고 배울 만한 선배가 없다.’ ‘회사의 비전이 보이지 않는다.’ 등의 생각을 하고 있을 것이다.

회사라는 물리적 공간 안에 있지만, 우리는 회사라는 추상적인 것에서보다는 함께 하는 동료들에게서 오히려 회사의 가치를 더 느끼게 마련이다.

구글코리아의 첫 여성 프로덕트매니저 이해민은 “당신을 롤모델로 삼는 사람이 다섯 명만 생길 수 있도록 스스로 멘토가 돼주세요.”

라고 주문한다.

진정한 리더나 보고 배울 만한 롤모델이 없어서 회사의 가치가 떨어진다면, 내 스스로 그 가치를 만들어 내야 한다.

K씨처럼 멘토로 삼을 만한 사람이 없다면, 자신이 스스로 멘토가 되라. 직장생활 10년차라면, 이미 멘토가 되기에 충분하다. 후배들의 롤모델이 되어, 자신의 가치뿐 아니라 회사에 대한 비전과 희망을 스스로 만들어, 그 뒤를 보고 따라오는 후배들에게 회사에 대한 비전과 희망 그리고 자부심을 심어줄 수 있다.

주변에 따를 멘토가 없다면, 멘토 찾기에 열을 올리기 전에, 자기 스스로를 점검하고 개선하여 셀프리더가 되라.

하루가 다르게 급변하는 현대사회에서 친절히 가르쳐 주는 멘토를 만나기는 그리 쉽지가 않다. 회사 경력이 늘어남에 따라 업무량은 늘어나고 책임감도 커져, 신입 시절에 비해 익혀야 할 업무와 새로운 정보습득에 바쁜 나날 속에서 '누군가의 멘토가 되어야겠다'는 생각을 한다는 자체가 어불성설일 수 있다.

하지만 스스로 멘토가 된다면, 이보다 더 좋은 성장의 기회는 없을 것이다. 바로 내가 리더가 되어 누군가의 롤모델이 된다면 더 이상 예전의 10년차 K대리가 아닌, 진정한 리더가 될 수 있기 때문이다.

나를 이끌어줄 누군가를 기다리기 전에, 내가 먼저 이끌기를 생각하자. 나 스스로 만년 대리가 아닌 내 인생의 CEO로 승진시켜줄 기회이다.

데이비드 호킨스 박사는 『의식혁명』에서 의식의 수준을 0에서

1,000까지 수치화해서 분류한 '의식의 지도'를 보여주었다. 200 이하에는 화, 수치심, 분노, 두려움 같은 부정적인 감정이 있다. 그 수치가 200 수준을 넘어서면 용기, 자신감, 사랑 같은 긍정의 단계로 올라선다. 그리고 700이 되면 평화, 1,000에 이르면 깨달음의 단계다. 예수, 부처가 여기에 해당한다.

사람의 의식 수준을 수치화한 '의식의 지도'를 보고 '나의 의식수준의 수치는 몇이나 될까?'를 헤아려 보게 되었다. '설마 내 의식 수준이 20 정도밖에 안 되겠어?'라고 생각하기 쉽지만, 하루에도 수시로 바뀌는 마음이 20 이하로 떨어지기도 한다고 한다. 한순간에 일어난 분노를 이기지 못하거나, 두려움에 빠질 때이다.

긍정의 마음을 유지하기 위해서는 이 수준을 200 이상으로 유지해야 한다. 그러기 위한 방법으로는 좋은 에너지를 가진 사람들과 어울리기, 나의 내면을 긍정의 에너지로 채우기 등이 있다.

명상, 기도, 독서 등 마음의 단계를 높이는 것은 내가 선택할 수 있다. 내가 먼저 좋은 에너지를 보내면, 나에게 돌아오는 에너지도 좋은 기운으로 채워지는 것을 알 수 있다.

두려움, 화, 분노, 수치심 같은 부정적인 감정 대신 용기, 자신감, 사랑, 희망과 같은 긍정의 언어로 내면을 채우면서 자기 자신과 대면하여 마음속 대화를 나누는 사람들은 '좋은 에너지를 느낀다' '힐링이 되는 것 같다' '용기가 생긴다'는 등의 말을 전한다.

재삼 말하지만, 나는 원래 긍정적인 성향의 소유자가 아니었다. 세상의 정해진 많은 규율과 규칙들을 모범생처럼 지켜내느라 애를 쓰면서도 안으로는 걱정, 두려움, 분노, 화를 참아내고 있었다.

하지만 근육을 단련시키듯, 부정의 언어로 가득 찼던 내면을 긍정의 에너지로 채우기 위해 부단히 트레이닝 한 결과, 이제 나뿐만 아니라 주변 사람들과도 긍정의 에너지를 주고받을 수 있을 정도가 되었다.

"어떤 분야건 깊이 있는 지식을 가지게 되면 최선을 다해 남을 섬길 수 있고, 더 나은 세상을 만드는 꿈을 가지게 된다."

세계 최고의 외과의사 벤 카슨이 『싱크 빅』에서 한 말이다. 여기서 깊이 있는 지식이란 '심화학습'이라고 할 수 있다.

그럼 얼마만큼 해야 깊이 들어간다고 할 수 있을까? 사실 그 깊이는 무한대에 가깝다. 학습의 깊이는 사람에 따라 천차만별이기 때문에 일률적으로 측정할 수가 없다.

아침편지문화재단의 고도원은 이런 말을 한다.

> "깊이 공부해서 자기 것으로 체화한 사람을 가리켜 우리는 전문가라 부른다. 또 장인, 명인, 프로라고도 한다. 이들은 단독 플레이가 가능하다. 일의 성격상 다른 사람과 함께 섞여서 일할 필요가 없기 때문이다. 극단적으로 생각했을 때 성격이 아주 고약해도 그림만 잘 그리면 괜찮은 화가가 될 수 있고, 아무리 괴팍해도 글만 잘 쓰면 작가로서 성공할 수 있다. 심화된 지식과 체험, 정신을 가지고 혼자 머물 수 있는 공간이 생기는 것이다.
>
> 장인, 명인, 전문가를 넘어선 단계가 바로 힐러(healer)다. 그것은 곧 치유자의 길이다. 그 길을 가려면 단순히 단독 플레이를 하는 전문가, 장인의 길에 머물러서는 안 된다. 배우고 익혀서 결국에는 누군가의 스

승, 리더, 지도자가 되어야 하니까…….

힐러의 길로 가려면 보다 더 깊이 있는 자기 성찰과 학습이 필요하다. 그 사람이 존재하는 것만으로 누군가의 가슴에 막혔던 것이 충분히 녹아내려 풀어지게 하는 경우가 있다. 이런 경지에 이르려면 심화학습이 더 많이 필요하다.

더 깊이 학습하고 성장해 가려면, 자기 것에만 머무는 것이 아니라 사람들과 함께 나아가야 한다. 그 핵심이 이타심이다. 우리는 직장생활에서도 그 이타심을 배우고 익힐 수 있다.

꿈의 시작은 '자기 중심'이지만, 함께 꾸는 꿈, 이타적인 꿈으로 발전할 때 무한한 기쁨과 행복감을 느낄 수 있다."

스마트앱 핸드스튜디오의 안준희 대표는 나의 꿈만이 아닌, 함께 성장하는 꿈을 만들어 가자는 남다른 철학으로 "한국의 구글"이라고까지 불리는 성과를 일구어 냈다.

한동대 경영학과를 졸업한 안 대표는 금융권 대기업에 입사했지만, 3개월 만에 사표를 썼다. 대기업의 권위주의적이고 수직적인 문화가 싫어서였다. 그는 이후 3년여 동안 공장, IT업계 등 세 차례나 직장을 옮겼다. 다양한 조직문화를 경험하면서 나름의 경영철학도 생겼고, 그 기간에 핸드스튜디오의 창업 멤버 세 명도 만났다. 안 대표는 3년 동안 번 돈 5천만 원과 친구에게 빌린 돈 5천만 원을 합쳐 1억 원의 종잣돈으로 친구 네 명과 함께 핸드스튜디오를 창업했다.

"직원 복지는 곧 문화!"

결혼 · 출산 지원금 1천만 원, 조식 · 중식 · 석식 제공, 간식 카페, 점심시간 1시간 30분, 육아휴직 2년, 여름 · 겨울 5일씩 휴가, 연 4회 백화점 의류 쇼핑, 연 2회 15만 원 상당의 백화점 상품권 제공……. 대한민국에 이런 회사가 다 있을까 싶을 정도로 안준희 대표는 직원 복지를 최우선으로 꼽는다.

"보통 기업은 직원들에게 '올해만 참으면 내년에는 보상해 주겠다'고 하는데, 행복을 미루는 것은 바람직하지 않다고 봐요. 지금 당장 행복해야죠. 그래서 회사가 성장할 수 있는 20% 가량의 유보금만 남기고 나머지는 직원과 나누려 했습니다. 저는 이게 문화라고 생각해요."

이익의 80%를 직원에게 나눠준다는 안 대표의 신념 때문에 가능한 일이다. 행복에 대해 고민하고 직접 실천하는 리더로서 진정한 힐러의 모습을 보여주고 있다.

『성공하는 사람들의 7가지 습관』으로 유명한 스티븐 코비 박사는 다음과 같은 말을 남겼다.

"우리는 선택함으로써 자신의 인생 방향을 정할 수 있고, 이 능력으로 자기 자신을 개선하고, 미래를 바꾸고, 이 세상의 다양한 방면에 거대한 영향을 미칠 수 있다."

세상을 바꾸는 방법은 다름 아닌 나로부터 시작할 수 있다.

나태함을 뒤로하고 어제보다 성장하는 하루를 만든다면, 진정한 리더를 넘어 힐러로 일어설 수 있을 것이다.

더 나은 세상을 꿈꾸는 당신, 이제 당신이 리더가 되어 세상의 힐러로 살아가라.

8

별처럼 반짝이는 당신의 꿈을 밝혀라

꿈을 밀고 나가는 힘은 이성이 아니라 희망이며,
두뇌가 아니라 심장이다.
– 도스토예프스키

가짜 꿈은 누군가 이룬 꿈,
내가 되고 싶어 하는 사람을 보면서
나도 그 사람처럼 되고 싶지만
사실은 그 사람처럼 잘 할 수도 없을 뿐만 아니라
그걸 그렇게 좋아하지도 않는다.
그냥 그 사람처럼 되고 싶을 뿐이다.

두 번째 꿈은 진짜 꿈이다.

하지 않으면 잠이 오지 않고

하지 않고서는 잠을 잘 수 없는

온몸이 뒤틀리고

오로지 그걸 하는 순간에만

내 몸이 열정으로 보답하는 꿈

그런 일에 매진하고 몰두할 때

가장 강렬한 만족감과 행복함을 느끼는 꿈이다.

그런 꿈은 머리로 알 수 없고

몸이 알 수 있다.

이런저런 시도 끝에 직감적으로 몸이 느끼는 꿈,

몸이 느끼지 못하는 꿈은 꿈이 아니다.

머리로 계산하는 꿈이 아니라

몸이 특별한 이유 없이 그냥 느끼는 꿈,

설명할 수 없지만

몸이 본능적으로 받아들일 수밖에 없는 꿈.

그런 꿈을 꾸고 실천에 옮기는 과정이

바로 행복한 삶이다.

지식생태학자라 칭하는 유영만 교수의 시 〈꿈에는 가짜 꿈과 진짜 꿈이 있다〉의 일부이다.

한동안 나의 진짜 꿈이 무엇인지 모른 채, 방황했던 적이 있다.

이미 이룬 사람들의 그럴싸한 겉모습에 매료되어 그런 사람이 되고 싶어 흉내를 내보기도 했다.

꿈이란 원하는 것들이 이루어지는 결과물이라고 여긴 나머지, 단순히 원하는 것을 얻는 데에 만족하거나, 아니면 얻지 못한 것에 대한 실망만 안은 채 자포자기하곤 했었다. 유영만 교수의 시에 나오듯이, 가짜 꿈을 진짜 꿈이라 착각하면서 살았던 것이다.

꿈을 깬 순간, 그 꿈들이 나의 진짜 꿈이 아닌, 남들 뒤쫓기에 바빴던 가짜 꿈이라는 걸 깨닫게 되었고, 진짜 꿈은 진정한 나의 모습을 찾는 것이라는 것도 알게 되었다.

유영만 교수는 '니체에게 배우는 나력(裸力)의 지혜' 강연에서 나다움, 나력의 중요성을 거듭 강조했다.

우선 '나력'에 대해서는 이렇게 설명했다.

"내가 삼성그룹의 전무라고 가정해 보자. 바깥에 나오면 전무 직함을 떼고 유영만이라는 이름만으로 존재하는 힘이 바로 나력이다. 즉, 이름 석 자로 견뎌내는 힘이 바로 나력이다."

나력은 몸으로 체득하는 변화다. 과거에 성공한 사람이 자신의 능력과 방법을 과신함으로써 빠지기 쉬운 오만함에서 벗어나게 하는 '슬기', 트라우마를 카리스마로 전환하는 '광기', 거짓 자아에서 탈출하는 '용기', 역경을 경력으로 만드는 '끈기', 이름 석 자로 버틸 수 있는 '근성', 형용사의 거품을 걷어냈을 때 드러나는 '야성' 등이 나력에 속한다. 유 교수는 "화끈하게 벗어야 확실하게 보인다"고 덧붙였다.

또 "당신은 유일한 존재다. 나에게 필요 없는 능력까지도 내게 필요하다고 생각하면 삶은 피곤해지고, 결국 내가 가진 기존 능력도 퇴화한다. ……못하는 것을 잘하기는 하늘의 별 따기이고, 잘하는 것을 더 잘하기는 하늘의 별 보기이다."라고 설명했다.

유 교수에 의하면, 경쟁에서 이기는 유일한 방법은 경쟁자를 이기려는 노력을 그만두는 것이다. 그래서 남보다 잘하려고 하지 말고, 전보다 잘하는 것에 치중하라고 권한다. 즉, 색다름의 비결을 '남다름'이 아니라 '나다움'에서 찾아야 한다는 것이다. 그는 "아름다움은 결국 나다움이다. 변신의 목적은 자기다움의 발견에 있다."고 강조했다.

당신은 회사 명함 이름에 붙은 ○○○대리를 떼고 이름 석 자만으로 내세울 힘이 있는가?

지난날 사표를 쓰고 나와 내 이름 석 자로 세상과 거래해야 한다는 냉엄한 현실에 부딪히게 되면서, 회사 명함 뒤에 숨은 내 이름을 찾는 것이 무엇보다 중요하다는 것을 절감하게 되었다.

내 이름만으로 견뎌내는 힘, 바로 나력이라 불리는 이 힘을 키우는 데 집중해야 하는 이유는 우리가 직장인 김대리로 살 수 있는 날이 무한하지 않다는 데 있다.

타인과의 끊임없는 경쟁과 비교하는 삶에서 나다움을 잃고 나를 바로 세우는 힘을 키우지 못한다면, 직장이라는 울타리를 벗어난 순간 세상 앞에 한없이 초라해지는 자신을 발견하게 될 것이다.

타인의 시선만 의식한 채 진정한 나다움, 나다운 꿈, 진짜 나의 꿈을 발견하지 못하고 남들 뒤만 좇다 보면 진정한 나의 모습과 점점 멀어지게 되고, 설사 이루었다 하더라도 삶의 진정한 행복을 느끼기가 어렵게 되는 것이다.

아트 스피치 김미경 원장은 '꿈=나다움을 찾아라'고 강조한다.

나와 나다움은 완전히 다르다. '나'가 하얀 캔버스라면 '나다움'은 그 위에 내가 그리는 그림이다. 세월이 길든 짧든 우리는 지금까지 살아오면서 수없이 좌절하고 도망치고 후퇴하길 반복해 왔다.

지금의 나는 그런 모든 실패와 성공의 데이터가 복합된 불완전한 존재다. 그러나 나다움은 내가 만든 가장 미래지향적인 데이터만 모아놓은 것이다.

그래서 '꿈'은 나다움이다. 내가 원하는 모양, 색깔, 속도대로 그려가는 나만의 그림이다. 이미 내 안에 꿈의 재료는 충분하다. 이 재료들을 분석하고 나 자신과 대화하면서 천천히 만들어 가면 된다.

10대 아이들의 꿈 1순위가 연예인으로 바뀐 걸 보면, 꿈이라 함은 크고 반짝이며 누구의 우상이 되는 사람이라 오해하기 쉽다.

하지만 지구마을에 사는 수십억 명의 사람들의 생김새와 성격이 다 다르듯, 꿈의 모습도 제각각 다름은 당연한 이치다.

나다운 꿈을 발견하면 꿈의 크기로 남과 비교하는 일 따윈 없어지게 된다. 진짜 나의 꿈이 오늘의 나를 빛나게 하고, 미래 모습의 나는 누구와 비교할 수 없을 만큼 아우라를 뿜어낼 수 있게 되기 때문이다.

나다운 나를 빛낼 꿈을 발견하자. 나의 아우라를 뿜어낼 진짜 꿈을 찾아내자.

중국의 3대 갑부라는 마윈 알리바바그룹 회장은 이런 말을 했다.

"20세기가 '번쩍이는 달(moon)' 의 시대였다면, 미래는 수많은 '반짝이는 작은 별(star)'의 시대가 될 것이다."

우리가 올려다보는 밤하늘에는 단 하나의 달만이 뜰 수 있다. 하지만 무한한 우주에는 셀 수 없이 무수한 별들이 제각각 빛을 발하고 있다. 번쩍이는 달만 기다리는 시대는 갔다.

수많은 별들이 제각각 빛을 발해 밤하늘을 아름답게 수놓듯, 이제 당신만의 반짝이는 별을 띄울 때다.

9

세상에 단 하나뿐인 나만의 스토리를 시작하라

인생에 주어진 의무는 다른 아무것도 없다네.
그저 행복이라는 한 가지 의무뿐.
우리는 행복하기 위해 세상에 왔지.
-헤르만 헤세

『구글보다 요리였어』의 저자 안주원은 책 제목에서처럼, 모두가 선망하는 신의 직장 구글이 아닌 주방에서 진정한 행복을 찾았다. 해야 할 일이 아닌, 하고 싶은 일을 찾아서 자신만의 스토리를 만들어 가고 있다.

누구나 들어가고 싶어 하는 구글을 스스로 박차고 나와 요리사가 됐을 때, 후회한 적 없었냐는 질문에 안주원 씨는 이렇게 답했다.

"정말 한 번도 없어요. 하루에 15시간씩 일해야 하고 진상 손님도 많아 육체는 물론 정신적으로 힘들었어요. 그렇지만 요리는 뭔가를 창조하는 일이라 감성이 항상 충만해야 돼요. 사실 그 부분이 제일 어려운 것 같아요. 작년에는 아버지가 돌아가시고 가장으로서 책임져야 할 부분이 커졌는데 금전적으로 여유가 없으니까 힘들더라구요.

그래도 후회하진 않아요. 요리하는 게 제 삶이고 요리를 통해 제 삶을 완성해 나간다고 생각하니까요. 구글에 다닐 때와 비교해도 지금이 훨씬 좋아요. 요리하면서 사람들을 만나는 게 저에게 잘 맞고 더 재미있어요."

누구나 부러워하는 직장 구글코리아를 벗어나 요리를 자신의 꿈의 공간으로 만들어 가고 있는 안주원 씨는 성공과 행복은 절대 다수의 평가에 의한 절대적인 것이 아니라고 말한다.

요리의 길을 찾아 부럽다는 사람들에게 '운이 좋아 운명적으로 하고 싶은 걸 찾은 게 아니다'라고 말하고 있다. 수많은 고민을 하고 수많은 연습을 거쳐 결국 여기까지 온 거라고, 따라서 자신이 무엇을 좋아하는지 진지하게 생각해 보고 배워나가면서 자신에게 맞는 것을 찾아나가는 시간이 필요하다고 말한다.

스펙에 목매는 취준생이 아니더라도 직장인들도 스펙 쌓기에 예외가 아니다. 하지만 언제까지 나라는 알맹이를 쏙 빼놓은 채 소위 스펙을 쌓는 데에만 시간을 보내야 하는 걸까? 그들은 남은 인생을 다른 이의 눈치만 보다 정작 주인공의 삶은 단 한 번도 살아보지 못한 채, 들러리의 삶으로 마감해야 할지도 모른다.

김정태 저 『스토리가 스펙을 이긴다』에서는 스펙과 스토리를 다음과 같이 대비시킨다.

스토리가 없으면 기억되지 않는다. 스펙은 소비되고 흐르는 시간 속에서 스펙의 기준들이 흔들린다. 그런데 우리 사회의 미래를 변혁시킬 20~30대들은 안정에 몰입된 채 자신들이 살아갈 미래의 기준을 버리고 당장 오늘의 시스템에 순응하기 위해 자신을 던진다.

스펙은 결국 자신을 상품으로 간주해 화물칸으로 옮길 것이다. 하지만 스토리는 자신을 상품이 아닌, 살아 있는 작품으로 만들어 비행기 객실로 인도한다.

아리스토텔레스는 〈시학〉에서 스토리는 '반드시 행동에 관한 것'이라고 강조했다. 행동이야말로 우리가 정말로 가치 있게 여기는 것이 무엇인지 말해주기 때문이다. 결국 우리가 어떤 사람이었는지 드러내는 것은 우리의 '생각'이 아니라 '행동'이다. 스펙은 '지식'에 관한 것으로 '행동'을 보여주진 못한다. 그 사람이 진정 어떠한 사람이었는지 판단하기 위해서는 '지식'이 아니라 '행동'이 필요하다.

실패는 곧 실행과 경험이라는 값진 재료로 만들어진 훌륭한 스토리가 있다는 것을 의미한다. 그것을 활용해야 한다. 사실, 스펙에는 실패가 들어설 자리가 없다. 어쩌면 실패가 발붙일 수 없는 스펙의 본성이, 스펙의 차별성을 갖지 못하는 근본적인 원인일 수 있다.

나와 함께 꿈 · 비전 프로그램을 진행해 자신만의 스토리를 만들어 가는 H씨가 있다.

10년차 평범한 직장인인 그녀는 이직을 결심하고 있을 만큼 직장생활에서나 자신의 삶에서 꿈과 비전을 만드는 방법을 모르고 있었다. 가까이에서 지켜봤던 그녀에게 숨은 재능과 무한한 가능성이 누구보다 있음을 알기에, 함께 꿈의 여정을 시작했다.

원하는 꿈 찾기로 시작한 이 프로그램에서 이제 그녀는 당당히 자신만의 스토리를 써 내려가고 있다.

여기서, 그녀의 얘기를 잠시 들어보자.

"저는 회사생활 10년차인 평범한 직장인입니다.

몇 년 전부터 늘 그대로인 회사생활에 지루함을 느끼고 이직을 생각하며 다른 회사를 찾고 있었어요. 지금의 조건보다 더 나은 조건을 찾아 이직할 생각을 했지만 생각보다 쉽지 않았습니다. 수많은 구인구직 광고를 보고 난 후 결국 조건은 어디를 가든 비슷하다는 것을 깨달았죠. 그 후 다시 원래의 생활로 돌아왔습니다.

그렇게 몇 주가 지나고 회사의 인사담당자로 계시는 드림코치님과의 면담이 진행되었어요. 처음엔 회사 차원의 면담이었죠.

그런데 우연히 독서에 대한 이야기가 나왔고, 꿈에 대한 이야기가 흘러나오게 되었습니다.

지치고 힘든 회사생활에 대한 고충상담을 하다 꿈에 대한 얘기가 나오자 신이 나서 시간 가는 줄 모르고 제 이야기를 했더니, 그 이후 시작하게 된 꿈 · 비전 프로그램. 답답한 회사생활에서 벗어나 나를 찾아가는 시간이 너무나도 즐거웠습니다.

1주에 1번 출근 전 아침 시간을 이용해서 진행되는 꿈 · 비전 프로그램인지라 아침 단잠을 줄여서 참여해야 했지만, 힘든 줄을 몰랐습니다. 오히려 일주일에 한 번인 그 시간이 빨리 돌아오기만을 기다리게 되었습니다. 무엇보다 변화의 시작은 우울하고 힘들다는 생각으로 가득 찼던 예전의 모습과 달리 마음이 즐거워지고 긍정적인 생각으로 채워지기 시작했습니다.

그동안 접해 보지 못했던 의식성장과 내면의 힘을 키울 수 있는 책에 관해 추천을 받고 출근 전후, 쉬는 날을 이용해 몰입독서를 시작으로 그동안 제대로 돌보지 못했던 나를 치유하는 시간이 되었습니다. 가슴 두근대는 꿈으로 일상이 즐거워지는 놀라운 경험을 했습니다. 회가 거듭될수록 마음 깊숙이 숨어 있던 꿈을 꺼내어 다듬는 시간이 되었습니다.

작은 것에도 감사할 줄 알고 행복은 가까이에 있다는 것을 느끼는 사람이 되었습니다.

무엇보다도 꿈을 꾸는 데 머무르지 않고 그것을 실현시키는 구체적인 방법을 알려주신 덕분에 지금 제 꿈은 현실이 되어가고 있습니다. 타인의 시선과 기대치를 채우기 위해 낭비되었던 시간을 지금은 나를 위해 온전히 사용하는 법과 꿈을 향해 한발 한발 내딛고 노력하며 사는 시간들에서 기쁨과 행복을 느끼게 되었습니다."

그녀는 실력있는 메이크업 아티스트이자, 유능한 이미지메이킹 전문가이다. 또한 삶을 아름답게 채색하고 싶은 열망이 누구보다 강한 사람이었다.

그런 그녀에게 '나의 조그마한 노력으로 인해, 다른 이들의 아름다움을 찾아주기 위해 애썼던 만큼 자신의 삶을 아름답게 만드는 방법을 찾는 데 많은 도움이 되었다'는 감사 메일을 받고는 말로 다 표현할 수 없는 행복함과 가슴 뿌듯함을 느꼈다. 그리고 이 일이 나의 소명임을 다시 한 번 확신하게 되었다.

'나비효과(butterfly effect)'라는 용어가 있다.

브라질에 있는 나비의 날갯짓이 미국 텍사스에 토네이도를 발생시킬 수 있다는 과학이론이다. 미국의 기상학자 에드워드 로렌츠가 1961년 기상관측을 하다가 생각해낸 이 원리는 훗날 물리학에서 말하는 카오스 이론(Chaos Theory)의 토대가 되었다. 변화무쌍한 날씨의 예측이 힘든 이유를, 지구상 어디에서인가 일어난 조그만 변화로 인해 예측할 수 없는 날씨 현상이 나타났다는 것으로 설명한 것이다.

나비의 날갯짓 같은 자그마한 변화가 결과적으로 엄청난 변화를 초래할 수 있다는 얘기다.

여러 시행착오를 거쳐 찾은 내 꿈의 시작은 코칭, 멘토 되기였다. 꿈이라 하는 것은, 엄청난 큰 선물박스 안에 숨겨진 선물처럼 착각한 적이 있었다. 하지만 나의 꿈의 시작은 나비의 작은 날갯짓처럼, 나의 변화와 더불어 가까운 이들에게 변화의 도움을 주는 것에서 시작되었다. 단 하나의 멋진 스토리가 아닌, 제각각 다른 빛을 발하는 우리의 스토리로 채워나가는 세상임을 알게 된 것이다.

직장인 10년차, 이직 · 전직에 대한 숱한 고민과 한숨 대신, 지금 이 순간 삶의 고민을 치열하게 시작해 보라. 진정 내가 원하는 것, 내가 좋아하는 것, 나를 행복하게 해주는 것에 대해 매일, 단 5분만 고민해 보라. 그 5분의 짧은 시간이 엄청난 삶의 변화를 가져다줄 것이다.

지금 이 고민의 시작이 당신의 삶의 방향을 바꿔줄 수 있는 멋진 기회가 될 것이다.

꽁꽁 묻어두었던 꿈을 꺼내 보고, 잃었던 나를 돌아보고, 지나쳤던 삶의 행복을 만끽해라.

진정한 행복을 찾아 나선다면, 가슴 뛰는 꿈을 발견하고 참된 행복을 향해 나아간다면, 당신만의 멋진 스토리에 세상이 귀를 기울일 것이다. 세상은 진짜 당신만의 스토리를 궁금해한다.

당신의 꿈을 맘껏 펼쳐라.

후기

변한 것 같아.

그날부터.

언제부터인지 다른 이는 잘 몰라도,

자신은 잘 안다.

어제와 다른 오늘을 살기로 결심한 그날 이후로 예전의 나는 현재의 나와 다른 사람이라는 것을…….

더 나은 삶을 꿈꾸며 사표를 쓰며 고군분투했던 지난날.

거기에서 얻은 값진 교훈이 하나 있다.

진짜 너의 꿈을 쓰라고!

남의 눈에 맞춰 학교를 다니고 졸업하고 직장생활과 결혼까지

어느 것 하나 진정 내가 원하는 것을 찾아본 적이 없었다.

진짜 내 꿈을 펼치고 내 삶을 살아라.

세상의 들러리가 아닌,

세상의 주인공으로.

뜨거웠던 여름날에 시작한 글이 어느새 코끝이 시린 마지막 12월이 되어서야 끝나게 되었다.

책 쓰기는 내 삶의 주인공으로 살고자 다짐하면서 시작된 꿈 중의 하나였다.

드림리스트의 저 끝자락에 적어둔 책 쓰기를 꿈으로만 남겨두지 않기로 다짐했던 날 이후, 어느새 에필로그를 써야 하는 날이 눈앞에 다가온 것이다.

내 꿈조각의 한 부분이었던 책 쓰기가 이제 눈앞의 현실이 되어 나타난 것이다. 내가 원하는 미래를 그리고 지금 쉬지 않고 길을 낸 덕에 한 권의 저서를 내는 꿈을 마침내 이룰 수 있게 된 것이다.

바로 지금 나는 미래 속에 길을 내고 있다.

이제 나는 작가의 꿈을 넘어 더 큰 꿈을 향해 길을 내고 있다.

보이는 현재에 머물 것인가?
아니면 내가 원하는 미래 속에 지금 길을 낼 것인가?

지금, 선택만 하면 된다.
우린 선택하지 않았을 뿐이므로.

자신의 삶을 창조해 나가는 것이 바로 인생이다.
이제, 진정한 자신의 삶을 새롭게 그려나가자.

– 꿈꾸는 당신을 응원하며

10년차 김대리, 사표 대신 꿈부터 써라

제1판 1쇄 인쇄 | 2016. 1. 2
제1판 1쇄 발행 | 2016. 1. 5

지은이 | 김영은
펴낸이 | 윤세민
펴낸곳 | 씽크뱅크

주소 | 121-887 서울특별시 마포구 월드컵로 47 (합정동), 2F
전화 | (02)3143-2660 팩스 | (02)3143-2667
E-mail | thinkbankb@naver.com
출판등록 | 2006년 11월 7일 제396-2006-79호

ISBN 978-89-92969-47-5 03810

* 책값은 뒤표지에 있습니다.
* 잘못 만들어진 책은 구입하신 곳에서 교환하여 드립니다.